Karwendelgold

Martin Schemm, geb. 1964, Historiker, lebt mit Frau und Tochter am Südrand der Stellinger Schweiz und arbeitet in den Bereichen Datenschutz und IT. In seiner Freizeit schreibt und veröffentlicht er Romane und Kurzgeschichten im historischen, fantastischen und alpinen Genre. 2007 hat er den Deutschen Phantastik Preis für die beste deutschsprachige Kurzgeschichte gewonnen.

Literatur mit alpinem Bezug verfasst er bereits seit vielen Jahren. Alles begann mit der unheimlichen Geschichte „Der Alleingang" im Alpenvereinsjahrbuch BERG '99. Es folgten die Science-Fiction-Story „Lhotse-Simulator" in BERG 2004 und die ebenfalls futuristische Kurzgeschichte „Roter Olymp" in BERG 2009, die vom Bergsteigen auf einem anderen Planeten erzählt. Der Bergkrimi „Karwendelgold" ist sein erster alpiner Roman.

Die Liebe des Autors zu den Bergen stammt aus Kindheitstagen. Zahlreiche Urlaube führten ihn in verschiedene Alpenregionen. Neben Bergwanderungen ziehen ihn vor allem Klettersteige magisch an. Mit seiner Schwester Jutta Schemm, der dieses Buch gewidmet ist, hat er wunderbare Touren zwischen Dolomiten und Gardasee absolviert.

Weitere Infos zum Autor auf www.martinschemm.de

Martin Schemm

Karwendelgold

Ein tödliches Geheimnis

Bergkrimi

Bergverlag Rother

Umschlagfoto: Wolfgang Ehn (www.wolfgang-ehn.de)
Umschlaggestaltung: Edwin Schmitt
Lektorat: Carlos Westerkamp, Berlin; Barbara Wickenburg, Murnau
Druck und Bindung: Litotipografia Alcione srl., Trento
Originalausgabe

1. Auflage 2014
© Bergverlag Rother GmbH, München
Alle Rechte vorbehalten
ISBN 978-3-7633-7068-9

„Ein Blick auf sein helles Gold,
ein Blitz aus dem hehren Glanz
gilt mir werter
als aller Götter ewig währendes Glück!"

Richard Wagner – Götterdämmerung

PROLOG – IN DER FALLE

„Der Allmächtige steh uns bei! In der Abendstunde wird uns der Feind überfallen. An die zwanzig Unholde sollen es sein, übles Räubergesindel, wie uns ein gottesfürchtiger Köhler aus dem kleinen Rodungsdorf Media Silva (Mittenwald) gewarnt hat. Wir hingegen sind nur acht Mann, und davon sind lediglich die drei Wachsoldaten bewaffnet. Wenigstens konnten wir heute noch rasch die mitgeführten Kostbarkeiten in den nahen Bergen verstecken. Alles Weitere liegt nun in Gottes Hand.

Es ist der Tag vor St. Laurentius im Jahre des Herrn 998. Unter der Führung des Hofkaplans Rako geleitet unser kleiner Trupp im Auftrag Kaiser Ottos III. die Gebeine des seligen Papstes Benedikt V. von Hamburg nach Rom. In der Ewigen Stadt soll dem Heiligen Vater durch Verkauf der goldenen Reichtümer, die nun in Sicherheit sind, eine würdevolle letzte Ruhestätte bereitet werden. Zahlreiche Bischöfe und Klöster des Reiches haben die Mittel eigens für diesen Zweck großzügig gestiftet. Nach zwei Monaten Reise mit dem überdachten Wagen, auf dem der Sarkophag steht, haben wir nun die Isar erreicht.

Nachdem unser Geleitzug gestern Partanum (Partenkirchen) verlassen und den endlosen, düsteren Scharnitzwald betreten hatte, erfuhren wir durch jenen Köhler von dem uns drohenden Hinterhalt. Besorgt schlugen wir in den Ruinen des früheren Scharnitzklosters unser Lager auf, um uns für das Schlimmste zu wappnen. Da die Schurken es kaum wagen werden, den Sarkophag mit den päpstlichen Gebeinen zu entweihen, galt unsere Sorge vor allem dem Gold, das für die Beisetzung des ehrwürdigen Pontifex bestimmt ist. Auf Kaplan Rakos Befehl hin haben daher ein Mitbruder und ich die Kleinodien in zwei große Säcke gepackt und uns auf die Suche nach einem geeigneten Versteck gemacht.

Mit der Abenddämmerung sind wir vorhin zurückgekehrt. Nun schreibe ich mit frischer Erinnerung diese Zeilen nieder, damit der Ort, an dem die Reichtümer verborgen sind, wiedergefunden werden kann. Denn nur Gott allein weiß, ob wir den Überfall der Unholde überleben werden. Sollten mein Mitbruder und ich den Tod finden, ginge das Geheimnis mit uns ins Grab und das Gold wäre für immer verloren. Darum werde ich diese Pergamentseiten hernach hier im Mauerwerk des Petruskirchleins verstecken. Sie ist der letzte unversehrte Bau des früheren Klosters.

Es folgt die Beschreibung des Weges: Nahe Media Silva sind wir, die schweren Säcke geschultert, über stetig ansteigende Waldhänge gen Osten emporgewandert. Kein Pfad führte durch das urwüchsige Land aus Berg und Wald. Oft folgten wir kleineren Bächen, die hinab zur Isar flossen, stromaufwärts. Höher und höher stiegen wir, bis schließlich die dunklen Bäume unter uns zurückblieben. Vor uns erhob sich ein steiles Kar mit Schutt und Geröll, zu beiden Seiten von hohen Felswänden flankiert. Da wir mit unseren Kräften am Ende waren, wandten wir uns hier in südliche Richtung und suchten am Fuß der Felswände nach einer geeigneten Nische oder Höhle. Sie sollte mit bloßem Auge nicht erkennbar sein und sich mit Gesteinsbrocken zudem gut verbergen lassen. Nach einiger Zeit wurden wir endlich fündig…"

Übersetzung aus dem Lateinischen

Freitag

KAPITEL 1 – DER WUTAUSBRUCH

Als das Telefon klingelte, stand Ludwig Hüttinger oben im Bad und rasierte sich. Abrupt hielt er inne und starrte auf sein weiß eingeschäumtes Konterfei im Spiegel. Wer rief so früh am Morgen an? Na, wahrscheinlich einer der depperten Kumpels vom Max, dachte er säuerlich. Einen Moment lang horchte er, ob sich irgendetwas rührte in der Tiefe des alten Hauses, doch kein Laut war zu hören. Schon begann sich Unmut in ihm zu regen, und vor seinem inneren Auge erschien ein Bild seines Sohnes, das sich tief bei ihm eingebrannt hatte: Der 24-Jährige lümmelt im Bett herum, spielt mit seinem Smartphone und schert sich den Teufel um das, was um ihn herum vor sich geht. Unwillkürlich warf Ludwig Hüttinger den Rasierer ins Waschbecken.

„Herrschaftszeiten!", brüllte er und trat in den oberen Flur. Mit dem Handtuch wischte er sich den Schaum aus dem hageren Gesicht und lugte wütend die schmale Holzstiege hinauf. „Max, beweg deinen faulen Hintern, das ist sicher einer deiner Spezis." Doch unterm Dach, wo der Sohn sein Zimmer hatte, herrschte Stille. Dafür war mit einem Mal unten ein leises Schlurfen zu hören.

„Der Max ist schon in der Früh raus", sagte Hüttingers Mutter, die im ausgeblichenen geblümten Kittel aus der Küche kam. „Er wollte nach Garmisch." Sie stützte sich schief auf das untere Ende des Treppengeländers und nickte in Richtung des altmodischen Telefons an der Wand. „Soll ich?"

„Lass gut sein, Mutter, jetzt bin ich eh unten", sagte Hüttinger auf der Treppe und verzog den Mund. Er strich sich die vom Duschen noch nassen grauen Haare zurück und

schüttelte unwillig den Kopf. „Garantiert ist das für den Saukerl ...“

„Sprich nicht so abfällig von deinem Bub – das ist nicht
recht.“

„Jaja, nimm ihn nur wieder in Schutz“, brummte er, „du
verhätschelst den eh ständig. So wird nie was aus ihm.“

„Der Max hat's nicht einfach. Es ist ein Elend, dass der
arme Bub seine Mutter verloren hat. Du maulst ihn ja nur
an“, gab die Alte zurück, ehe sie von dannen schlurfte. „Die
Rosa fehlt halt, sie hat die Familie noch zusammengehalten.“

Für einen Moment hielt Ludwig Hüttinger inne, als ob die
plötzliche Erinnerung an seine vor sieben Jahren verstorbe-
ne Frau seinen Unmut besänftigte. Doch schließlich holte
ihn das penetrante Klingeln in die Realität zurück. Er riss
den Hörer vom Telefon. „Ja?“, rief er unwirsch.

„Spreche ich mit Herrn Hüttinger?“

„Ja, was gibt's?“

„Mein Name ist Feldhoff, Dr. Karlheinz Feldhoff. Ich
habe ein Antiquariat in München-Schwabing.“ Der Anrufer
machte eine kurze Pause, wohl um seinen Titel und die Tatsache, dass er ein Geschäft besaß, wirken zu lassen.

„Ja und?“ Der mürrische Ton Ludwig Hüttingers ließ keinen Zweifel daran, dass derlei Gehabe auf den einfachen,
ehrlichen Gemeindearbeiter keinen Eindruck machte.

„Nun, es geht um Ihre Internetauktion“, fuhr Feldhoff in
eher geschäftsmäßigem Ton fort. „Sie wissen schon, die Sachen aus Familienbesitz. Tja, also ich hätte großes Interesse
und ...“

„Ich weiß nicht, wovon Sie reden! Hier sind Sie jedenfalls
falsch. Das müssen andere Hüttingers sein – es gibt einige
im Landkreis Garmisch. Wiederhören.“

„Nein, nicht auflegen! Bitte warten Sie“, rief Feldhoff. „Es
ist definitiv Ihre Rufnummer, die hier bei der Auktion als
Kontakt hinterlegt ist. Es geht um alte Pergamentseiten und
ein kleines silbernes Kruzifix. Verstehen Sie?“

Ludwig Hüttinger antwortete nicht auf die Frage des Antiquars. Den Hörer am Ohr, blickte er mit versteinerter Miene auf den Dielenboden, während sich in seinem Kopf die Gedanken überschlugen. Eine Zornesader erschien auf seiner Stirn und er presste die Kiefer hart aufeinander.

„Hallo, sind Sie noch da?" Feldhoff klang irritiert. „Sie sind doch Max Hüttinger, oder? Benutzername Maxinator_XXL?"

„Nein, weiß Gott nicht!", rief Ludwig Hüttinger und ballte unbewusst die Linke zur Faust. „Das kann nur mein elender Herr Sohn sein..."

„Ach so, ich verstehe", kam es zögerlich zurück. „Ist er denn zufällig zu sprechen? Es wäre sehr wichtig."

„Nein, der ist ganz sicher nicht zu sprechen!" Hüttingers Stimme wurde lauter. „Der verfluchte Saukerl! Wie kann er es wagen..."

„Entschuldigen Sie", sagte Feldhoff nach einer kurzen Pause vorsichtig, „aber es wäre mir wirklich wahnsinnig wichtig. Vielleicht könnten Sie..."

„Gar nix kann ich!", brüllte Hüttinger in den Hörer. „Die Sache können Sie sich aus dem Kopf schlagen. Der Volldepp wird nichts einfach verkaufen, was meiner Familie schon seit vielen Generationen gehört."

„Ich fürchte, dafür ist es bereits zu spät. Seine Auktion hat schon mehrere Gebote, das kann man nicht mehr zurückziehen."

„Das ist mir scheißegal!" Hüttingers Stimme überschlug sich. „Gar nix wird verkauft! Die Sachen hat mein Ururgroßvater vor hundertfünfzig Jahren gefunden, seither werden sie im Familienbesitz gehütet. Und dieser alte Brauch wird auch künftig weiterhin fortgesetzt, egal was dieser Taugenichts von Sohn da aushheckt. Noch bin ich hier das Oberhaupt der Familie!"

„Herr Hüttinger, ich kann und will mich da natürlich nicht einmischen", erwiderte Feldhoff, „aber Sie müssen eines wissen: Es geht um viel Geld. Ich wäre bereit, eine hohe Summe zu…"

„Schluss jetzt, schlagen Sie sich's aus dem Kopf! Es wird auf gar keinen Fall irgendetwas verkauft!"

„Aber… das geht so nicht!", sagte Feldhoff, der bislang höflich geblieben war, drohend. „Die Auktion zu stoppen wird Ärger verursachen. Das landet am Ende womöglich vor Gericht. Es gab schon viele solche Fälle."

„Ist mir gleich! Das muss dann halt mein Sohn regeln. Ich gebe die Sachen jedenfalls nicht aus der Hand!" Für Hüttinger war die Angelegenheit entschieden.

„Ich werde Ihren Sohn auf dem Handy anrufen – die Nummer hat er bei der Auktion ebenfalls hinterlegt. Mit Ihnen kann man ja nicht vernünftig reden!"

„Tun Sie, was Sie nicht lassen können", brummte Hüttinger spöttisch. „Aber wie gesagt: Die Sachen bleiben so oder so hier! Und jetzt: Wiederhören." Ohne Feldhoffs Reaktion abzuwarten, legte Hüttinger auf. Für einen Moment stand er kopfschüttelnd da und starrte durch den Flur in die düstere Wohnstube.

„Wer war das, Ludwig?" Die Mutter stand in der Küchentür. Mit der Langsamkeit eines alten Menschen steckte sie eine weiße Haarsträhne zurück, die aus ihrem Dutt gerutscht war.

„Hat der Max Ärger?", erklang plötzlich auch die brüchige Stimme des Großvaters aus der Küche, der dort tagein, tagaus am Kachelofen saß. Bis vor zwanzig Jahren war er der letzte Bauer auf dem Familienhof gewesen, ehe die Landwirtschaft am Ende nichts mehr einbrachte. Nun bestimmte die Arthrose sein Altenteil.

„Ja, der elende Lump hat einen Riesenärger!" Wütend nahm Hüttinger seine blaue Arbeitsjacke vom Haken an der Wand und streifte sie über. Darunter standen die Sicherheitsschuhe, die er auf dem Bauhof in Garmisch-Partenkirchen zu tragen hatte. „Dem werd ich helfen! Vor nichts hat der Saukerl Respekt!"

„Was ist denn passiert?" Besorgt beobachtete die alte Frau ihren Sohn, der in die Wohnstube ging. Sie folgte ihm in den Raum, der durch altmodische Vorhänge vor den Fenstern auch bei Tageslicht düster wirkte. Neben einem runden Esstisch gab es hier eine abgenutzte Sitzgruppe und eine Schrankwand. In der Ecke stand ein betagter Röhrenfernseher.

„Tja, Mutter, dein ach so netter Enkel ist wohl ein übler Betrüger", brummte Hüttinger und schaltete das Licht an. „Stell dir vor, er hat die Fundstücke vom alten Alois Hüttinger zum Verkauf angeboten."

„Was? Wie denn das, in Gottes Namen?" Erschrocken starrte die Alte ihren Sohn an. Ihre entsetzte Miene verriet, dass dies einem Familiensakrileg gleichkam. „Bist du sicher?"

„Ja, was glaubst du denn, worum es eben am Telefon ging?! Das war ein Händler aus München, der die alten Pergamentseiten und das Kruzifix unbedingt kaufen wollte."

„Aber wie hat der Max das denn bekannt gemacht?"

„Na, im Internet. Da geht das problemlos. Man veranstaltet eine Auktion, jeder kann daran teilnehmen und der Meistbietende bekommt am Ende den Zuschlag." Hüttinger schüttelte missmutig den Kopf. „Seit ihr zwei ihm das Smartphone geschenkt habt, ist er nur noch im Internet…"

„Aber noch sind die Sachen vom Alois da, oder?" Die alte Frau blickte skeptisch auf ein abgeschlossenes Element im unteren Bereich der Eichenschrankwand.

„Das will ich gerade nachsehen. Dem Lumpen trau ich alles zu! Aber den Schlüssel hab ja eigentlich nur ich." Hüttinger zog einen Schlüsselbund aus der Hosentasche und ging vor der Schrankwand in die Hocke.

„Ludwig, nenn deinen Sohn nicht Lump – er ist immer noch dein eigen Fleisch und Blut." Hüttingers Mutter faltete die Hände wie zum Gebet und beobachtete besorgt, wie ihr Sohn das kleine Türchen aus dunkler Eiche aufschloss. „Mit dem Geld hat er halt immer mal so seine Not, aber sonst ist er kein schlechter Bub."

„Ach je, ich kann's nicht mehr hören", stöhnte Hüttinger, während er die Tür öffnete. Das Innere des Schrankelements war zweigeteilt: Links lagen Mappen, Umschläge und Papierberge in schiefem Stapel übereinander. Rechts hingegen gab es drei Schubladen.

„Jetzt schauen wir mal, was der Max für ein Bub ist", brummte Hüttinger und hob misstrauisch die Augenbrauen. Rasch strich er sich ein paar nasse Haare, die ihm ins Gesicht gefallen waren, aus der Stirn. Er zog die untere Schublade heraus: Sie war leer. Auf dem verblichenen grünen Filzboden lagen nur ein paar Staubflusen und undefinierbare Krümel.

Für einen Augenblick sah Hüttinger zu seiner Mutter auf. Zornig riss er die beiden anderen Schubladen auf, die jedoch ebenfalls nicht das enthielten, wonach er suchte.

„Jesus Maria! Wo ist die alte Zigarrenkiste mit den Sachen vom Alois?" Die alte Frau verfolgte mit bestürzter Miene, wie ihr Sohn nun fieberhaft den Stapel auf der linken Seite durchwühlte. „Solang ich zurückdenken kann, war sie immer in der unteren Schublade ..."

„Ich hab's geahnt! Der verfluchte Scheißkerl!" Hüttinger zerrte den Stapel aus dem Fach, sodass sich die Papierberge auf den Holzdielen verteilten. Danach zog er die Schubladen heraus und kippte ihren Inhalt ebenfalls auf den Boden.

„Er hat die Sachen gestohlen! Dieser Teufel beklaut die eigene Familie!" Mit wütend aufgerissenen Augen überflog er das Durcheinander am Boden, ehe er die Unterlagen in einem Anflug von Jähzorn mit den Füßen in alle Richtungen kickte.

„Gott bewahre! Sowas würd' der Max doch nicht tun ..."

„Du siehst es doch!" Hüttinger ballte die Fäuste. „Das ist das wahre Gesicht deines lieben Enkels. Er muss mir den Schlüssel irgendwann nachts einmal aus der Jacke genommen haben. Verflucht! Wenn ich den Lump erwische, schlag ich ihn tot!"

„Ludwig! Versündige dich nicht!" Die alte Frau bekreuzigte sich und sah ihren Sohn besorgt an. Als er ihren Blick mit grimmiger Miene erwiderte, wandte sie sich erschrocken ab.

„Diesmal ist er zu weit gegangen!" Hüttinger stürzte hinaus in den Flur. Zwei Stufen auf einmal nehmend, jagte er die Treppe hinauf und dann über die schmale Stiege hoch ins Dachgeschoss. Wütend drückte er die Tür auf und trat in Max' Zimmer.

Sonnenlicht fiel durch die beiden Dachfenster und erhellte den Raum unter den mit Holz verkleideten Schrägen. Es war ein kleines Zimmer, das gerade einmal Platz bot für Bett, Schrank und Schreibtisch. Das Mobiliar war im veralteten Design eines Jugendzimmers aus furnierten Spanplatten gefertigt. An den Wänden und Schrägen hingen Poster von 50 Cent, Jennifer Lopez, Sido und dem FC Bayern. Der Raum repräsentierte eher die Geisteswelt eines 14-Jährigen als die eines zehn Jahre älteren Mannes.

„Na, dann schauen wir mal", zischte Hüttinger. „Wo könnte der Dreckskerl es versteckt haben?" Er trat an das ungemachte Bett, riss die Decke herunter und drehte die Matratze auf den Kopf. Dann öffnete er den Kleiderschrank, holte nacheinander alle Klamotten heraus und warf sie auf den Boden. In seinem Eifer bemerkte er nicht, dass seine Mutter ihm ins Dachgeschoss gefolgt war und ihn angstvoll von der Tür aus beobachtete. Inzwischen hatte er sich den kleinen Schreibtisch vorgenommen. Zügig öffnete er die Schubladen und kippte ihren Inhalt ebenfalls auf den Boden. Doch die alte Zigarrenkiste war nirgendwo zu finden.

„Ludwig...", begann die Mutter beschwichtigend, verstummte jedoch schnell. Erschüttert beobachtete sie das Treiben ihres Sohnes, der unterdessen von rastloser Suche hin zu mutwilliger Zerstörung gewechselt war. Mit hämischer Boshaftigkeit warf er den kleinen Fernseher und die

Stereokompaktanlage zu Boden. Zu guter Letzt schleuderte er die am Bett stehende Lavalampe gegen die verspiegelte Schranktür. Mit ohrenbetäubendem Klirren zerbarst das Glas. Zahllose Splitter fielen zu Boden und landeten in einer zähflüssigen Lache aus roter Flüssigkeit.

„So, das wär das!" Ludwig Hüttinger nickte grimmig, als ob er zufrieden wäre mit seinem Werk. „Und wenn der Dreckskerl die Sachen nicht zurückbringt, will ich ihn hier auf dem Hof nicht mehr sehen. Dann hat er sich eine neue Bleibe zu suchen, ist das klar?! Ich bin fertig mit dem Taugenichts!"

Er starrte seine Mutter mit einem derart durchdringenden Blick an, dass sie auf eine Erwiderung verzichtete. Als er an ihr vorüber durch die Tür trat und die Stiege hinunterging, sah sie ihm bekümmert nach. Schließlich schüttelte sie den Kopf und folgte ihm hinunter ins Erdgeschoss.

„Ja, Herrschaftszeiten, was ist denn das für ein Krach im Haus?", kam es mit einem Mal aus der Küche.

„Das kann dir die Mutter erzählen", erwiderte Hüttinger. „Es wird höchste Zeit für mich, ich muss jetzt zur Arbeit." Er nahm die Sicherheitsschuhe und setzte sich auf die Treppenstufen. „Und wenn ich am Nachmittag zurückkomme und der Bursche ist hier, dann..."

Er beendete den Satz nicht, sondern nickte nur stumm und zog sich die Schuhe an.

„Ich bete zur Mutter Gottes, dass du dich wieder beruhigst, Ludwig." Seine Mutter berührte ihn sanft an der Schulter. „Es wär doch schrecklich, wenn die Familie wegen so einer Sache zerbricht."

„Meine Geduld mit dem Kerl ist einfach am Ende." Hüttinger schüttelte den Kopf. „Er hat seine eigene Familie bestohlen – das Maß ist endgültig voll! Immer hat er irgendwo Schulden und braucht dringend Geld."

„Ja, aber er verdient doch auch so wenig da als Lagerist bei dem Discounter-Markt."

„Das ist doch seine eigene Schuld! Wär er nicht so faul, hätt er was aus sich machen können." Hüttinger bückte sich und nahm eine abgegriffene Aktentasche auf, die neben der Küchentür stand. Mit einem raschen Blick überzeugte er sich, dass Brot, Thermosflasche und die Zeitung eingepackt waren. „Allzu oft hab ich ihm aus der Patsche geholfen. Und wie oft der Vater und du ihm was zugesteckt habt, will ich gar nicht wissen. Dann hat er immer wieder Landwirtschaftssachen vom Hof verkauft, oft auch heimlich. Da gab's jedes Mal Ärger. Aber jetzt die alten Sachen vom Alois Hüttinger ... Die waren über Jahrhunderte heilig in der Familie. Es ist genug!"

„Vielleicht kann er den Verkauf ja noch zurücknehmen?"

„Das ist das Mindeste! Wenn ihm aber das Geld wichtiger ist, dann gnade ihm Gott!" Hüttinger nickte düster. „Servus, Vater, ich geh zur Arbeit." Ohne den Gruß des alten Mannes abzuwarten, durchquerte er den Flur und öffnete die Haustür.

„Ich versuch, mit dem Bub zu reden, Ludwig", erklärte die Mutter in versöhnlichem Ton. „Er wird's sicher einsehen. Ich muss nur schauen, wann er denn heimkommt. Er ist heute nicht im Supermarkt, er hat einen Tag freigenommen."

„Herrje, damit ist doch schon alles klar! Der Saukerl hat die alte Zigarrenkiste eingesteckt, damit er die Sachen gleich verkaufen kann." Ludwig Hüttinger schüttelte den Kopf und trat auf den Hof hinaus. Er atmete tief die Morgenluft ein, hatte aber keinen Blick für die wundervolle Kulisse des Karwendels, die über die Dächer der Nachbarhäuser hinweg zu sehen war. Grün bewaldete Hänge und steinige Kare zogen sich hinauf zu den hohen Bergspitzen, deren Felsgestein im Sonnenschein hell leuchtete.

Der Hüttinger-Hof lag im westlichen Teil der Gemeinde Krün und bestand aus dem Wohnhaus und einer alten Scheune. Früher hatten hier noch weitere Gebäude und Stallungen gestanden, doch mit Aufgabe der Landwirtschaft waren sie niedergerissen und Grund und Boden nach und nach verkauft worden. Die verbliebene Anlage des Hofes hatte ihre besten Tage längst hinter sich: Das alte Haus hatte dringend einen neuen Verputz nötig und die Holzwände der Scheune waren grau und morsch. Auf der Freifläche zwischen den Gebäuden wucherten Gräser und Gestrüpp.

„Mir ist's ernst, Mutter: Der Max hat mir heut Abend Rede und Antwort zu stehen, und wenn ich ihn an den Haaren herziehen muss. Und wehe, er hat die Sachen vom alten Alois am Ende wirklich verkauft. Dann prügle ich ihn eigenhändig vom Hof! Und zwar für immer!"

Mit grimmiger Miene ging Hüttinger hinüber zur Scheune, zog die beiden Torflügel auf und öffnete die Fahrertür des alten VW Golfs, der im Halbdunkel stand. Für einen Moment schaute er hinüber zu der rückwärtigen Scheunenwand, wo sonst immer Max' schwarze Enduro-Maschine stand und jetzt nur ein dunkler Ölfleck auf dem Sandboden zu sehen war. Dann schleuderte er seine Aktentasche auf den Beifahrersitz und stieg ein.

Als er den Wagen aus der Scheune fuhr, nahm er, tief in Gedanken versunken, nicht einmal den Gruß der Mutter wahr, die am Tor stand und zögerlich die Hand hob. Mit bekümmerter Miene sah die alte Frau ihm nach.

KAPITEL 2 – BEGEGNUNG IM HOTEL

Die Sonne des schönen Maitages hatte ihren Zenit noch nicht erreicht. Ihre hellen Strahlen fielen schräg durchs Fenster ins Innere des Hotelzimmers und beleuchteten das betagte Mobiliar und den stumpfen Teppichboden. In diesem Licht wurden unter Schrank, Tisch und Bett größere Ansammlungen von Staub und Flusen sichtbar.

Die Hotelpension Loisachklamm lag knapp fünf Gehminuten vom Garmischer Kurpark entfernt auf der nördlichen Seite der Loisach. Es war ein günstiges Etablissement, das aus seinem Alter und seinem minderen Komfort keinen Hehl machte. Zwanzig einfache Zimmer hatte das Haus. Unten gab es eine Gaststube, deren Tresen zugleich als Hotelrezeption fungierte. Die gesamte Inneneinrichtung des Hotels im bayerischen Landhausstil stammte aus den siebziger Jahren und wies entsprechende Altersspuren auf. Ähnliches galt für die verblassten Tapeten und Vorhänge.

All dem jedoch schenkten die drei Männer, die sich in dem kleinen Zimmer Nr. 7 versammelt hatten, keinerlei Beachtung. Auch die von außen hin und wieder hereindringenden Geräusche des geschäftigen Kur- und Touristenortes nahmen sie nicht wahr. Konzentriert und geradezu gebannt saßen und standen sie um das kleine Tischchen herum, auf dem neben einem grün eingebundenen Neuen Testament eine alte Zigarrenkiste lag.

„Sehr schön, wirklich sehr schön", murmelte Egon Braisch in seinen dunklen Vollbart. Der Mann aus Radebeul bei Dresden nickte bedächtig und nahm das silberne Kruzifix in die Hand. Mit Kennerblick musterte er das uralte Kleinod, das allenfalls die Ausmaße einer Visitenkarte besaß und oben eine kleine Öse aufwies. Auf dem matt-silbernen Korpus, der hier und da von schwarzen Flecken überzogen war, ließen sich vage die Konturen des Gekreuzigten erahnen.

„Schlichter romanischer Stil", konstatierte er. Im einfallenden Licht der Sonne drehte er das Kunstwerk in alle Richtungen. Sein am Tisch sitzender geschäftlicher Partner Dieter Golkowski folgte den Bewegungen mit fast ehrfürchtigem Blick.

„Na wie auch immer, das ist jedenfalls richtig wertvoll", sagte der junge Max Hüttinger mit Nachdruck. Er setzte sich auf dem Stuhl in eine aufrechte Haltung und strich sich durch die üppig wuchernde blonde Mähne. Seinen Motorradhelm auf den Oberschenkeln balancierend, blickte er ungeduldig zwischen den beiden Männern aus Sachsen hin und her.

„Jaja", murmelte Braisch in seinen Bart hinein. Er schien tief in Gedanken versunken. „Hm, Dieter, wie sieht's aus? Was meinst du?" Er legte das Kruzifix wieder zurück auf den Tisch und deutete auf die drei nebeneinander ausgebreiteten Pergamentseiten. „Das Silberkreuz ist schön, aber die hier sind doch arg ramponiert, oder?"

„Ja, leider schon", erwiderte Golkowski und setzte eine bedauernde Miene auf.

Hüttinger wippte mit dem rechten Bein nervös auf und ab. „Die sind echt verdammt alt und auch noch in Latein!"

Mit leicht vorwurfsvollem Blick beobachtete er, wie Golkowski eine der alten Seiten vorsichtig in die Hand nahm und skeptisch beäugte. Es war eindeutig, dass die drei Blätter ursprünglich einmal gemeinsamer Teil eines länglichen Pergaments gewesen waren. Dieses Dokument war jedoch wohl schon kurz nach seiner Beschriftung zweifach gefaltet worden, wodurch das Pergament dann im Laufe der Jahrhunderte an eben diesen Faltstellen in drei Teile auseinandergebrochen war.

„Am besten sieht noch die Seite hier aus, die ja auch bei Ihrer Auktion abgebildet ist." Golkowski deutete auf den früheren Kopfteil des Gesamtpergaments, auf dem der lateinische Text in krakelig geschwungener Handschrift begann. „Bei den beiden anderen Teilen ist die Schrift verblasst und an den Bruchstellen kaum lesbar." Mit demonstrativ abschätzigem Blick beugte sich Braisch hinunter und strich sich nachdenklich durch den Bart.

„Na wie auch immer", wiederholte der junge Hüttinger störrisch und bemühte sich um ein Pokerface. „Ich hab da noch eine Reihe anderer Interessenten für den Kram." Der schlaksige Kerl reckte das Kinn vor und spielte am Reißverschluss seiner Motorradjacke herum, als ob er sich zum Aufbruch rüsten wolle.

„Ach, Herr Hüttinger." Braisch lächelte jovial und klopfte Max in herablassender Freundlichkeit auf die Schulter. „Ich bin sicher, wir werden uns einig. Sonst wären wir beide doch nicht extra von Dresden hierher gefahren, hab ich recht, Dieter?!"

„Absolut richtig, Eggi", stimmte Braischs Partner trocken zu. Der knapp Vierzigjährige, dessen schütterer Haarwuchs in krassem Kontrast zur Bart- und Kopfhaarfülle des etwas älteren Braisch stand, schien generell ziemlich humorlos zu sein.

„Na schön!" Hüttinger nickte. „Dann kommen wir mal zum Geschäftlichen: In der Früh lag das Höchstgebot für die Auktion bei knapp fünfhundert Euro. Da das Ganze noch eine Laufzeit von zwei Tagen hat, denk ich, dass es locker vierstellig werden kann. Von daher…" Er blickte gespannt in die Runde.

„Jetzt versteh ich Ihren Benutzernamen." Braisch lächelte erneut. „Maxinator_XXL steht wohl für: den maximalen Preis aushandeln, wie?"

„Ja, logo", lachte Max selbstgefällig.

„Aber wahrscheinlich ist Ihre Einschätzung der Auktion nicht falsch", sagte Braisch nachdenklich. Der Ältere der beiden Sachsen war eindeutig der Kopf des Gespanns und damit auch der Verhandlungsführer. „Ich denke, wir könnten das Feilschen ein wenig abkürzen, indem wir uns gleich auf – na, sagen wir mal – runde zweitausend Euro einigen. Was meinen Sie dazu?"

„Ja, das ist schon einmal ein Wort!" Max Hüttinger nickte überrascht, bemühte sich aber sofort, nicht allzu begeistert zu wirken. „Aber irgendwie … hätte ich mir doch etwas mehr erhofft. Wie gesagt, die Sachen sind schon seit hundertfünfzig Jahren in unserer Familie und sicherlich noch dreimal so alt."

„Hm, mag sein, aber der Zustand …", murmelte Braisch und schüttelte langsam den Kopf.

„Also, wie gesagt, ich habe außer Ihrer Mail noch ein paar andere Anfragen bekommen von Interessenten, die das Ganze auch gerne außerhalb der Auktion machen würden", sagte Hüttinger. „Die würden wohl locker das Doppelte bezahlen."

„Wie gesagt: Maxinator_XXL." Braisch sah seinen Partner fragend an und kratzte sich am Bart. „Okay, da ich kein Freund langer und peinlicher Schachereien bin, würde ich jetzt die Mitte des Wegs vorschlagen: dreitausend Euro cash auf die Hand."

„Ja servus!" Hüttinger lachte und streckte dem bärtigen Mann die rechte Hand entgegen. „So machen wir's. Das ist doch ein super Deal für alle Seiten!"

„Auf jeden Fall!", erwiderte Braisch und ergriff die Hand des jungen Mannes. „Ich wusste, dass wir uns einig würden. Wir Hobbysammler haben jetzt ein paar neue Antiquitäten und Sie ein hübsches Sümmchen. Dieter, was meinst du dazu? Einverstanden?"

„Natürlich, ein guter Preis", sagte Golkowski trocken.

Egon Braisch ging hinüber zur Garderobe und holte aus seiner Jacke eine altmodische Brieftasche hervor.

„Dieter, kannst du bitte eine Quittung schreiben?" Braisch zählte die Summe in Zweihunderter-Scheinen auf den Tisch, während sein Partner auf einem Schreibblock die Grunddaten des Handels notierte. Mit großen Augen und breitem Grinsen im Gesicht beobachtete Max Hüttinger das Geschehen.

„So. Und Sie ziehen dann bitte gleich heute noch Ihre Auktion zurück, damit es keinen Ärger gibt", sagte Braisch bestimmt und schob Hüttinger die Geldscheine zu.

„Ja, freilich", erklärte dieser eifrig, während er das Geld schnell in die Innentasche seiner Motorradjacke steckte.

„Wollen Sie nicht nachzählen?", fragte Golkowski irritiert und schob dem jungen Mann Stift und Papier zu.

„Ach was, wir sind doch ehrliche Leute." Hüttinger unterzeichnete im Aufstehen die Quittung.

„So ist es." Braisch lächelte und streckte Hüttinger noch einmal die Hand entgegen. „Wunderbar, dass es so gut geklappt hat. Und wenn Sie noch einmal etwas zu verkaufen haben, melden Sie sich einfach. Sie haben ja meine Nummer."

„Mach ich, auf jeden Fall." Den Helm unter den linken Arm geklemmt, schüttelte Max die Hand und nickte Golkowski noch einmal zu. „Und, wie sieht's aus? Geht's gleich wieder heim nach Sachsen?"

„Tja, vielleicht bleiben wir noch ein paar Tage und machen Urlaub. Ist ja sehr schön hier." Braisch nickte in Richtung des Fensters. „Bei uns im Elbsandstein sind die Berge nicht mal halb so hoch." Er klopfte Hüttinger auf die Schulter und begleitete ihn zur Zimmertür.

***

Als sich die Tür hinter dem jungen Mann geschlossen hatte, trat Braisch mit einem fassungslosen Lächeln zurück an den Tisch. Er sah seinen Partner an und schüttelte ungläubig den Kopf.

„Dir ist klar, dass man so einen Dusel sicher nur einmal im Leben hat?! Was für ein ahnungsloser Trottel! Das ist ein Jahrhundertfund! Die Sachen selbst sind schon ein kleines Vermögen wert, aber dann noch diese Chance, dass da was wirklich Großes zu heben ist. Wahnsinn! Dagegen sind all unsere bisherigen Funde in Sachsen und Thüringen ein Witz."

„Du hast den Kerl aber auch ziemlich gut an der Nase rumgeführt."

„Ja, der war wirklich so was von naiv! Manchmal hatte ich schon Angst, dass er das Spiel noch durchschaut und aufwacht. Aber der hatte null Plan, und am Ende hat dann eh seine Gier gesiegt."

„Was für ein Glück, dass wir als Erste an ihm dran waren! Den hätten auch andere locker über den Tisch ziehen können." Golkowski beugte sich mit Kennerblick über die Pergamente. „Wenn man sich das mal vorstellt, Eggi: Diese Seiten hier sind wirklich tausend Jahre alt! Ein Original aus der Ottonenzeit, vielleicht so bedeutend wie die Nibelungen-Handschrift..."

„Und dieser Bursche dachte, uns ginge es vor allem um das Kruzifix." Braisch hatte aus einer Reisetasche eine Schnapsflasche hervorgeholt. „Tja, da hat diese bayerische Bauernfamilie über hundertfünfzig Jahre lang einen unvorstellbaren Schatz in der Hand, und keiner von denen kommt mal auf die Idee, sich das Ganze genauer anzusehen und den Text zu übersetzen."

„Na ja, Latein ist nicht jedermanns Sache. Außerdem hat der Kerl doch erzählt, dass die das immer für einen Gebetstext oder etwas aus der Bibel gehalten haben, da der Urahn die Sachen damals ja in einer Kirchenruine gefunden hat. Also war das für die frommen Bauern wohl eher heilig als wertvoll."

„Gott sei Dank! Die bayerische Frömmigkeit und Inzucht haben dafür gesorgt, dass wir beide jetzt die Ernte einfahren. Das könnte uns richtig reich machen, Dieter! Richtig reich! Darauf einen Nordhäuser!"

Braisch hob die Flasche triumphierend in die Höhe und nahm einen tiefen Schluck. Dann reichte er sie lachend an seinen Partner weiter, der jedoch nur daran nippte.

„Lass uns die beiden anderen Textseiten entziffern", sagte Golkowski sachlich und gab die Flasche zurück. „Ich hol schnell das Latein-Wörterbuch und das Paläografie-Lexikon aus meinem Zimmer."

„Ja, gut", nickte Braisch und genehmigte sich noch einen Schluck. „Ich hoffe, die neuen Blätter verraten uns, wo wir zu suchen haben …" Versonnen starrte er auf das Flaschenlabel.

***

Unterdessen hatte Max Hüttinger die Hotelpension Loisachklamm verlassen. In der Gaststube war er noch dem Besitzer und Wirt begegnet, einem korpulenten Mann mit Schweißperlen im Gesicht und auf der Halbglatze. Nach einem flüchtigen Gruß war er dann auf die Straße getreten und zu seiner schwarzen Enduro gegangen, die auf dem kleinen Hotelparkplatz stand.

Ein blauer Himmel spannte sich über Garmisch-Partenkirchen, die Luft war klar und warm und es duftete nach Frühling. Kurgäste, Touristen und Wanderer gingen mit heiteren Mienen die Straße entlang. Doch Max schenkte all dem keine Beachtung. Er legte den Motorradhelm auf den Tank und zog das Geldbündel aus der Jackentasche. Als er die Geldscheine in aller Ruhe zählte, funkelte ein euphorisches Leuchten in seinen Augen. Dass der eine oder andere Passant neugierig zu ihm herübersah, ignorierte er.

Es war viel besser gelaufen, als er es sich erträumt hatte. Dass es aber auch wirklich Menschen gab, die ein Vermögen für so alten Kram ausgaben! Unglaubliche dreitausend Euro. Max schüttelte fassungslos den Kopf. Damit konnte er nicht nur die Schulden bei den Spezis begleichen, sondern sich auch noch etwas Spaß gönnen. Was würden die Kumpels und erst die Steffie für Augen machen?! Die hielten ihn ja immer für einen Hallodri, der stets klamm war. Als Discounter-Lohnknecht trauten sie ihm nicht viel zu. Aber morgen Abend würde er im Starlight mal so richtig Gas geben, damit die Spötter vor Neid erblassten.

25

Als Max die Geldscheine schließlich wieder zurücksteckte, ertönte mit einem Mal Sidos „Mein Block". Noch ehe es an seinem Oberschenkel vibrierte, hatte er bereits sein Smartphone aus der Hosentasche gezogen. Überrascht sah er, dass es eine ihm unbekannte Nummer mit Münchner Vorwahl war.

„Hallo?", fragte er neugierig.

„Grüß Gott, sind Sie Max Hüttinger?"

„Ja, bin ich. Wer ist denn dran?"

„Feldhoff, Dr. Karlheinz Feldhoff", kam es prompt zurück. „Ich bin Antiquar aus München. Wie schön, dass ich Sie endlich erwische!" Die Erleichterung in der Stimme des Geschäftsmannes war unüberhörbar. „Es geht um Ihre Auktion, an der ich wirklich außerordentlich interessiert bin. Ich habe Ihnen schon mehrere Mails geschickt und fälschlicherweise auch mit Ihrem Herrn Vater telefoniert ..."

„Mit meinem ...?" Ein mulmiges Gefühl begann sich tief in Max zu regen. Die ganze Zeit über hatte er nicht an den Alten gedacht.

„Oh ja, das war etwas unerfreulich", erwiderte Feldhoff mit bitterem Lachen. „Er war ... nun, sagen wir mal, nicht sehr begeistert und noch weniger kooperativ."

Max schwieg. Düstere Gedanken jagten mit einem Mal wild durch seinen Kopf. So ein verfluchter Mist! Jetzt wusste also der Alte Bescheid. Er hatte geplant, den Verkauf heimlich über die Bühne zu bringen, damit seine Familie das Fehlen der alten Sachen erst irgendwann später einmal bemerken würde. Und jetzt hatte ausgerechnet sein Vater den Anruf entgegengenommen! Hätte ich doch nur die Festnetznummer nicht angegeben, dachte Max wütend.

„Also, wenn es nach Ihrem Herrn Vater ginge, dürften diese alten Sachen nicht verkauft ..."

„Wieso zum Teufel haben Sie mit ihm überhaupt darüber geredet?", unterbrach Max den Antiquar zornig. „Das war echt saudumm!"

„Also, entschuldigen Sie mal!", erwiderte Feldhoff empört. „Da Sie nicht auf meine Mails geantwortet haben, musste ich ja wohl anrufen, oder?"

„Verdammt!", rief Max. „Na, die Auktion können Sie so oder so vergessen, der Deal ist schon gelaufen."

„Wie bitte? Das ist nicht Ihr Ernst, oder?!"

„Aber sicher! Vor einer Viertelstunde ist das Zeug über den Tresen gegangen, für ein schönes Sümmchen. Also vergessen Sie die Sache mal ganz schnell! Nachher ziehe ich die Auktion offiziell zurück, und das war's dann."

„Wie bitte? Das … das können Sie nicht machen!", erwiderte der Antiquar entrüstet. „An wen sind die Sachen denn verkauft worden? Und wie viel haben Sie erhalten? Ich biete auf jeden Fall einiges mehr, hören Sie?"

„Zu spät, zu spät." Max lachte spöttisch. Fast war es ihm eine Genugtuung, den Mann abstrafen zu können.

„Nein, warten Sie bitte!", rief Feldhoff mit Panik in der Stimme. „Wir müssen uns sehen, unbedingt! Ich bezahle Ihnen pauschal den doppelten Preis, den Sie eben erzielt haben. Sie müssen nur den Verkauf rückgängig machen."

„Haben Sie nicht gehört: Es ist zu spät!"

„Nein, nein, bitte! Ich komme bei Ihnen vorbei", drängte Feldhoff unbeirrt. „In der Auktion ist Garmisch-Partenkirchen als Standort genannt? Heute schaffe ich es leider nicht mehr, aber ich bin gleich morgen früh bei Ihnen, okay? Wo können wir uns treffen?"

„Genug jetzt, ja?! Es gibt nichts mehr zu sagen. Servus!"

Kurzerhand beendete Max Hüttinger das Gespräch. Der Typ war ja völlig irre, nie und nimmer hätte der das Doppelte bezahlt, dachte er verächtlich, schüttelte dann aber beunruhigt den Kopf. Die unheilvolle Tatsache, dass sein Vater Bescheid wusste, drängte plötzlich alles – auch die Freude über die dreitausend Euro – vollkommen in den Hintergrund. Er kannte dessen Jähzorn gut genug, um das Schlimmste zu befürchten. Sollte der Alte im Stubenschrank nachgesehen und herausgefunden haben, dass die Sachen fehlten, dann musste er sich warm anziehen. In cholerischem Zustand war sein Vater wirklich unberechenbar. Es war sicherlich das Beste, vorerst einen weiten Bogen um den Hüttinger-Hof zu machen. Spontan beschloss er, sich zumindest bis zum folgenden Tag bei Steffie einzuquartieren.

Seine Überlegungen wurden jäh unterbrochen, als Sido ein weiteres Mal zu rappen begann. Ein Blick auf das Display zeigte erneut die Münchner Nummer des Antiquars. Max schnaubte und wies den Anruf ab. Der Typ nervte gewaltig. Wahrscheinlich gab er erst Ruhe, wenn die Auktion endgültig und offiziell beendet war. Max beschloss, die Annullierung als Allererstes zu erledigen, wenn er bei Steffie war.

Entschlossen wählte er ihre Nummer. Kaum war das erste Freizeichen ertönt, nahm sie schon ab. Wie die meisten Mädels, die er kannte, trug auch seine Freundin ihr Smartphone wie ein Körperteil ständig bei sich. Sie war ein Kommunikationsjunkie, süchtig nach Telefonaten, Chats und SMS.

„Hey, Max", erklang ihre helle Stimme.

„Servus, Steffie. Wie schaut's aus bei dir?", fragte er. „Bist du noch daheim?"

„Ja, ich hab heut doch die späte Schicht und muss erst am Nachmittag los."

„Na, sauber!", sagte Max. „Dann komm ich gleich bei dir vorbei. Hast du zufällig einen Sekt zu Hause?"

„Hm, ich glaube, es ist noch ein Piccolo im Kühlschrank", erwiderte sie überrascht. „Wieso?"

„Du wirst Augen machen, Steffie. Es gibt was zu feiern."

KAPITEL 3 – IM VISIER

Als Ignaz Greibl die Wachstuchdecke des Küchentischs mit dem feuchten Lappen abwischte, hielten die Götter gerade Einzug in ihre neue Burg Walhall. Feierlich und voller Pathos tönten die Fanfaren durch die Wohnung. Der 55-Jährige war ergriffen wie jedes Mal, wenn er das Walhall-Motiv vernahm. Die Musik Richard Wagners brachte in seinem Innern eine Saite zum Schwingen, die ihn mit einem tiefen Gefühl von Rührung und Sehnsucht erfüllte. Eine solche Ergriffenheit erfasste ihn ansonsten kaum in seinem strukturierten Leben.

Ignaz Greibl war ein nüchtern-sachlicher Verstandesmensch, dem große Gefühlsaufwallungen eher fremd waren. Vielleicht war das einer der Hauptgründe, warum er einerseits Kriminalbeamter geworden war und andererseits am liebsten allein lebte. Das auf sich selbst reduzierte Dasein war geprägt von Ordnung, Sicherheit und Verlässlichkeit – exakt diese drei Qualitäten rangierten in Greibls Weltbild ganz oben. Die Emotionalität der Musik Richard Wagners bildete hierzu einen Kontrapunkt – sie bot eine dramatische Gefühlsachterbahn, die er jederzeit mit der Start- und der Stopp-Taste seines CD-Players steuern konnte. Das war im realen Leben, wie er gelernt hatte, kaum möglich.

Aufmerksam ließ er den Blick über den Küchentisch wandern und stellte zufrieden fest, dass von seinem Mittagessen keine Spuren übrig geblieben waren. Alle Krümel waren weggewischt, Teller und Besteck hatte er in die Spülmaschine geräumt. Auch sein Stuhl stand wieder im gewohnten Abstand und Winkel unter dem Tisch. Greibl hatte eine exakte Idealvorstellung von Heim und Herd. Mochte die Welt draußen auch noch so chaotisch sein – hier störte nichts seine Kreise. Hier in seiner Zweizimmerwohnung war er seines Glückes eigener Schmied.

Zufrieden über sein gewölbtes Bäuchlein streichend, trat er ans große Wohnzimmerfenster. Jenseits des spärlich begrünten Balkons reichte der Blick über die Dächer der Gemeinde Wallgau hinweg zu den hoch aufragenden Bergen des Karwendels. Prüfend beäugte er den Himmel: Es war schönstes Wanderwetter! Die Sonne strahlte, kein Wölkchen war zu sehen. In bester Laune beschloss Greibl, an diesem dienstfreien Tag einen Spaziergang zum Sachensee zu machen.

In feierlicher Aufbruchsstimmung, ganz wie im Hintergrund Wagners Götter, warf sich der Hauptkommissar einen Pullover über die Schultern und zog seine Wanderschuhe an. Schließlich nahm er einen Regenschirm von der Garderobe – für alle Fälle. Beim Blick in den Spiegel ordnete er akkurat den Seitenscheitel seiner grauen Haare. Unterdessen intonierte das Orchester das wuchtige Finale des „Rheingolds". Leise mitsummend trat Greibl an den CD-Player und starrte entrückt auf die Digitalanzeige. Als der letzte Ton verklang, hallte die Musik noch eine Weile in seinem Kopf nach. Schließlich schaltete er die Stereoanlage ab und drückte den Schalter der Steckdosenleiste – eine Sicherheitsmaßnahme, die er bei allen elektrischen Geräten einsetzte.

Als er zur Wohnungstür ging, spähte er noch einmal in sämtliche Räume und prüfte, ob er überall Licht und Strom ausgemacht hatte. Dann erst ging er ins Treppenhaus und schloss mithilfe eines mächtigen Schlüsselbundes die Tür sowie zwei Querriegelschlösser ab. Unten im Hausflur warf er noch einen Blick in den Briefkasten, ehe er schließlich hinaus auf die Straße trat.

Für einen Moment blieb er stehen und atmete tief die frische Bergluft ein. Da sah er plötzlich aus dem Augenwinkel eine Bewegung hinter einem Fenster des Nachbarhauses. Unwillkürlich verkrampfte er, wusste er doch ganz genau, wer ihn da hinter den Küchengardinen beobachtete. Die Witwe Thalhauser lebte allein in dem Bungalow aus den siebziger Jahren, der so gar nicht zur oberbayerischen Dorfkulisse Wallgaus passte. Ihr vor fünf Jahren verstorbener Gatte, ein örtlicher Bauunternehmer, hatte das Domizil seinerzeit zweifellos aus Prestigegründen bewusst anders gestaltet.

Greibl tat so, als hätte er die heimliche Späherin nicht bemerkt. Mit betont gleichmütiger Miene setzte er sich in Bewegung und passierte den mustergültig gepflegten Vorgarten des Bungalows. Im Stillen hoffte er darauf, dass er dieses Mal unbehelligt davonkäme, und nicht – wie schon so oft – von der redseligen Dame in ein Gespräch verwickelt würde. Ob man sich bei den benachbarten Mülltonnen traf oder im Dorf – jedes Mal zwang sie ihn zu einem Smalltalk. Und das, wo er solches Höflichkeitsgeplapper nicht mochte und immer das Gefühl hatte, langweilig und spröde zu wirken.

Dabei war ihm Elisabeth Thalhauser eigentlich alles andere als unsympathisch oder unangenehm. Im Gegenteil: Die sportliche Endfünfzigerin war zweifellos eine attraktive Erscheinung. Ihre üppige blonde Mähne war zwar von grauen und weißen Strähnen durchsetzt, doch die gebräunte Haut mit den vielen Fältchen um die braunen Augen und den meist lächelnden Mund ließen ihr wahres Alter vergessen.

Das einzige Manko aus Greibls Sicht war, dass er bei ihr eben kaum zu Wort kam. Als Rheinländerin praktizierte Elisabeth Thalhauser einen gutgelaunten, selten versiegenden Redefluss, der nicht so recht ins oft wortkarge Oberbayern passte. Umso mehr verwunderte es ihn, dass sie ausgerechnet ihn als eher stillen Eigenbrötler so häufig in recht einseitige Gespräche verwickelte. Ja, manchmal hatte er schon fast den Eindruck gehabt, als ob sie ihm regelrecht auflauern würde.

So war Ignaz Greibl immer hin- und hergerissen, wenn es um die Nachbarin ging. Einerseits scheute er das oft inhaltsleere Geplauder, andererseits zog sie ihn mit ihrem Charme und ihrem Aussehen durchaus in ihren Bann. Und dafür war er als langjähriger Single durchaus empfänglich. Die letzte Beziehung des Kommissars lag immerhin drei Jahre zurück.

„Juhu, Herr Greibl", rief es plötzlich laut und fröhlich hinter ihm.

In gespielter Überraschung drehte er sich um und sah sie in der Haustür stehen und winken. Also dann, dachte er schicksalsergeben und winkte lächelnd zurück.

„Ah, Frau Thalhauser. Grüß Gott", erwiderte er zögerlich und beobachtete zugleich, wie sie schnell eine Strickjacke anzog und in ihre Schuhe schlüpfte.

„Sie gehen ins Dorf?", fragte sie unschuldig und zog die Haustür hinter sich zu. Ehe er antworten konnte, kam sie schon mit eiligen Schritten hinter ihm her. „Da kann ich Sie ja vielleicht begleiten?"

„Ja, gern, aber ich laufe dann weiter zum Sachensee", sagte er nüchtern, als sie bei ihm angelangt war. „Ein kleiner Spaziergang."

„Ach, das ist ja eine tolle Idee! Bei dem Wetter sowieso!" Sie sah ihn mit strahlendem Lächeln an. „Wissen Sie was? Ich komm einfach mit! Das wär doch schön, da könnten wir uns mal richtig unterhalten, nicht immer nur so zwischen Tür und Angel. So viele Jahre sind wir nun schon Nachbarn und haben uns noch gar nicht richtig kennengelernt."

„Äh, ja, also… gern", antwortete Greibl ein wenig unbeholfen.

Nebeneinander gingen sie in Richtung der Ortsmitte Wallgaus. Schon überkam ihn Unsicherheit: Was sollte er mit ihr reden? Welches Thema anschneiden, ohne langweilig zu wirken?

„Sie arbeiten bei der Kripo in Garmisch, nicht wahr?", nahm sie ihm glücklicherweise die Gesprächseröffnung ab. „Das muss doch ziemlich spannend sein?!"

„Na ja, viel passiert hier auf dem Lande nicht. Wir sind ja keine Großstadt. Da ist alles ziemlich überschaubar und meist Routine."

„Auf jeden Fall ist es gut, einen Polizeibeamten zum Nachbarn zu haben", lachte sie und berührte ihn spontan am Arm. „Man fühlt sich irgendwie sicherer, schon gar als Frau…"

„Ach, hier in Wallgau brauchen Sie sich keine Sorgen zu machen. Das schwerste Verbrechen, das in unserer Gemeinde passieren kann, ist, dass jemand die Kehrwoche vergisst oder sonntags nicht zum Gottesdienst kommt." Gutgelaunt lächelte er Frau Thalhauser an, die herzhaft lachte.

„Ich hätt gar nicht gedacht, dass Sie so humorvoll sind, lieber Herr Greibl." Sie schüttelte lächelnd den Kopf und strich sich durchs Haar. „Wissen Sie, ich mag Männer mit Humor."

Verunsichert sah Greibl seine Begleiterin an und bemerkte irritiert ihren verschmitzten Blick. Was sollte er antworten? Flirtete Elisabeth Thalhauser etwa mit ihm? Schweigend ging er weiter. Sie hatten inzwischen den Dorfplatz mit den bemalten Häusern passiert und wanderten an der Kirche vorüber und dann über eine steil ansteigende Wiese auf die bewaldeten Hänge des Krepelschrofen zu. Auf den Aussichtsberg führte seit Jüngstem der Magdalena-Neuner-Panoramaweg, der zu Ehren der prominenten Biathletin aus Wallgau angelegt worden war. Zum Sachensee ging es unterhalb des Berges in nördliche Richtung.

„Haben Sie heute eigentlich Urlaub?", ergriff Elisabeth Thalhauser schließlich wieder das Wort. „Es ist doch erst Freitag."

„Ja, aber es ist ein freier Tag vor dem Wochenenddienst, den ich morgen früh antreten muss."

„Ach je, von diesen unregelmäßigen Dienstzeiten hört man ja oft, dass sie Ehen und Familien zerrütten", sagte sie teilnahmsvoll. „Wie gehen Sie denn damit um?"

„Nun ja, ich lebe allein, insofern stellt sich die Frage bei mir glücklicherweise nicht", erklärte Greibl. War das hier am Ende ein geschickt verpacktes Verhör?

„Wie? Das kann ich kaum glauben", tat sie überrascht. „Es gibt keine Frau an Ihrer Seite?"

„Oh, ich dachte, Sie wüssten das längst, Frau Thalhauser." Er zog die Augenbrauen hoch und lächelte vielsagend. „Sie haben doch stets gute Quellen."

„Woher soll ich...", begann sie, blieb mit einem Mal jedoch stehen und sah ihn gespielt vorwurfsvoll an. „Spotten Sie etwa über mich?!" Mit dem Zeigefinger deutete sie warnend in seine Richtung, lächelte jedoch entwaffnend. „Ich unterhalte mich nun mal gern. Aber na ja, mein Mann – Gott hab ihn selig! – hat sich auch immer über mein Plaudern lustig gemacht."

„Ich würde mich nie über Sie lustig machen", sagte Greibl. Als sich ihre Blicke begegneten, gab er einem spontanen Impuls nach und berührte sie für einen Moment sanft an der Schulter. „Gehen wir weiter..."

Eine Weile spazierten sie schweigend nebeneinander her, bis vor ihnen zwischen den bewaldeten Hängen das südliche Ufer des Sachensees in Sicht kam. Fichten standen um das idyllische türkisblaue Gewässer, das von Sandbänken durchzogen war. Sie überquerten eine kleine Wiese und traten ans Ufer.

„Wie wär's mit einer Pause in der Frühlingssonne?" Sie zeigte auf eine Bank. Das graue Holz war bereits alt und brüchig. Misstrauisch prüfte Greibl das morsche Material, und ehe sie sich setzen konnte, hatte er ein Stofftaschentuch hervorgeholt und die Oberfläche abgewischt.

„Sie sind wohl ein ziemlich ordentlicher Mann?" Mit einem Nicken bedankte sie sich, nahm neben ihm Platz und zwinkerte ihm zu. „Das sieht man eher selten. Wobei... es passt eindeutig zu Ihnen." Sie musterte ihn von Kopf bis Fuß und lächelte. „Sie sind immer eine gepflegte Erscheinung, und Ihr Balkon und die Fenster Ihrer Wohnung sind auch stets proper. Da habe ich ein Auge für."

„Hm, ich bin demnach scheinbar... unter Beobachtung?"

„Das ist man in einem Dorf immer, und als alleinstehender Mann erst recht", lachte sie und wandte ihr Gesicht der

Sonne zu. Sie schloss die Augen und lehnte sich entspannt zurück. Die silbernen Strähnen in ihren Haaren glitzerten im hellen Licht. Greibl betrachtete sie unauffällig von der Seite und war einmal mehr fasziniert.

„Wissen Sie was?", sagte sie plötzlich und richtete sich abrupt auf. „Jetzt, wo wir uns ein wenig näher kennengelernt haben, können wir uns auch duzen. Als die Ältere von uns darf ich das vorschlagen." Sie sah ihn mit einem entschiedenen Blick an, der keinen Widerspruch duldete. „Mein Name ist Lisa."

„Äh, ja gut, also ich heiße Ignaz", erwiderte er ein wenig überrumpelt und nickte wie zur Begrüßung. „Aber Sie sind doch niemals älter als ich, Frau Thal…, äh, Lisa?! Du siehst um einiges jünger aus."

„Das ist nett gemeint, Ignaz, aber glaub mir, ich weiß es ganz genau. Wie du schon gesagt hast: Ich habe sehr gute Quellen."

Eine Weile schauten sie schweigend über den See, in dem sich die Bäume und der wolkenlose Himmel spiegelten. So ruhig und beschaulich die Landschaft war, Greibl fühlte in seinem Innern eine aufgeregte Anspannung: Etwas Neues war womöglich dabei, in sein Leben zu treten. In seiner Skepsis gegenüber Veränderungen gesellte sich jedoch sogleich eine vage Unruhe zu dem neu erwachenden Gefühl von Aufbruch.

Schließlich war es Zeit für den Rückweg. Als sie sich von der Bank erhoben, blickte er reflexartig noch einmal zurück, um sich zu vergewissern, dass sie auch nichts liegen gelassen hatten. Er konnte in solchen Dingen einfach nicht aus seiner Haut. Es war ihm allerdings peinlich, als er merkte, dass sie ihn beobachtet hatte.

„Das ist doch gut." Sie lächelte beschwichtigend. „Du bist eben ein gewissenhafter Mensch."

„Hm, manche halten mich eher für einen Pedanten. Meine frühere Lebensgefährtin hat das an mir immer verachtet."

„Man muss die Menschen so nehmen, wie sie sind", erwiderte sie.

Als sie eine Zeitlang gegangen waren, sagte sie plötzlich: „Lass mich raten, sie mochte wohl auch Wagner nicht?"

„Wie? Ich verstehe nicht..."

„Na, Richard Wagner", sagte sie und musste lächeln, als sie sein verblüfftes Gesicht sah. „Du hörst seine Musik doch sehr oft, nicht wahr? Heute Morgen klang das ,Rheingold' durch den Garten zu mir herüber. Ich liebe Wagner."

„Du... was?!" Greibls Verstand benötigte einen Moment, um die Botschaft zu verarbeiten. Ungläubig schüttelte er den Kopf und starrte Lisa an, als ob ein Gespenst vor ihm stünde. „Ich hab noch nie eine Frau getroffen, die Wagner mag..." Mit einem Mal schien ihm die bis vor Kurzem noch fremde Nachbarin in hellem Licht zu erstrahlen.

„Tja, dann ist es jetzt wohl so weit."

KAPITEL 4 – AUFSTIEG INS KARWENDEL

Der kleine Parkplatz lag inmitten des weiten Kurvenbogens, den die Abfahrt der Bundesstraße Nr. 2 am östlichen Ortsrand von Mittenwald bildete. In Tropfenform war das baumbestandene Areal vom Asphalt eingeschlossen und bot Stellplätze für allenfalls zwanzig Autos. Henning Franke war entsprechend dankbar, hier noch fündig geworden zu sein, denn dies war der optimale Startpunkt für einen Aufstieg ins Dammkar-Gebiet des Karwendels.

Er stand am Kofferraum seines Wagens und spähte aufmerksam ins Innere des Rucksacks. Hatte er auch alles dabei? Obwohl er nur drei Tage in den Bergen klettern gehen wollte, wäre es fatal, etwas Wesentliches unten am Talort zu vergessen. Seine Ausrüstung – Seile, Klettergurt, Karabiner, Abseilachter, Seilbremse und derlei – hatte er ganz nach unten gepackt und noch am Morgen vor der Abreise genau geprüft. Darüber lagen Wechselkleidung, Kulturbeutel, Karten und Bergführer. Den Helm hatte er außen an einem Gurt befestigt.

Am Ende seiner Begutachtung schob Franke schließlich sein Smartphone in die Außentasche des Rucksacks und setzte ihn sich auf den Rücken. Dann schloss er den Kofferraum, ging noch einmal um das Auto herum und warf einen Blick hinein. Zuletzt betätigte er die Zentralverriegelung. Er war startbereit.

Mit einem Lächeln nickte er sich selbst zu und rückte die gepolsterten Tragegurte auf seinen Schultern zurecht. Erwartungsvoll sah er sich um: Vor ihm ragten die Wälder und Berge des westlichen Karwendels auf. Doch so schön der Anblick auch war – noch war er nicht vollends in der Natur angelangt. Unmittelbar hinter ihm rauschten die Autos vorüber. Die B 2 war nicht nur Mittenwalds Umgehungsstraße, sondern vor allem ein Nadelöhr zwischen Deutschland und

Österreich. Entlang der Isar waren es keine fünf Kilometer von hier bis ins Nachbarland.

Langsamen Schrittes setzte sich Franke in Bewegung. Es war früher Nachmittag, die Sonne schien vom klaren Himmel und die Frühlingsluft war angenehm mild. An der Reihe der geparkten Autos entlang machte er sich auf in nördliche Richtung, wo die Dammkarstraße als Fahrweg zwischen den Bäumen verschwand. Wie der Name schon andeutete, führte sie durch die Fichten-, Lärchen- und Kiefernwälder bis zum unteren Ende des Dammkars, einem riesigen Geröllfeld, das sich zwischen den Bergen des Karwendels erstreckte. Frankes Tagesziel war der Aufstieg durch dieses Gesteinsmeer hinauf zur Dammkarhütte.

Ganz vorn am Parkplatz sah er zwei Männer, die sich über die Motorhaube eines Passats beugten. Zwischen ihnen lag eine Landkarte ausgebreitet. Sie schienen sich in einer lebhaften Diskussion zu befinden. Immer wieder blickten sie deutend und gestikulierend nach Osten zu den Bergen des Karwendels. Einer von ihnen nahm zwischendurch auch ein Fernglas zu Hilfe. Für Franke hatte es den Anschein, als ob sie sich zu orientieren versuchten. Automatisch sah er auf das Nummernschild des Autos: Es war ein Dresdner Kennzeichen. Schon rechnete Franke mit einer Frage der beiden Männer, doch als er direkt an ihnen vorüberging, mieden sie den Blickkontakt. Sie verstummten und schauten starr hinunter auf die Karte. Es war unverkennbar, dass sie keinerlei Hilfe wollten.

„Hallo", grüßte Henning Franke kühl und wanderte vorüber, ohne sein Tempo zu verlangsamen. Die Männer nickten ihrerseits nur knapp und murmelten eine Erwiderung.

Na, dann eben nicht, dachte sich Franke, verließ den Parkplatz und überquerte die Auffahrt zur Bundesstraße. Auf der anderen Seite führte der asphaltierte Fahrweg steil in den Wald hinauf. Nach ein paar hundert Metern befand Franke sich inmitten des typischen Karwendeler Nadelwalds, und der Lärm des Straßenverkehrs blieb hinter ihm zurück. Dann endete auch der Asphalt, und der Fahrweg wurde zur Schotterpiste.

Für einen Moment blieb Henning Franke stehen. Den Kopf in den Nacken gelegt, blickte er zwischen den Bäumen hindurch empor in den blauen Himmel. Er atmete tief durch und spürte ein Gefühl von Glück und Befriedung in sich aufsteigen. Die Natur hatte ihn wieder... Er war dankbar dafür, dass sich diese wunderbare Empfindung immer wieder zuverlässig bei ihm einstellte, sobald er die Menschenwelt hinter sich ließ und die Gefilde von Mutter Erde betrat.

Da ging ihm mit einem Mal ein Song durch den Kopf, den er während der fünfstündigen Autofahrt lauthals mitgesungen hatte: „Run to the Hills – Run for your Lives". Der alte Klassiker von Iron Maiden hatte ihn mit zahlreichen anderen musikalischen Erinnerungen seit der morgendlichen Abfahrt von Frankfurt aus begleitet. Die selbstgebrannten CDs mit Hardrock-Musik aus seinen Jugendtagen konnte Henning Franke meist nur dann hören, wenn er ohne Frau und Tochter unterwegs war. Die fanden die alten Songs nicht nur nervtötend, sondern vor allem sein Mitgrölen peinlich und unwürdig.

Was für die Musik seiner Jugend galt, traf in ähnlicher Weise auch auf die Natur zu: Beide Sphären konnte er nur ohne seine kleine Familie genießen. Aus irgendeinem für ihn nicht nachvollziehbaren Grund scheuten seine Damen die Berge. Nach einem Urlaub im Verwall vor vielen Jahren hatten sie gleich die gesamten Alpen als langweilig und anstrengend verworfen. Einen weiteren Versuch hatte Franke ihnen seither nicht mehr abringen können. In Sachen Natur waren sie zu nicht viel mehr zu bewegen als zu einem Spaziergang im Frankfurter Grüngürtel, an der Mainpromenade oder durch den Palmengarten. Mittlerweile hatte er sich damit abgefunden. Im Laufe der Zeit hatte Franke, der als Berater für IT-Vorhaben und Sicherheitslösungen tätig war, aus der Not sogar eine Tugend gemacht. Er genoss inzwischen seine Solo-Ausflüge in die Natur. So erfüllte ihn auch jetzt mit einem Mal eine tiefe Zufriedenheit mit sich und der Welt.

In beschwingter Laune setzte er sich wieder in Bewegung. Vor ihm lagen Tage der Leichtigkeit und Selbstbestimmtheit. Außer dem Knirschen seiner Schritte auf dem Schotter herrschte eine angenehme Ruhe. Die Waldlandschaft um ihn herum stieg stetig an, und mancher Rücken und Grat des Hanges zwang den Fahrweg zu gewundenen Kurven und steilen Steigungen. Munter dahinplätschernde Bachläufe kreuzten die Route. Zwischen den Bäumen hindurch ließ sich hin und wieder ein Blick auf die felsige Bergwelt rund um das Dammkar erhaschen.

Plötzlich vernahm Franke hinter sich ein Geräusch, das die wunderbare Ruhe des Waldes jäh störte. Es war das Knacken und Knirschen von Autoreifen auf losem Schotter, das sich langsam, aber stetig näherte. Kurz darauf folgte der helle Klang eines Motors. Franke blieb stehen und drehte sich um: Ein blauer Kombi kam langsam auf ihn zu. Vorsichtig schob sich das Gefährt vorwärts; offensichtlich ließ sich die Piste nur im ersten Gang bewältigen. Noch ehe er das Kennzeichen sah, hatte Franke den Wagen wiedererkannt: Es war der Dresdner Passat vom Parkplatz.

Mit zwei Schritten trat er an den Rand des Fahrwegs. Den Blick gleichmütig zu Boden gerichtet, überkam ihn eine Abneigung gegen die beiden Männer, die die Ruhe der Natur störten. Warum gibt es immer Leute, die mit ihrem Auto so weit fahren müssen, wie es nur geht?, fragte er sich vorwurfsvoll. Offensichtlich war es diesen Naturbanausen zu viel, die kurze Wanderung bis zum unteren Ende des Dammkars auf sich zu nehmen.

Als der Wagen ihn langsam passierte, setzte er eine betont abweisende Miene auf, um seinen stillen Protest zum Ausdruck zu bringen. Doch die Männer beachteten ihn nicht im Geringsten, sondern fuhren mit nach vorn gerichtetem Blick vorüber. Nach kurzer Zeit schon geriet der Wagen hinter einer engen Kurve wieder außer Sicht; zugleich verblassten auch die Fahrgeräusche. Franke schüttelte noch einmal den Kopf, ehe er sich wieder voll und ganz seiner Wanderung widmete.

In ruhigem Tempo folgte er den Windungen des an Höhe gewinnenden Fahrwegs. Es gab keinen Grund zur Eile – nach seiner Schätzung würde er die Dammkarhütte am späten Nachmittag erreichen. Da er von zu Hause aus telefonisch einen Schlafplatz reserviert hatte, musste er sich eh keine Sorgen machen.

Inzwischen war es Franke warm geworden; die Frühlingssonne und die Wanderung trugen ihren Teil dazu bei. Zugleich stimmte ihn die milde Temperatur zuversichtlich, dass der Fels beim Klettern nicht zu kalt sein würde. Andernfalls konnte dies sehr unangenehm sein. Als geübter Kletterer, der jedoch nur noch alle paar Jahre seinem Hobby frönen konnte, hatte er zunächst eine mittelschwere Eingehtour geplant. Je nachdem, wie er sich dabei anstellte, würde er dann sehen, was anderntags noch möglich war. Für morgen hatte Henning Franke sich den Soldatenweg auserkoren, eine schöne, überschaubare Dreierroute am Predigtstuhl. Da er sich die Tour anhand der Beschreibung ohne Weiteres zutraute, hatte er geplant, sie solo zu machen, also ohne Seilpartner. Was er dann am Sonntag klettern würde, hing nicht zuletzt davon ab, ob er auf der Dammkarhütte oder am Predigtstuhl womöglich andere Kletterer kennenlernte, um eine gemeinsame Seilschaft zu bilden. In früheren Bergurlauben hatte er immer mal wieder Glück gehabt und passende Kletterkameraden gefunden, mit denen er dann auch Routen des vierten Schwierigkeitsgrads gemacht hatte. Andernfalls gab es im Dammkar-Gebiet aber auch noch weitere Touren für Alleinkletterer.

Es war Frankes erster Besuch in den Bergen des Karwendels. Bislang war er meist in den Dolomiten geklettert, an der Sella, an den Tofanen oder in den Sextenern. Dieses Mal wollte er eine neue Region kennenlernen. Er fühlte sich topfit, zumal er seit einem Jahr cholesterinbedingt seine Ernährung umgestellt hatte und zweimal in der Woche joggte. Sein Körper war in der Folge drahtiger und leistungsfähiger geworden. Außerdem hatte er im Winter und Frühjahr einige Male im Frankfurter Kletterzentrum T-Hall ganz gezielt trainiert.

Als Franke eine Zeitlang gewandert war, rückten die Bäume beiderseits des Fahrwegs langsam mehr und mehr zur Seite und gaben den Blick frei auf das beeindruckende Bergpanorama des Dammkars. Linkerhand ragte der Predigtstuhl in den Himmel, während auf der rechten Seite das Massiv von Kreuzwand und Viererspitze eine gewaltige Mauer bildete. Zwischen diesen beiden Formationen lag das steile Geröllfeld des Dammkars, in dessen Mitte sich ein breites Band aus Latschenkiefern hinaufzog. Im Hintergrund weit oberhalb dieser grünen Zone war schließlich der Karwendel-Hauptkamm mitsamt der Tiefkarspitze zu sehen.

Nur kurze Zeit später näherte sich Franke der Baumgrenze: Die Fichten und Lärchen blieben ringsherum zurück, während er den letzten Metern des Fahrwegs folgte, der schließlich an einer einladenden Bank – dem sogenannten Bankerl – endete. An dieser Wegmarke stand auch ein Schuppen, hinter dem sich ein graues Stahlseil zwischen den letzten Bäumen hindurch hangaufwärts spannte. Es war die Talstation des Lastenlifts der Dammkarhütte. Als Franke der Drahttrosse mit den Augen folgte, entdeckte er am Ende des Latschenfeldes das grüne Dach der oberen Station und die Berghütte selbst. Der vor ihm liegende Weg war demnach kürzer als erwartet.

Franke war ein Stück neben der Bank stehen geblieben und sah sich um: Auf einem halbwegs ebenen Wiesenstück neben dem Gebäude parkte der blaue Passat. Da sind diese Typen also tatsächlich auch noch das allerletzte Stück des

Weges gefahren, dachte er und schüttelte den Kopf. Als er auf Höhe des Wagens ankam, stellte er fest, dass niemand im Auto saß und weit und breit keine Spur von den Männern zu sehen war. Neugierig spähte Franke ins Innere des Kombis. Spitzhacke, Spaten, Schaufel, Axt und zwei Hämmer lagen dort zwischen Klappkisten, Decken und Leinensäcken. Zuletzt entdeckte er ein Gerät, das einem Metalldetektor ähnelte. Merkwürdig, dachte Franke, wandte sich dann aber dem vor ihm steil aufragenden Dammkar zu, durch dessen Geröllfelder und Latschendickichte sich ein schmaler Pfad in Serpentinen in die Höhe schraubte – der Aufstieg zur Dammkarhütte.

Nachdem Franke kurze Zeit später die Baumgrenze endgültig unter sich gelassen hatte, hielt er inne und ließ noch einmal den Blick in die Runde schweifen. Über die Wipfel der Bäume hinweg sah er in der Richtung, aus der er gekommen war, die hohen Gipfel des benachbarten Wettersteingebirges; das Isartal und Mittenwald hingegen waren verdeckt. Er wandte sich dem mächtigen Felsmassiv der Kreuzwand zu, die sich unmittelbar neben dem Dammkar erhob. An ihrem Fuß verlief der von Westen kommende Ochsenbodensteig durch ein Schuttkar. Hier entdeckte Franke die beiden Männer wieder.

Sie standen auf dem schmalen Pfad und blickten empor in die unteren Bereiche der Kreuzwand. Während einer von ihnen dabei ein Fernglas benutzte, schien der andere mit einem Tablet-PC Fotos zu machen. Überrascht beobachtete Franke die beiden eine Weile, doch er wurde nicht recht schlau aus dem, was sie da taten.

Schließlich wandte er sich ab und machte sich an den Aufstieg. Er querte zunächst durch eine Rinne aus Schutt und Geröll und betrat dann das Latschenfeld. Während er den Serpentinen durch das wuchernde Kieferngehölz hinauf folgte, wurde ihm rasch wärmer. Inmitten des grünen Dickichts schien sich die von der Sonne erhitzte Luft ge-

43

sammelt zu haben und stillzustehen. Über allem hing der würzige Geruch der Latschen. Immer wieder blickte Franke hinüber zum Predigtstuhl, der sich unmittelbar links des Dammkars erhob. Neugierig studierte er den Fels, an dem er am folgenden Tag klettern würde, und Vorfreude machte sich in ihm breit.

KAPITEL 5 – DIAMOND & FRUITS

Die Partnach hatte einen hohen Pegelstand – seit Beginn des Frühlings war viel Wasser von den Bergen heruntergekommen. Im Zwielicht der Dämmerung ließen sich die schnell dahinströmenden Wogen in ihrem felsigen Bett als breites, finsteres Band ausmachen. Doch Ludwig Hüttinger hatte keine Augen für den Fluss, als er mit seinem alten Golf über eine der Brücken fuhr, die die Ortsteile Garmisch und Partenkirchen miteinander verband.

Verkrampft hinter dem Lenkrad sitzend, blickte er sich suchend in den Straßen um. Seine drahtig-kräftige Gestalt berührte kaum die Rückenlehne. Wie ein zum Sprung bereites Raubtier wirkte der Mittfünfziger, angespannt und elektrisiert. Unterhalb der grauen Haare teilten zwei tiefe Falten seine Stirn – Hüttinger war hochkonzentriert und zugleich zornig erregt.

Zwischen den Häusern hindurch waren die Bergkämme des Wettersteins als pechschwarzer Scherenschnitt zu sehen. Ein Stück voraus erhob sich die beleuchtete zwiebelförmige Turmspitze der Pfarrkirche St. Martin in den Abendhimmel. Seit über einer Stunde fuhr Ludwig Hüttinger nun bereits durch die Gemeinde auf der Suche nach seinem Sohn. Nacheinander hatte er Freunde von Max und Stammkneipen und Spielhallen abgeklappert, in denen er häufig herumlungerte. Nach einer Fahrt durch die Wohngebiete Garmisch-Partenkirchens hatte er sich dann die Hauptstraße, die Olympiastraße und die Zugspitzstraße vorgenommen. Angestrengt hielt er Ausschau nach der schwarzen Enduro-Maschine seines Sohnes. Doch bislang war die Suche vergebens gewesen.

Am späten Nachmittag war Hüttinger von der Arbeit auf dem Garmischer Bauhof nach Hause zurückgekehrt und hatte zu seinem Ärger feststellen müssen, dass Max nicht daheim war und er die Verkaufsfrage somit wohl auch nicht geregelt hatte. Den ganzen Tag über schon hatte sich die Wut in ihm aufgestaut, und so war es fatal, dass sie sich nicht gleich entladen konnte. Wortkarg, jedoch innerlich brodelnd hatte er mit seinen Eltern Abendbrot gegessen, ehe er sich ohne weitere Erklärungen wieder ins Auto gesetzt hatte.

Es war ihm bitterernst mit der Sache: Diesmal war der Sohn zu weit gegangen! Es musste ein für alle Mal klar werden, wo die Grenzen verliefen. Diese Geschichte war die Nagelprobe: Entweder der Lump brachte die alten Pergamente zurück oder er brauchte sich nie mehr auf dem Hüttinger-Hof blicken lassen. Der Verkauf musste rückgängig gemacht werden. Was seit so vielen Generationen in der Familie bewahrt wurde, durfte nicht einfach so aus der Hand gegeben werden. Da ging es um Tradition, Ehrenpflicht und Treue. Auch wenn Ludwig Hüttinger kein allzu religiöser Mensch war, so waren ihm alter Brauch und Sitte – gerade in der Familie – heilig. Vielleicht umso mehr, als mit dem Tod seiner Frau die Familie langsam zu zerbrechen begonnen hatte und auch der Bauernhof wirtschaftlich längst nicht mehr existierte. Da galten ihm die Pergamente und das Kruzifix aus der Zeit der Ahnen gleichsam als Relikte einer heilen Welt und als eine seit jeher Halt und Sicherheit verleihende Konstante.

An einer kleinen Kapelle vorbei fuhr Hüttinger links der Partnach in Richtung Bahnhof. Auch hier gab es eine Spielhalle, die sein Sohn öfter besuchte. Dass Max diverse Etablissements mit Glücksspielautomaten frequentierte, hatte er selbst ein ums andere Mal beim Abendbrot erzählt und stolz mit lächerlichen Gewinnen geprahlt. Häufig war es im Lauf solcher Gespräche dann zum Streit gekommen, da er sich dennoch stets Geld leihen musste. Sein bescheidener Lohn reichte einfach nicht aus für regelmäßige Glücksspiele und Disco-Besuche. Ohne seine gutherzige und naive Großmutter hätte der Saukerl das Lotterleben längst aufgeben müssen, dachte Hüttinger grimmig.

Unterdessen hatte er den großen Bahnhofsvorplatz erreicht. Im orangenen Licht der Straßenlaternen steuerte er auf den Hauptbau zu, der tagtäglich neue Gäste und Touristen in den Ort Garmisch-Partenkirchen entließ. Als er um den großen Parkplatz herum zum Südende des Platzes fuhr, querte gerade eine Gruppe Senioren die Fahrbahn. Zittrig zogen sie ihre Koffer hinter sich her, ohne dem Straßenverkehr Beachtung zu schenken. Hüttinger musste bremsen. Wütend drückte er auf die Hupe und fuchtelte drohend mit den Armen, während ihn die alten Menschen erschrocken anstarrten. Wie gestelltes Wild vor der Flinte des Jägers standen einige regungslos im Licht der Autoscheinwerfer. Erst nach einer Schrecksekunde verwandelte sich ihre Furcht schließlich in vorwurfsvolle Empörung. In betonter Ruhe setzten sie ihren Weg fort und warfen Hüttinger böse Blicke zu.

„Schleichts euch, aber schnell, dummes Pack!", brüllte er durch das heruntergelassene Fenster und drohte mit geballter Faust. Zugleich trat er im Leerlauf mehrmals aufs Gas und hupte weiter. Für Ludwig Hüttinger waren die Touristen schon lange ein rotes Tuch. Als Alteingesessener hatte er das bittere Gefühl, dass er angesichts der endlosen Gästeflut aus aller Welt langsam zum Fremden in der eigenen Heimat wurde. Der ganze Rummel war in seinen Augen nichts anderes als ein großer Ausverkauf. Dem Mammon wurde alles unterworfen, und diejenigen, die nicht vom Tourismus profitierten, wurden nicht gefragt.

Kaum war der letzte Koffer der Senioren von der Fahrbahn verschwunden, preschte Hüttinger auf ein Gebäude an der Südseite des Platzes zu. Noch immer vor sich hin fluchend blickte er auf die Front des großen Hauses, das im Erdgeschoss einen Bogengang hatte. Neben einem Mexikaner waren hier eine Spielhalle und zwei Lokale zu finden, von denen eins mit Tabledance und Showgirls lockte.

Als Hüttinger die Reihe der vor dem Haus geparkten Autos musterte, entdeckte er mit einem Mal, was er gesucht hatte:

Zwischen den Fahrzeugen stand die schwarze Enduro seines Sohnes. Mit einem raschen Blick auf das Nummernschild vergewisserte sich Hüttinger, dass es wirklich das richtige Motorrad war. Er parkte auf einem freien Stellplatz am Ende der Reihe.

Tief durchatmend versuchte er, seinen Puls ein wenig zu beruhigen. Dann schloss er den Wagen ab und ging die wenigen Schritte zurück zu der Enduro. Die Maschine stand unmittelbar vor der Tabledance-Bar. Mit einem fassungslosen Kopfschütteln trat Ludwig Hüttinger auf das fragwürdige Etablissement zu – dass Max hier offenbar verkehrte, belegte für ihn einmal mehr das verkommene Dasein des Sohnes als Nichtsnutz und Schmarotzer. Bei der Vorstellung, dass Max hier auf Kosten der Familie großkotzig die Puppen tanzen ließ – im wahrsten Sinne des Wortes –, geriet Hüttingers Blut in Wallung. Auf seiner Stirn zeigte sich eine Zornesader. Ohne zu zögern ging er an den abgedunkelten Scheiben der Bar entlang und riss die Tür auf.

Dämmeriges Halbdunkel, das nur geringfügig heller war als das nächtliche Licht draußen, empfing ihn. Rasch sah er sich in dem länglichen Raum um, der sich weit in die Tiefe des Gebäudes erstreckte. Ganz hinten erkannte er eine kleine Bühne, die mit einer dunkel schimmernden Pole-Dance-Stange ausgestattet war. Davor standen Tische und Stühle, doch nicht eine Menschenseele war zu sehen.

In der linken Hälfte der Bar zog sich eine lange Theke bis an den Rand der Bühne – auch hier waren alle Hocker leer. Mit einem Mal öffnete sich hinter dem Tresen eine Schiebetür und eine Frau mit wallenden weißblonden Haaren trat hervor. Mit sicherem Blick entdeckte sie Hüttinger am Eingang und setzte ein verlockendes Lächeln auf.

„Hallo, komm nur herein, junger Mann, bitte schön", sagte sie in osteuropäisch abgehackter Sprechweise. Sie ließ Hüttinger keine Sekunde aus den Augen, hob ein Brett in der Theke an und trat in den Raum. Effektvoll schüttelte sie ihre

Mähne. Ein blauer Catsuit und hohe schwarze Stiefel brachten ihr weibliches Körperkapital zur Geltung.

„Vielleicht erst einmal ein Bierchen?", fragte sie und kam langsam näher. „Später ich dann auch tanzen ..." Mit vielsagendem Lächeln nickte sie in Richtung der Bühne.

„Nein, nein, danke", erwiderte Hüttinger trocken und wich zurück. „Ich hab nur jemanden gesucht, aber da ist ja keiner ..." Er deutete vage in die Tiefe des Raums und wandte sich wieder zur Tür.

„Oh, sehr schade das", sagte sie und berührte ihn am Arm, als er die Tür öffnete. „Du schaust nett aus. Vielleicht doch etwas hier bleiben ... bei mir?"

„Nein, ich sag doch, ich suche jemanden", erklärte Hüttinger mürrisch. Auch wenn ihr süßliches Parfüm seine Sinne bereits zu umnebeln begann und er einen raschen Blick auf ihr Dekolleté nicht verhindern konnte, änderte das nichts an seiner Entschlossenheit: Er musste unbedingt Max finden. Mit ungeduldiger Miene drehte er sich ruckartig um und trat durch die Tür.

„Na, dann kommst du bitte an anderem Tag wieder", sagte die Frau lächelnd. „Ich bin immer hier, ja? Paka..." Doch Hüttinger hörte ihr nicht mehr zu, sondern ging zielstrebig weiter in Richtung der benachbarten Spielhalle.

* * *

Mit einem kaum hörbaren Klicken setzten sich die drei Walzen in Bewegung. Schneller und schneller rotierten die bunten Früchte nebeneinander im Display des Spielautomaten. Es war schwer, die vorbeisausenden Bilder der Orangen, Kirschen, Trauben und anderen Obstsorten zu unterscheiden. Auch die an mancher Frucht hängenden Diamanten waren bei dieser Rotationsgeschwindigkeit kaum erkennbar. Dabei waren gerade diese Edelsteine das Wichtigste beim Slotspiel Diamond & Fruits.

Doch Max Hüttinger sah eh kaum auf den Automaten. Stattdessen chattete er via Smartphone mit seinen Spezis und kündigte ihnen großspurig eine Freirunde an für das morgige Treffen im Starlight. Die großen Euroscheine in seinem Geldbeutel ließen ihn selbstsicher und euphorisch in die Zukunft blicken. Das sonst so lästige Herumknapsen mit seinem mageren Gehalt war vergessen: Alle Türen schienen ihm mit einem Mal offen zu stehen.

„He, Steffie, bringst du mir noch einen Wodka-Cola?", rief er quer durch die Spielhalle in Richtung des Tresens neben der Eingangstür. Außer ihm hockten noch zwei andere Gäste vor ihren Spielautomaten. Mit schläfrigem Blick starrten sie auf die hell leuchtenden Displays, während blauer Rauch von ihren Zigaretten aufstieg.

„Kommt sofort", erwiderte die junge Frau gutgelaunt und lächelte Max an. Steffie und er waren jetzt gut ein halbes Jahr zusammen, seit sie hier den Job am Tresen bekommen und ihn, den Stammgast, kennengelernt hatte. Sie war Anfang zwanzig und glücklich über ihren Arbeitsplatz, zumal sie nach der abgebrochenen kaufmännischen Lehre vorerst keine bessere Idee für ihre berufliche Zukunft hatte. Neben dem Verkauf von Getränken und Erdnüssen wurde ihr hier kaum mehr abverlangt, als den Spielern hin und wieder Geld zu wechseln.

Mit geübter Hand mixte sie seinen Drink, während Max beiläufig die Starttaste des Automaten drückte, wenn die Runden vorüber waren. Das Smartphone hatte er inzwischen wieder in seine Motorradjacke geschoben, die zusammen mit dem Helm unter dem Spielgerät lag. Als Steffie mit dem Glas in der Hand herankam, ertönte plötzlich laut eine fröhliche Melodie und die Tasten des Spielautomaten blinkten. Überrascht starrte Max auf das Display: Drei silbern funkelnde Diamanten standen dort in einer Linie nebeneinander. Zugleich wurden in der Spielstandsanzeige 120 gewonnene Punkte hinzugerechnet.

„Das gibt's nicht!", rief er aufgeregt. „Steffie! Ich hab hundertzwanzig Euro gewonnen!" Ungläubig lachend sah er seine Freundin an, die gerade zu ihm trat und das Glas auf einem Bistrotisch neben dem Spielautomaten abstellte.

„Hey, das ist ja genial!", lachte sie und legte eine Hand auf seine Schulter. „Das ist heute echt dein Glückstag."

„Das kannst du aber laut sagen." Glücklich zog Max Steffie an sich. „Nach dem irrsinnigen Geldsegen heut früh jetzt auch noch das hier..."

„Ich freu mich für dich, Max. Wenn jemand mal etwas Glück verdient hat, dann bist das du!"

„Ja, so sieht's aus! Nimm dir einen Sekt zur Feier des Tages, okay?"

„Nein, du weißt, das geht nicht, während der Arbeit ist Alkohol verboten. Und ich will nicht rausfliegen." Bedauernd sah sie ihn an und strich sich eine Strähne ihrer dünnen, blonden Haare hinters Ohr. Steffie war eine kleine, schmal gewachsene Frau und wirkte unscheinbar und zerbrechlich. Ihre geringe Größe versuchte sie durch hochhackige Schuhe unter der Jeans ein wenig zu kaschieren. Das rundliche Gesicht war stark geschminkt und die Spitzen ihrer weiß lackierten Fingernägel waren mit kleinen Goldpunkten verziert.

Steffie, die das Öffnen und Schließen der Tür vernommen hatte, drehte sich um und sah den neuen Gast freundlich an. „Grüß Gott. Was kann ich für Sie tun? Möchten Sie an einem unserer Automaten spielen?"

Ludwig Hüttinger erwiderte ihren Gruß nicht und schüttelte nur unwirsch den Kopf. Wie gebannt starrte er auf den Rücken seines Sohnes, als wollte er ihn erdolchen. Steffie musterte den fremden Mann verunsichert, zuckte mit den Schultern und trat schließlich wieder hinter den Tresen.

„Saukerl, du verfluchter!", zischte Hüttinger dann. „Hier also treibst du dich rum, du elender Lump?!"

Erschrocken drehte sich Max um. Sein gerade noch so frohes Gesicht war plötzlich erstarrt. Wie gelähmt beobachtete er, wie sich sein Vater näherte, und versuchte in dessen wut-verzerrtem Gesicht zu lesen. Natürlich war ihm klar, warum der Alte gekommen war – die Frage war vielmehr, wie groß sein Zorn sein mochte. Drohte das Schlimmste?

„Wo sind die Sachen vom alten Alois?" Ludwig Hüttinger baute sich drohend vor seinem Sohn auf. „Besser, du hast sie noch, sonst gnade dir Gott!"

„Was...was machst denn du hier, Vater?" Max lächelte schief. Er wich dem Blick seines Gegenübers aus und wink-te stattdessen seiner Freundin zu. „Hier, Steffie, schau mal her: Das ist mein Vater. Du kennst ihn ja noch nicht..."

„Lenk nicht ab, feiger Kerl!", rief Hüttinger wütend. Er packte Max am Ausschnitt seines Sweaters und zog ihn zu sich heran, bis dieser schief auf dem Hocker hing. „Diesmal bist du zu weit gegangen, verstehst du mich?" Er näherte sein Gesicht dem des Sohnes und starrte ihn an. „Also, noch mal: Wo sind die Sachen vom Alois? Das will ich alles wie-der zurück auf dem Hof haben. Ist das klar?!"

Steffie und die beiden anderen Gäste blickten erschrocken herüber. Man hätte eine Stecknadel fallen hören können.

„Tja, da kommst du leider zu spät", sagte Max schließ-lich leise. Sein Gesichtsausdruck zeigte eine Mischung aus Furcht, Trotz und Resignation. Er kannte seinen Vater lange genug, um zu wissen, dass er dessen Jähzorn kaum entgehen konnte. Dieses Gefühl der Ohnmacht machte ihn wütend, und das umso mehr, als er es noch nie gewagt hatte, sich ge-gen die Gewalt zu wehren. Auch wenn er längst erwachsen war – eine Angst aus Kindheitstagen hinderte ihn daran, die Hand zur Verteidigung zu erheben. Für diese Opferhaltung verachtete er sich selbst. Und dennoch konnte er sich höchs-tens verbal zur Wehr setzen.

Für einen kurzen Moment starrte Ludwig Hüttinger den Sohn an. Dann explodierte in ihm der unbändige Zorn, der sich den ganzen Tag über aufgestaut hatte. Mit der Rechten schlug er Max kurzerhand ins Gesicht und zerrte ihn vom

Hocker. „Was glaubst du eigentlich, wer du bist, Saukerl?! Noch hab ich das Sagen auf dem Hof!"

Max sah den Vater entgeistert an und rieb sich über die Wange. Weiter in dessen festem Griff gefangen, begann er hämisch zu grinsen. „Aha, da ist ja mein guter Vater wieder, wie ich ihn schon ewig kenne: ein vorbildlicher Erzieher." Er schüttelte den Kopf und wandte sich in Steffies Richtung: „Na, hab ich dir was Falsches erzählt?! Jetzt kannst du es mal selbst sehen: So bin ich groß geworden …"

Ehe die entsetzte junge Frau auch nur reagieren konnte, schlug Ludwig Hüttinger erneut zu. Diesmal legte er so viel Kraft in seinen Schlag, dass Max zur Seite geworfen wurde und zu Boden stürzte.

„Dir werd ich's zeigen! Du hältst dein freches Maul und bringst schleunigst die Sachen zurück, sonst schlag ich dich tot!" Hüttinger drosch brutal auf den Sohn ein, der sich mit gehobenen Armen vor den Schlägen und Hieben zu schützen versuchte. Steffie schrie laut auf und rannte auf die beiden zu, während sich die zwei anderen Gäste zögerlich ansahen.

„Hören Sie auf! Sind Sie denn wahnsinnig?!" Steffie zerrte am Arm von Ludwig Hüttinger, doch es dauerte einen Moment, ehe dieser schließlich innehielt. Mit verzerrtem Gesicht starrte er sie an.

„Tja, Steffie, da hast du meinen Alten mal gleich richtig kennengelernt." Max setzte sich stöhnend auf. „So ist er eben, ein herzensguter Mann."

Es brauchte einen Augenblick, bis der Zynismus und Spott bei Ludwig Hüttinger angekommen war. Dann aber brach der Sturm umso heftiger los. „Saukerl, elendiger! Ich bring dich um!" Dieses Mal prügelte der Vater auf den am Boden Liegenden nicht nur ein, sogar trat auch zu.

„He, jetzt hören Sie aber mal auf", schaltete sich endlich einer der beiden anderen Gäste ein. Der glatzköpfige Mann war von seinem Hocker aufgestanden und hielt ein Handy in die Höhe. „Sonst ruf ich die Polizei!"

Unterdessen zerrte Steffie an Ludwig Hüttinger und schlug auf ihn ein, doch der war nicht zu bremsen. Er schleuderte sie von sich, sodass sie mit einem lauten Aufschrei zu Boden stürzte.

„Okay, jetzt reicht's!" Der Glatzköpfige wählte den Notruf. Den Blick nicht eine Sekunde von der Prügelei abwendend, informierte er die Polizei. Erleichtert nahm Steffie zur Kenntnis, dass bald Hilfe kommen würde. Max hatte mittlerweile eine Platzwunde auf der Stirn und blutete an der Lippe. „Oh Gott, Max, ich hoffe, die Polizei ist bald da ..."

Mit einem Mal schien sich Ludwig Hüttinger abreagiert zu haben. Mit weit aufgerissenen Augen und Schweiß auf der Stirn stand er da und atmete heftig. Offenbar hatte er inzwischen registriert, dass die Polizei unterwegs war. Da beugte er sich noch einmal zu seinem Sohn hinunter, der sich das Blut von der aufgerissenen Lippe wischte.

„Du lässt dich besser nicht wieder auf unserem Hof blicken, ohne die Sachen vom alten Alois, ist das klar?! Sonst geht's dir richtig dreckig!"

„Leck mich!" Gedemütigt und mit schmerzenden Gliedern hatte der Sohn mit einem Mal seine Angst verloren. Er rappelte sich auf und sah den Vater hasserfüllt an. „Mit dir hab ich nichts mehr zu schaffen – nie mehr! Und mit deinem beschissenen Hof auch nicht. Ich hol meine Sachen, und das war's dann."

„Ist mir nur recht", entgegnete Ludwig Hüttinger, wandte sich ab und ging auf den Eingang zu. „So einen verkommenen Sohn will ich eh nicht haben."

„Gut, dann passt es doch", erwiderte Max, der mit Steffies Hilfe wieder aufgestanden war. Zornig sah er seinem Vater nach, der die Tür geöffnet hatte und sich noch einmal umdrehte. „Das hast du in deinem Leben ja wirklich ganz großartig hingekriegt: Erst die Frau ins Grab getrieben und dann den Sohn verjagt! Fast wie im Alten Testament. Gott ist auf deiner Seite."

Hüttinger war schon mit einem Fuß ins Freie getreten, doch jetzt blieb er wie angewurzelt stehen und schnappte nach Luft. Sein Antlitz verfinsterte sich schlagartig und er ballte die Fäuste. Als er schon drauf und dran war, sich wieder auf Max zu stürzen, wurde mit einem Mal das laute Heulen einer Polizeisirene hörbar.

Hüttinger warf seinem Sohn einen letzten vernichtenden Blick zu. Ehe sich die Tür hinter ihm schloss, rief Max ihm nach: „Ja, mach nur, dass du wegkommst, du Irrer! Ich hasse dich!"

Kurz darauf drangen von außen gedämpft die Geräusche eines davonfahrenden Autos herein, während zugleich die Polizeisirene lauter wurde. Steffie hatte ein Taschentuch geholt und tupfte vorsichtig das Blut aus dem Gesicht ihres Freundes. Die anderen beiden Gäste wandten sich wieder ihren Automaten zu und folgten mit starren Mienen den rotierenden Walzen.

Samstag

KAPITEL 6 – LISA VON BRABANT

Der Anstieg war steil und mühevoll, aber keineswegs gefährlich. Zwischen mannshohen Büschen und Sträuchern hindurch ging es stetig aufwärts über weichen, grasbewachsenen
Erdboden. Wohin Greibl seinen Blick auch richtete, er konnte
die Landschaft ringsherum nicht erkennen. Alles war vollständig zugewuchert, wie hinter einer grünen Mauer verborgen.

Er wusste weder, wo er war, noch, wie er hierhergekom-
men war. Doch das beunruhigte ihn nicht im Geringsten. Er
fühlte sich glücklich und folgte blindlings der Frau, die ihn
an der Hand hinter sich herzog. Höher und höher stieg sie
mit ihm und schenkte ihm immer wieder ein strahlendes Lächeln. Golden und silbern leuchteten ihre Haare, die sie zu
einem wirren Geflecht hochgesteckt hatte. Im langen weißen
Kleid wanderte sie barfuß dahin und erschien ihm wie eine
Märchenfee.

Ihre Kraft, Entschlossenheit und Zuversicht ließen ihn ihr
bedingungslos vertrauen: Sie kannte den Weg. Er fühlte sich
so leicht und war über alle Maßen glücklich. Lisa von Brabant war ihr Name und er konnte es kaum fassen, dass sie
ausgerechnet ihn auserkoren hatte. Wohin auch immer sie
ihn führen würde, dort wartete das vollkommene Glück.

Plötzlich öffnete sich vor ihnen das Dickicht und gab den
Blick frei auf eine unendlich weite Landschaft. Hügel reih-
te sich an Hügel, dazwischen lagen Wälder und Auen. In
gewundenen Schleifen strömten Flüsse dahin und glitzerten
im goldenen Sonnenlicht. Hier und da ragten wundervolle
Türme und Pagoden in den Himmel. Eine so schöne Welt
hatte er nie zuvor gesehen. Tief versunken in den Anblick,
vergaß er alles um sich herum.

Als Greibl sich schließlich Lisa von Brabant zuwenden wollte, stellte er mit einem Mal fest, dass sie verschwunden war. Er drehte sich in alle Richtungen, stieg bergauf und bergab, doch von ihr war keine Spur mehr zu entdecken. Betrübt wollte er Trost suchen bei der wundervollen Landschaft, doch die Aussicht war ihm plötzlich verstellt. Da ragten nun Bäume ins Bild und dichte Zweige versperrten ihm den Blick. Immer wieder schob er das Geäst zur Seite, doch dahinter warteten nur neue Hindernisse. Langsam erfasste ihn ein Gefühl von Verlust und Traurigkeit. Damit erwachte er.

* * *

Mit einem großen Schluck aus der Kaffeetasse spülte Greibl den letzten Bissen des Wurstbrots hinunter. Er erhob sich vom Tisch und stellte den Teller in die Spülmaschine. Danach wischte er mit einem feuchten Lappen das Wachstuch auf dem Küchentisch sauber.

Lisa von Brabant, dachte Greibl schmunzelnd. Was für ein Traum! Den ganzen Morgen schon hatte er immer wieder daran denken müssen. Seine Nachbarin musste einen tiefen Eindruck bei ihm hinterlassen haben, wenn sich ihr Name in seinem Traum mit dem der Lohengrin-Heldin Elsa von Brabant vermengte. Und das gleich in der Nacht nach ihrem Spaziergang. Da waren sie sich gerade einmal oberflächlich nähergekommen, und schon hatte Lisa sich tief in seinem Unterbewusstsein eingenistet.

Das Motiv der wundervollen Landschaft, die sich immer wieder dem Blick entzog, verfolgte Greibl bereits seit langer Zeit. In zahlreichen Träumen hatte er sich schon darum bemüht, diese Aussicht aufs Paradies zu erlangen. Dass nun ausgerechnet die Nachbarin – wie eine Wagnersche Glücksgöttin – ihm letzte Nacht die alte Sehnsucht erfüllte, war höchst erstaunlich. Ohne dass er Lisa auch nur ansatzweise kannte, verband er offenbar schon eine große Hoffnung mit ihr. Nun, er hatte seit Jahren keine Frau mehr kennengelernt – vielleicht war das ja eine Erklärung, überlegte er.

Er setzte sich wieder und trank noch einen Schluck Kaffee. Mit einem Lächeln wischte er schließlich die Gedanken an den Traum beiseite. Ein Blick auf die Armbanduhr verriet ihm: Es war acht Uhr und sein Wochenenddienst wartete. Kurzerhand nahm er das Telefon und wählte die Nummer seines Kollegen in der Kriminalpolizeistation von Garmisch-Partenkirchen. Wie jedes Mal, wenn er nach einer dienstfreien Zeit zurückkehren musste, pflegte er vorzufühlen, ob irgendetwas Besonderes anstand.

„Grüß dich, Schorsch", begann Greibl, nachdem sich sein Kollege mit mürrischer Stimme gemeldet hatte.

„Ach, du bist's, Ignaz! Guten Morgen", erwiderte Schorsch erleichtert. „Ich hatte schon Angst, dass jetzt in letzter Sekunde noch irgendein Mist auf mich zukommt."

„Nein, nein, keine Sorge. Ich mach mich gleich auf den Weg und wollt nur kurz schon mal hören, was mich erwartet. Liegt irgendwas Größeres an?"

„Hm, nein, eigentlich ist da nichts Besonderes", sagte Schorsch nachdenklich. „Es war – dem Herrn sei Dank! – ziemlich ruhig hier gestern. Ach ja, am Abend gab's eine unschöne Szene zwischen einem Vater und seinem Sohn. Der Alte ist wohl recht übel auf den Burschen losgegangen, hat ihn gewaltig verprügelt. In der Spielhalle am Bahnhof war das. Als die Kollegen hinkamen, war der Vater schon fort. Der junge Mann wollte dann aber keine Anzeige erstatten. Na ja, die haben die Daten aufgenommen und das war's."

„Worum ging's denn zwischen den beiden?"

„Irgendetwas Familiäres. Der Sohn wollte sich dazu nicht weiter äußern. Keine Ahnung, was wirklich dahintersteckt."

„Alles klar." Greibl leerte seinen Kaffeebecher in einem großen Schluck. „Sind die beiden aktenmäßig bekannt?"

„Nein. Das ist eine Familie Hüttinger aus Krün, die sind bislang noch nie in Erscheinung getreten."

„Gut, das hört sich dann ja wirklich alles recht friedlich an. Ich bin so in einer halben Stunde bei euch."

Greibl legte das Telefon wieder auf den Tisch, stellte die Tasse in die Spülmaschine und trat an die Anrichte. Er zog zwei dampfende Teebeutel aus einer roten, verbeulten Thermoskanne, presste sie im Spülbecken aus und warf sie in den Müll. Dann drehte er den Verschluss der Kanne zu, packte sie und einen Apfel in eine Jutetasche und warf einen letzten Kontrollblick in die Küche. Im Flur nahm er das braune Sakko von der Garderobe und schlüpfte in die gleichfarbigen Schuhe. Rasch musterte er sein Äußeres im Spiegel, legte penibel den Seitenscheitel zurecht und strich sich übers glattrasierte Kinn. Plötzlich klingelte es.

Überrascht sah er einen Moment lang sein Spiegelbild an, dann betätigte er den Öffner. Vielleicht ist es ja die Post, dachte Greibl. Neugierig trat er hinaus auf den Treppenabsatz und lauschte: Schnelle Schritte näherten sich von unten.

Als er am Geländer hinuntersah, erblickte er ein Wirrwarr aus blonden und silbernen Haaren. Lisa von Brabant, schoss es ihm fassungslos durch den Sinn, als er die voluminöse Hochsteckfrisur betrachtete. Unwillkürlich musste er lächeln.

Seine Nachbarin hatte derweil die Biegung der Treppe erreicht und kam nun auf ihn zu. Wenigstens war sie nicht barfuß und trug auch kein langes weißes Kleid, stellte er fast erleichtert fest – das wäre dann doch allzu gespenstisch gewesen. In der Jeans und dem langärmeligen roten Shirt wirkte sie glücklicherweise vollkommen real.

Erstaunt sah Greibl, dass sie eine große Tupper-Dose vor sich hertrug. „Guten Morgen!", rief sie gutgelaunt.

„Ja, grüß Gott, Frau Thalhauser", sagte er und zog fragend die Augenbrauen hoch. „Was verschafft mir denn die unerwartete morgendliche Freude?"

„Ignaz, ich werde gleich böse." In gespieltem Zorn blickte sie ihn an.

„Ach je", sagte er mit entschuldigendem Lächeln. „Ja, Lisa natürlich…" Kaum hatte er ihren Namen ausgesprochen, beschlich ihn das unangenehme Gefühl, rot zu werden. Er wandte sich rasch ab und tat so, als ob er eine Fluse von der Hose zupfte.

„Wie ich sehe, bist du gerade im Aufbruch." Mit einem schnellen Blick musterte sie ihn von Kopf bis Fuß und schien zufrieden mit dem, was sie sah. „Ich will dich auch gar nicht weiter aufhalten."

„Nein, nein, das ist überhaupt kein Problem", beeilte er sich zu sagen und wies einladend in Richtung der offenstehenden Wohnungstür. „Komm doch bitte herein."

„Oh, das ist ja nett." Sie trat in den kleinen Flur. „Ich hab dir auch etwas mitgebracht." Sie wartete, bis er die Tür geschlossen hatte.

„Was? Na, da bin aber mal gespannt. Bitte hier entlang…" Er ging voraus in Richtung des Wohnraums. Im selben Moment wurde ihm schlagartig bewusst, dass zum ersten Mal seit vielen Jahren eine Frau in seiner Wohnung war. War denn auch alles aufgeräumt und ansehnlich?, fragte er sich nervös.

„Wo ist denn deine Küche? Da sollten wir hin."

„Ach so, ja, dann bitte einfach geradeaus." Er wies mit der Hand die Richtung und ließ ihr den Vortritt. Hinter ihr hergehend, beobachtete er, wie Lisa sich dezent in der Wohnung umsah.

„Hast du schon ein Mittagessen für heute, Ignaz?", fragte sie, als sie in der Küche standen. Sie stellte die Tupper-Dose auf dem Tisch ab. „Du bräuchtest dafür nur eine Mikrowelle. Habt ihr so was da bei der Polizei?"

„Äh, nein, ich glaube, leider nicht…" Greibl kratzte sich am Kinn und blickte neugierig auf die Dose. „Oder… Ich weiß es ehrlich gesagt gar nicht."

„Na, dann machst du dir's halt hier zum Abend warm." Sie sah ihn lächelnd an. Mit einem klackenden Geräusch öffnete sie den Deckel. „Rostbraten mit Pilzen und Spätzle. Das hatte ich mir gestern gekocht, und es wäre doch schade, den Rest wegzuwerfen. Hm, was meinst du?"

„Meine Herren, das sieht ja wirklich fantastisch aus. Da freue ich mich schon drauf!" Anerkennend blickte er sie an. „Herzlichen Dank, Lisa! Das ist wirklich nett, dass du da an mich gedacht hast."

„Na, ist schon recht, Ignaz. Wenn man dich so anschaut, hat man einfach den Eindruck, dass du gerne isst." Sie lachte und deutete auf das Bäuchlein, das sich unter seinem Hemd wölbte. „Da ist es dann eine Freude, etwas Gutes zu tun."

„Ja, ich sollte wohl etwas mehr Sport machen." Er lachte ebenfalls und tätschelte sanft seinen Bauch. „Na, da habe ich jetzt jedenfalls etwas, worauf ich mich freuen kann."

„Bring mir die Dose einfach in den nächsten Tagen wieder zurück", sagte sie.

Er nickte und verstaute sie im Kühlschrank. „Ja, also, vielen Dank noch einmal, Lisa", sagte er dann und lächelte sie ein wenig unsicher an. Einen Augenblick standen sie sich in der Küche wortlos gegenüber.

„So, jetzt hab ich dich aber auch lang genug aufgehalten", sagte sie schließlich, ehe ein peinliches Schweigen eintreten konnte. „Du musst zur Arbeit!" Sie drehte sich um und ging zur Wohnungstür.

„Ach, ich hab keine Eile. Es liegt nichts Besonderes an, wie ich eben erfahren habe." Greibl nahm seine Jutetasche, zog die Tür hinter sich zu und machte sich dann daran, die beiden Panzerriegel abzuschließen.

„Also, einen schönen Tag für dich, Ignaz", sagte Lisa und hob die Hand zum Gruß. Dann wandte sie sich um und stieg die Treppenstufen hinunter.

„Das wünsche ich dir auch", rief er ihr hinterher, „und vielen Dank noch mal."

„Keine Ursache." Sie war schon bei der Biegung der Treppe, als ihr plötzlich etwas einzufallen schien. „Ach, das hätte ich ja fast vergessen: Ob du es glaubst oder nicht, du bist heute Nacht in meinem Traum vorgekommen."

Greibl, der die Schließprozedur fast beendet hatte, hielt abrupt inne und starrte sie fassungslos an. Das ist doch nicht möglich, dachte er ungläubig. „Wie bitte?"

„Jaja, ist schon komisch, nicht?" Sie sah ihn mit schief gelegtem Kopf an und lächelte.

„Das ist tatsächlich seltsam", erwiderte er zögerlich. „Worum ging's denn in dem Traum?" Er versuchte, seiner Stimme einen beiläufigen Klang zu geben, konnte seine Neugier jedoch kaum zügeln.

„Hm, nichts weiter. Wir haben zusammen eine Bergwanderung gemacht." Sie winkte ihm noch einmal zu und stieg dann langsam die Treppe hinab. „Ach ja, irgendeine Rolle spielte auch Lohengrin. Aber ich erinnere mich nicht mehr genau…"

KAPITEL 7 – CAYENNE BRONZE METALLIC

Die ruhige Nebenstraße im westlichen Ortsteil von Krün führte durch ein Spalier hübscher Postkarten-Häuser im typischen Stil Oberbayerns. Nirgends fehlten die rustikal-ländlichen Elemente an den Fenstern, Balkonen und Dächern, und auch die Gärten waren in bestem Zustand. Darum stach das eine Objekt umso deutlicher hervor: Auch dieses Haus entsprach prinzipiell dem Muster, doch es war sichtlich in die Jahre gekommen und machte einen rundum vernachlässigten Eindruck.

Karlheinz Feldhoff brachte den Wagen zum Stehen und suchte die heruntergekommene Fassade vergeblich nach einer Hausnummer ab. Das musste es sein, überlegte er und warf einen Blick auf das Navi. Ja, kein Zweifel: Das war die Adresse der Hüttingers, die er gestern nach einiger Recherche im Telefonbuch gefunden hatte. Der Münchner Antiquar musste lächeln, denn eines schien hier zum anderen zu passen. Es ist kein Wunder, dachte er, dass der Sohn dieses armseligen Hauses versucht, ein bisschen Geld zu machen.

Trotz der beiden unglücklichen Telefonate mit Vater und Sohn Hüttinger am Vortag hatte sich Feldhoff nicht entmutigen lassen. War der erfahrene und fachkundige Besitzer eines Edelantiquariats in Schwabing erst einmal auf der Fährte eines seltenen alten Buches oder einer wertvollen Handschrift, ließ er so schnell nicht locker. Mochte das dann auch einiges an Geld kosten – Feldhoff hatte steinreiche Kunden, die ihm die Objekte für ein Vermögen wieder abnahmen. Die Pergamente, die der junge Hüttinger da anbot, fielen exakt in diese Kategorie. Der Antiquar war nicht willens, sich diese Kostbarkeiten durch die Finger gehen zu lassen, koste es, was es wolle. Und das nicht nur, weil die Handschriften durch ihr hohes Alter per se schon viel wert waren. Nein, das Foto der einen Pergamentseite in der Internet-Auktion hatte Feldhoff zudem verraten, dass es hier um ein uraltes Geheimnis in den Bergen ging. Dank seiner Lateinkenntnisse war es dem promovierten Kunsthistoriker nicht schwergefallen, die verheißungsvolle Andeutung zu entziffern. Bestenfalls handelte es sich um die Wegbeschreibung zu einem Schatz. Doch nur mit allen drei Pergamentseiten ließ sich das Ganze vollständig rekonstruieren. Karlheinz Feldhoff war nicht gewillt, sich diese große Chance auf einen womöglich epochalen Fund entgehen zu lassen.

Der 51-Jährige strich sich die nachgefärbten blonden Haare aus der Stirn und bog in eine sandige Einfahrt ein, die links neben dem Haus vorüberführte. Langsam rollte sein Porsche Cayenne auf den tristen Hinterhof, auf dem hier und da Unkraut sprießte. Vor der heruntergekommenen Scheune stand ein alter Golf.

Der Antiquar schaltete den Motor aus und warf einen Blick auf seine goldene Armbanduhr: Es war halb elf, also eine angemessene Uhrzeit für seinen Besuch. Er bog den Rückspiegel herunter und überprüfte sein Aussehen. Die Krawatte und der elegante Blazer saßen perfekt und verliehen ihm mitsamt seiner dezenten Solarium-Bräune die von ihm beabsichtigte Wirkung. Er zählte sich selbst zur elitären Gesellschaft Schwabings, und das sollte gefälligst auch jeder erkennen.

Noch einmal betrachtete er mit einem nachsichtigen Lächeln den Hof der Hüttingers. Dann stieg er aus und ging langsam auf das Wohnhaus zu, als ob er fürchtete, sich die italienischen Schuhe zu beschmutzen. Feldhoff drückte auf den Klingelknopf – ein Namensschild war nirgendwo zu entdecken.

Nach einer Weile klingelte er noch einmal, da sich nichts im Haus zu rühren schien. Er warf einen Blick auf den alten Golf – es musste doch jemand zu Hause sein. Schließlich waren Schritte zu vernehmen, die sich leise schlurfend näherten. Feldhoff rückte in einem Reflex den Krawattenknoten zurecht und starrte erwartungsvoll auf die altertümliche Tür aus Drahtglas, hinter der nun eine Silhouette erkennbar wurde. Endlich wurde die Tür einen Spaltbreit geöffnet und das Gesicht einer alten Frau lugte heraus. Misstrauisch musterte sie den Besucher von Kopf bis Fuß und schien einen Vertreter vor sich zu vermuten.

„Ja, bitte?"

„Grüß Gott", erwiderte Feldhoff freundlich und setzte ein Lächeln auf, das seine perfekten Zahnreihen entblößte. „Frau Hüttinger, darf ich wohl annehmen…?"

Sie antwortete nicht, nickte aber zögerlich.

„Keine Angst, Frau Hüttinger. Ich will Ihnen sicher nichts verkaufen, ganz im Gegenteil…" Er lächelte erneut und neigte kurz den Kopf. „Mein Name ist Feldhoff, Dr. Karlheinz Feldhoff. Ich bin Antiquar aus München und müsste dringend ihren Enkel, den Max, sprechen. Es geht um eine sehr wichtige Sache."

„Ah, waren am Ende Sie das, der gestern bei uns angerufen hat?" Die alte Frau sah Feldhoff mit abfälliger Miene an. „Das hat einen Riesenärger gegeben. Ich sage Ihnen, schlagen Sie sich die Sache aus dem Kopf, ja?!"

„Frau Hüttinger, bitte, ich möchte nur einmal kurz mit dem Max sprechen. Ich bin heute extra aus München hergekommen." Der Antiquar versuchte, seinen aufkeimenden Ärger zu unterdrücken. Was war das nur für eine dämliche Familie, dachte er zornig. Wie sollte man da professionell ins Geschäft kommen mit solch einem Haufen von degenerierten Dorftrotteln?

„Der Max ist eh nicht da", antwortete sie und drückte die Tür wieder ein Stück weiter zu.

„Halt, nein!", rief Feldhoff entsetzt und legte rasch eine Hand an den Türrahmen.

„Nehmen Sie die Hand da weg, ich mach die Tür jetzt zu!" Die alte Frau sah Feldhoff drohend an. Als dieser noch überlegte, wie er vorgehen sollte, drehte sie sich plötzlich um und rief laut: „Ludwig, komm bitte einmal herunter! Hier gibt's Ärger."

Alarmiert trat Feldhoff einen Schritt zurück. Im selben Moment war von der Straße her das lauter werdende Dröhnen eines Motorrads zu hören. Das Gesicht der Alten, die noch immer durch den Türspalt lugte, hellte sich auf. Kurz darauf bog eine schwarze Enduro-Maschine in die Einfahrt ein und brauste in rasantem Tempo auf den Hof. Mit einer fulminanten Bremsung brachte der Fahrer das Motorrad zum Stehen.

Der junge Mann stieg von der Maschine, nahm den Helm vom Kopf, legte ihn auf das Sitzpolster und strich sich mit beiden Händen die Mähne zurück. Oben an der Stirn prangte ein weißes Mullpflaster, das linke Auge war blauviolett unterlaufen und die Unterlippe blutig eingerissen.

„Jesus Maria!", rief die Großmutter entsetzt. Den lästigen Besucher vergessend, der bereits bei seinem Wagen angelangt war, stürzte sie auf den Hof hinaus. „Ja, Max, was in Gottes Namen ist denn mit dir geschehen?"

Max Hüttinger lächelte düster und winkte ab. „Ach, nichts weiter, Oma. Es gab einen Streit mit dem Vater, du kennst ihn ja. Jedenfalls pack ich jetzt ein paar Sachen zusammen und zieh aus. Aber mach dir keine Sorgen! Es ist alles okay."

„Ja, aber... Wo willst du denn nun hin, Max?" Die alte Frau starrte ihren Enkel bestürzt an.

„Fürs Erste geh ich zur Steffie, später muss ich dann halt weitersehen." Er tätschelte beruhigend die Schulter der Alten. „Wer ist denn das da?" Er blickte zu dem Porsche Cayenne und Feldhoff hinüber.

„Sie sind also Max Hüttinger?" Mit einem strahlenden Lächeln ging Feldhoff auf ihn zu. „Wir hatten gestern kurz miteinander telefoniert. Dr. Karlheinz Feldhoff aus München, Sie erinnern sich?"

„Verdammt, ich hab Ihnen doch ganz klar gesagt, dass sich die Sache erledigt hat, oder?! Vergessen Sie's also!" Max sah den Antiquar mit gerunzelten Brauen an. „Wo haben Sie überhaupt die Adresse her?"

„In Ihrer Auktion ist Krün als Artikelstandort angegeben, und im Telefonbuch gibt's da nur eine Familie Hüttinger."

„Wie auch immer, die Geschichte ist jedenfalls gelaufen."

„Nun warten Sie doch bitte! Was hat man Ihnen denn bezahlt für die Sachen? Waren es fünftausend Euro oder zehntausend?"

Max Hüttinger zögerte kurz, winkte dann aber lässig ab und wandte sich dem Wohnhaus zu.

„Also, ich gebe Ihnen in jedem Fall das Dreifache, hören Sie?" Feldhoff lief hinter dem jungen Mann her. „Sie müssen nur den Deal rückgängig machen, die Sachen zurückholen und können mir dann eine x-beliebige Summe nennen."

„Hören Sie auf! Ich hab jetzt Wichtigeres zu tun", sagte Max genervt. „Verschwinden Sie einfach!"

„Jetzt hören Sie mal zu, junger Mann! In diesem Ton redet man nicht mit mir, ist das klar?" Der Antiquar sah zwischen Max und der Großmutter hin und her. „Ich kann Sie auch ganz schnell anzeigen. Das Ganze ist nämlich illegal."

„Ach, halt einfach das Maul!" Max machte eine wegwerfende Handbewegung und nickte dann der alten Frau zu. „Ich packe nur schnell meine Tasche."

Als der junge Mann ins Innere des Hauses treten wollte, erschien im Flur die leicht gebeugte Gestalt seines Vaters. Ludwig Hüttinger, dessen graue Haare in alle Richtungen vom Kopf abstanden, schien gerade erst aus dem Bett gekommen zu sein. In seinem zerknitterten Gesicht wirkten die eh schon dunklen Augen noch düsterer. Argwöhnisch sah er in die Runde.

„Was zum Teufel ist hier los?!" Seine Stimme und die etwas lallende Intonation deuteten auf einen erheblichen Pegel Restalkohol hin. Er drängte seinen Sohn seitlich gegen die Wand und trat an ihm vorbei auf die Türschwelle. „Was bist denn du für ein Vogel?", rief er in Feldhoffs Richtung. Doch er wartete keine Antwort ab, sondern wandte sich an die alte Frau: „Hast du mich eben gerufen, Mutter?"

„Ach je, das … das hat sich schon erledigt, Ludwig", sagte sie unsicher und berührte den leicht schwankenden Sohn am Arm. „Es tut mir leid, dass ich dich geweckt habe."

„Jaja, ist schon recht." Er winkte ab und trat wieder ins Haus. „Was machst denn du hier, Saukerl?!" Drohend baute er sich vor seinem Sohn auf. Max verzog abschätzig den Mund, als er den Atem seines Vaters roch.

„Hast du die alten Sachen vom Alois dabei?", fragte Ludwig Hüttinger und blickte grinsend auf die Verletzungen im Gesicht seines Sohnes. „Sonst kannst du gleich wieder gehen, du Lump. Oder noch mal eine Tracht Prügel kassieren."

„Beim Allmächtigen, Ludwig!", rief die alte Frau vorwurfsvoll und stellte sich zwischen die beiden Männer. „Reicht es nicht, was du angerichtet hast?! Versündige dich nicht weiter! Du zerstörst noch die ganze Familie!"

„Halt dich da raus, Mutter! Der Saukerl hier ist es doch, der auf die Familie scheißt und dem nichts heilig ist." Ludwig Hüttinger versuchte, über die alte Frau hinweg nach dem Sohn zu greifen. „Na los, sag's ihr doch: Hast du die Sachen dabei?"

„Leck mich", erwiderte Max kalt und schob sich im Rücken der Großmutter an der Wand entlang bis zur Treppe. „Ich pack nur mein Zeug und dann siehst du mich nie mehr wieder in deinem ganzen beschissenen Leben."

„Maria sei Dank!", höhnte Ludwig Hüttinger spöttisch. „Was bin ich froh, dich Versager und Großmaul endlich los zu sein. Nur schade, dass deine Mutter dich prächtigen Sohn jetzt nicht sehen kann. Sie wär sicher so stolz auf dich gewesen. Hahaha …" Mit bösartig funkelndem Blick starrte er ihn an. Max ignorierte ihn jedoch und stieg die Treppe hinauf zu seinem Zimmer.

„Oh Gott, du bist ein betrunkener Teufel, Ludwig", zischte die Großmutter eisig und bannte ihren Sohn förmlich mit einem vernichtenden Blick. „Lass ihn doch bitte endlich in Ruhe, hörst du?!"

„Ah ja, dir sind die Sachen vom Alois jetzt also egal? Das war gestern noch anders."

„Allmächtiger, verstehst du's nicht, Ludwig? Du verlierst deinen Sohn. Welche Bedeutung haben da schon alte Handschriften und ein Kruzifix?" Die alte Frau sprach mit solcher Schärfe und Eindringlichkeit, dass Ludwig schwieg. Mit betretener Miene sah er zur Seite.

***

Karlheinz Feldhoff hatte sich angesichts des Streits zu seinem Cayenne zurückgezogen. So aussichtslos die Chancen für den Münchner Antiquar auch zu stehen schienen, er war noch immer nicht gewillt, seine Hoffnung fahren zu lassen. Die Sache war einfach zu groß. So stand er also neben seinem Wagen und beschloss abzuwarten, ob er bei Max Hüttinger nicht vielleicht doch noch zum Zuge kommen würde. Er hatte schon oft die Erfahrung gemacht, dass sich in seinem Metier Geduld und Hartnäckigkeit am Ende auszahlten.

Als er so vor sich hin grübelte, kam ihm mit einem Mal eine großartige Idee. Ja, sie war so simpel, dass er sich wunderte, nicht schon früher darauf gekommen zu sein: Falls er die Pergamente wirklich nicht bekommen würde, gab es noch einen anderen Weg, um auch ohne sie dem Geheimnis in den Bergen auf die Spur zu kommen. So oder so – plötzlich hatte er neue Hoffnung.

***

Max war unterdessen in sein Zimmer getreten und betrachtete mit tiefer Wut das Chaos, das sein Vater am Vortag dort angerichtet hatte. Der Fernseher und die Stereoanlage waren dahin, ebenso seine geliebte Lavalampe. Vom Boden suchte er zusammen, was ihm am Herzen lag und was er brauchen würde, wenn er woanders lebte. In wildem Durcheinander packte er Klamotten, Schuhe, wichtige Unterlagen, Badutensilien, CDs, Bücher und derlei in eine große Reisetasche und seinen alten Rucksack. Zuletzt nahm er ein paar Poster von der Wand und ein Foto, das seine Mutter unter der alten Linde im Garten zeigte. Dann warf er sich den Rucksack über die Schulter, griff nach der Tasche und ließ den Blick noch einmal durchs Zimmer schweifen. Mit einem Kopfschütteln trat er schließlich hinaus auf die Treppenstiege.

Zwei Stufen auf einmal nehmend, eilte er schwer bepackt hinunter. Seine Schritte auf den Holzdielen hallten laut durchs ganze Haus. Als er im Erdgeschoss ankam, erklang die brüchige Stimme des Großvaters aus der Küche: „Ja, was ist denn das für ein Krach im Haus?"

„Ich bin's nur, Opa", rief Max und verlangsamte kurz sein Tempo. „Aber ich muss auch schon wieder los. Mach's gut…" Er zögerte einen Moment, entschied sich dann aber doch dagegen, sich noch von dem alten Mann zu verabschieden. Jede weitere Sekunde in diesem Haus konnte neues Unheil bringen.

In diesem Moment trat die Großmutter aus dem Wohnraum. Mit Tränen in den Augen sah sie ihn an und drückte ihm heimlich Geldscheine in die Hand.

„Ach, Oma, danke, aber ich brauch's nicht. Ich hab jetzt ja selbst Geld", murmelte er leise und zog vielsagend eine Augenbraue in die Höhe. Da kam von der Haustür der Vater hinzu und starrte die beiden wütend an.

„Aha, hab ich mir's doch gedacht! Was zum Teufel soll das, Mutter?!" Ludwig Hüttinger packte ihren rechten Arm und zog ihn mitsamt den Geldscheinen in der Hand zurück. „Der Lump kriegt in diesem Haus keinen Cent mehr, ist das klar?! Da verkauft er erst unser altes Familienerbstück, als wär es seines, und dann steckst du ihm noch Geld zu?! Verdammt noch mal!"

Schuldbewusst sah die alte Frau zu Boden und schwieg. Max nickte ihr kurz zu und ging dann zur Haustür.

„Und du, Saukerl, vergiss nicht: Du setzt keinen Fuß mehr in dieses Haus!" Ludwig Hüttinger lief dem Sohn hinterher. Auf der Türschwelle blieb er jedoch stehen, sah dem zu seiner Maschine Eilenden nach und hob drohend den Zeigefinger: „Sonst werde ich dich eigenhändig erschlagen! Und du weißt, ich tue es."

Max sah sich weder um noch reagierte er auf die finstere Drohung. Schweigend stand er vor seiner Enduro und überlegte, wie er die große Tasche transportieren sollte. Da die Maschine keinen Gepäckträger hatte, musste er das Ding wohl oder übel vor sich auf die Sitzbank und den Tank legen. Während er das Ungetüm auszubalancieren versuchte, trat mit einem Mal Feldhoff neben ihn.

„Hören Sie mir bitte zu, Max. Gerade jetzt, in Ihrer Lage, kann ein junger Mann doch alles Geld gebrauchen, was er kriegen kann. Ich biete Ihnen sozusagen ein fettes Startkapital für Ihr neues Leben..." Der Antiquar sah Max eindringlich an und merkte, dass seine Worte Wirkung erzielten. Sein Gegenüber hielt inne und schien ihm zum ersten Mal zuzuhören. „Besorgen Sie einfach die Pergamente, und ich bezahle Ihnen eine fantastische Summe." Feldhoff sprach mit gesenkter Stimme, denn Ludwig Hüttinger stand noch in der Tür und sah neugierig zu ihnen herüber.

„Hm, klingt nicht schlecht...", murmelte Max, schüttelte dann jedoch den Kopf. „Aber es ist zu spät. Die zwei Typen aus Sachsen, die das Zeug gekauft haben, werden da auf gar keinen Fall mitziehen. Die waren ja genauso scharf auf den Kram wie Sie."

„Haben Sie denn vielleicht wenigstens noch Fotos von allen drei Pergamentseiten? Für die Auktion haben Sie doch ein Bild eingestellt – haben Sie da auch die beiden anderen Pergamente fotografiert? Das wäre ja auch schon etwas, wofür ich einiges bezahlen würde."

„Nein, ich habe nur das eine Foto mit der ersten Seite und dem Kruzifix gemacht."

„Ja, Herrschaftszeiten, das gibt's doch nicht!" Feldhoff rollte mit den Augen – seine sonst so professionelle Geduld war langsam am Ende. „Wie naiv muss man eigentlich sein, um solche Kostbarkeiten so ahnungslos aus der Hand zu geben?!"

„He, regen Sie sich mal ab! Das ist allein meine Sache und geht Sie einen feuchten Kehricht an", erwiderte Max sauer und wandte sich wieder seiner Enduro zu. „Ich hab mein Geld gemacht und das war's, alles klar? Das Thema ist erledigt."

„Wie bitte?! Ich komme extra aus München, und das hier soll es für mich gewesen sein?" Der Antiquar schüttelte den Kopf und blickte wütend umher, während er fieberhaft überlegte, was er nun tun sollte. Im Augenwinkel sah er, dass Ludwig Hüttinger noch immer bei der Tür stand.

„Ist halt Ihr Pech." Max setzte sich den Helm auf.

Feldhoff holte tief Luft und unterdrückte seine Wut. „Dann lassen Sie's mich wenigstens selbst versuchen bei diesen Herren aus Sachsen. Wo kann ich die beiden finden?"

„Die wohnen im Hotel Loisachklamm in Garmisch... Wenn sie nicht längst schon wieder heimgefahren sind."

„Loisachklamm", murmelte Feldhoff und nickte zufrieden. „Und wie heißen sie?"

„Keine Ahnung, einer hieß Braisch oder so." Max lachte spöttisch, als er das vorwurfsvolle Gesicht des Antiquars sah. „Wen interessiert's?!" Den Helm auf dem Kopf und den Rucksack auf dem Rücken stieg er auf die Maschine und schob die große Reisetasche vor sich auf Sitzbank und Tank zurecht.

Feldhoff schüttelte noch einmal den Kopf angesichts der Ignoranz des jungen Mannes. Dann wandte er sich grußlos um, ging rasch hinüber zu seinem Wagen und ließ das Navi nach dem genannten Hotel suchen.

Max holte derweil seinen Schlüsselbund aus der Hose. Als er schon den Zündschlüssel in der Hand hielt, stutzte er und begann dann, einen alten, bronzefarbenen Haustürschlüssel von dem silbernen Haltering abzumachen. Für einen Moment betrachtete er ihn mit ernster Miene, ehe er sich umwandte und ihn in hohem Bogen in Richtung seines Vaters warf. Er landete vor ihm im Sand.

„Gut, gut, den hatte ich schon vergessen." Ludwig Hüttinger hob den Schlüssel auf und warf ihn in der offenen Handfläche auf und ab. „Ja, das war's dann also, Saukerl ..."

„So sieht's wohl aus", erwiderte Max kalt und steckte den Zündschlüssel ins Schloss. „Du solltest trotzdem deine Klappe nicht zu weit aufreißen: Bis jetzt habe ich noch keine Anzeige gegen dich erstattet wegen gestern Abend, aber das kann ich mir jederzeit noch mal überlegen." Er drehte den Zündschlüssel um und schloss das Visier seines Helms. Als der Motor der Enduro ansprang, gab er mehrmals lautstark Gas.

„Du willst mir drohen, du Lump?", zischte Ludwig Hüttinger bedrohlich und machte einen Schritt in den Hof. „Hau ab, sonst vergess ich mich!" Die letzten Worte gingen im Aufheulen des Motorradmotors unter, als Max die Maschine in einem engen Bogen wendete und über den Hof sauste. Als er an seinem Vater vorüberfuhr, löste er die Rechte vom Lenker und streckte ihm den Mittelfinger entgegen. Dann jagte er durch die Einfahrt auf die Straße.

Feldhoffs Navi hatte unterdessen das Hotel in Garmisch gefunden und schlug die entsprechende Route vor. Der Antiquar startete den Cayenne, wendete im Hof und nickte beiläufig Ludwig Hüttinger zu, der dem Wagen mit düsterer Miene nachsah, bis er hinter der Hausecke verschwunden war. Dann kehrte wieder Ruhe ein auf dem Hof.

KAPITEL 8 – DER SOLDATENWEG

Die Brote vom späten Frühstück lagen Henning Franke noch schwer im Magen, als er sich von der Dammkarhütte aus auf den Weg zum Einstieg machte. Ursprünglich hatte er sich für diesen ersten Klettertag etwas anderes vorgenommen: früh aufstehen, zeitig in die Wand und zum Mittagessen zurück auf der Hütte, um dann am Nachmittag eventuell noch eine kleine Tour machen zu können. Doch er war hier draußen nicht willens, jene planmäßige Zielstrebigkeit einzuhalten, wie er sie beruflich ansonsten stets an den Tag legen musste.

Es hatte alles schon damit begonnen, dass er viel zu spät aufgestanden war. Als hätten die letzten, schlafarmen Monate ihren Tribut gefordert, war er erst um halb zehn aufgewacht. Da die anderen Übernachtungsgäste das Matratzenlager bereits früh verlassen hatten und er in der ungewohnten Stille von niemandem gestört wurde, hatte ihn am Ende erst das Tageslicht geweckt, das durch die kleinen Fenster ins Obergeschoss der Hütte hereinschien. Er beschloss, sich nicht hetzen zu lassen und in Ruhe sein Frühstück vor der Hütte im Sonnenlicht einzunehmen. Herrlich, dachte er, und genoss diesen Luxus aufgehobener Zeitpläne. Als dann allerdings die ersten Wanderer, die aus dem Tal aufgestiegen waren, bei der Hütte ankamen, hatte er schließlich doch irritiert auf die Uhr gesehen und seine Mahlzeit beendet.

So war es nun schon fast elf, als er sich endlich seiner eigentlichen Aufgabe zu widmen begann, der Klettertour über den sogenannten Soldatenweg hinauf auf den Predigtstuhl. Und das mit vollem Magen, dachte er gutgelaunt und war erneut überrascht von der unaufgeregten Entspanntheit, die er hier in den Bergen an den Tag legte. Er erkannte sich selbst kaum wieder und war dankbar für das Gefühl von Selbstbestimmtheit und Freiheit. Er spürte die Wärme der Sonne, die vom leicht bewölkten Himmel schien, und war froh, dass sich die mäßige Wettervorhersage für das Wochenende nicht bestätigt hatte. Angesichts des vorangeschrittenen Vormittags hegte Franke die Hoffnung, dass sich der Fels, an den er Hand anlegen wollte, im Sonnenschein bereits erwärmt hatte. Er erinnerte sich nur zu gut an frühere Klettertouren im Mai, bei denen seine Finger durch kaltes Gestein einigermaßen zu leiden gehabt hatten.

Der schmale Pfad, dem er folgte, querte von der Hütte aus das Geröllfeld des Dammkars hinüber zum hoch aufragenden Massiv des Predigtstuhls. Nach gut zehn Minuten stand Franke am Fuß der steilen Felswand. Hier lagen die Einstiegspunkte für die beiden Routen durch die Westflanke des Berges: zum einen der Soldatenweg, den er sich vorgenommen hatte, und zum anderen der schwerere Südwestpfeiler. Er hatte für heute die Route im dritten Schwierigkeitsgrad gewählt, die er jederzeit allein klettern konnte. Die andere Route erforderte immerhin Klettereien bis zum vierten Grad und kam für ihn im Hinblick auf die Sicherheit nur in einer Seilschaft in Frage. Insofern war der Soldatenweg hier die richtige Entscheidung.

Franke hatte sich bereits beim Aufbruch von der Hütte für die Klettertour gerüstet: Der rote Helm saß bequem auf seinem Kopf, der Klettergurt war festgezurrt und in einer Bauchtasche hatte er Wasser, Kekse und einen Apfel dabei. Ruhig prüfte er nun noch einmal, ob die Bandschlinge richtig am Gurt befestigt war. Mit dem Karabiner am anderen Ende würde er sich bei Bedarf jeweils dort sichern, wo Haken am Fels zu finden waren. Die übrigen Passagen galt es, ungesichert zu bewältigen. Es konnte losgehen: Aus der Seitentasche seiner Kletterhose zog er sein Smartphone heraus und rief das Routen-Topo auf. Konzentriert versuchte er, den dort skizzierten Wegverlauf in der realen Umgebung des Predigtstuhls wiederzufinden. Laut Topo beanspruchte der Soldatenweg zehn Seillängen für die insgesamt 270 Höhenmeter.

Franke trat dicht an den grauen Fels und begann seine Tour. Zunächst ging es über einen steilen Absatz hinauf auf eine Rampe, die fast eine Seillänge schräg in die Höhe führte. Der Fels war fest, griffig und angenehm temperiert und bot ausreichend Halt für Hände und Füße. Zudem gab es wesentlich mehr Haken, als Franke erwartet hatte. Auf diese Weise konnte er sich, wann immer er verschnaufen wollte, an einem geeigneten Platz mittels Karabiner sichern.

Nach zehn Minuten hatte er die erste Seillänge ohne Mühe bewältigt. Zufrieden spürte er, dass er topfit war und keinerlei Unsicherheit empfand. So würde der Soldatenweg eine perfekte, entspannte Eingehtour werden. Trotzdem könnte ein Sturz tödlich sein.

Mit einem Mal hörte Franke von weiter oben Geräusche und Stimmen. Offensichtlich war eine Seilschaft ein gutes Stück vor ihm unterwegs – da galt es aufzupassen wegen Steinschlaggefahr. Mit einem Blick hinunter stellte er zugleich fest, dass nach ihm offenbar niemand beabsichtigte, den Soldatenweg in Angriff zu nehmen. Sowohl im Einstiegsbereich der Wand als auch auf dem Weg von der Hütte durchs Dammkar zum Predigtstuhl war niemand zu sehen. Die einzigen Menschen, die er – jedoch nur in der Ferne – entdecken konnte, waren eine Handvoll Hüttengäste, die auf Bierbänken vor dem Gebäude in der Sonne saßen.

Schließlich wandte er sich wieder der Querung zu, die nun etwas einfacher zu bewältigen war. Die fast senkrechte Wand bot den Füßen hier ein schmales Band als sicheren Tritt, sodass er nach kurzer Zeit einen kleinen Vorsprung erreichte, der mit Gras und Moos bewachsen war. Dort begann die dritte Seillänge, die über eine steile Rampe hinaufführte. Ringsum krallten sich Latschenkiefern und Grasbüschel in die Felswand. Franke war dankbar dafür, dass viele Bohrhaken und auch ältere Normalhaken die Route säumten. So konnte er immer mal wieder gesicherte Pausen einlegen, ehe er sich an schwierige Passagen machte. Zufrieden stellte er fest, dass ein Verirren auf dem Soldatenweg kaum möglich war. Die Route folgte dem natürlichen Gelände auf optimale Weise und erschloss sich dem Kletterer von selbst. Und wo es einmal unklar wurde, war mit Markierungen und Pfeilen für Orientierung gesorgt.

Nach knapp einer halben Stunde Kletterei hatte Franke die ersten drei Seillängen ohne Probleme hinter sich gebracht. Er stand auf einer schrägen Rampe, die in einen ungefährlichen Bereich der Wand führte. Von hier aus wandte sich die Route nun wieder nach rechts und es begann eine einfache Kletterei über Stufen und Schrofen hinweg aufwärts. Nach ein paar Schritten entdeckte Franke einen geeigneten Standplatz: Er klinkte den Karabiner in einen Bohrhaken, setzte sich auf eine Felsnase und trank aus seiner Wasserflasche. Mit einem Blick auf das Topo in seinem Smartphone stellte er zufrieden fest, dass er bereits ein Drittel des Soldatenwegs bewältigt hatte. Beiläufig registrierte er, dass er hier droben kein Netz hatte. Schließlich steckte er das Gerät wieder weg und lehnte sich zurück.

Das Panorama, das vor ihm ausgebreitet lag, war wunderbar: Jenseits der Isar erstreckten sich die Berge und Täler des Werdenfelser Landes, das Estergebirge und die fernen Höhen des Ammergebirges bis zum Horizont. Als er den Blick auf die nahe Umgebung lenkte, auf den Nadelwald des Ochsenbodens und das untere Ende des Dammkars, fielen ihm zwei Gestalten ins Auge. Von den Gästen oben auf der Hütte einmal abgesehen, waren sie die einzigen Menschen, die in der Landschaft zu sehen waren. Sie befanden sich auf dem Ochsenbodensteig, der am Fuß der Kreuzwand vorüberführte.

Als er die beiden, die auf die Entfernung hin kaum mehr als Streichholzgröße hatten, eine Weile beobachtete, merkte er, dass sie sich gar nicht vorwärts bewegten. Vielmehr verharrten sie auf der Stelle und stiegen immer mal wieder das kurze Stück hinauf an den Fuß der Kreuzwand. Dort schienen sie dann einen Moment lang zu verweilen, ehe sie wieder abstiegen und das Ganze dann an anderer Stelle links oder rechts davon wiederholten.

Als Franke das seltsame Treiben eine Weile verfolgt hatte, fielen ihm die zwei Männer ein, die er am Vortag am selben Ort beobachtet hatte. Konnten das wieder die beiden sein? Das merkwürdige Gebaren würde zu ihnen passen. Es wollte sich ihm weder ein System noch ein Sinn hinter dem, was er da sah, erschließen. Die beiden schienen lange den unteren Bereich der Bergwand zu betrachten, der für Franke nicht erkennbar war.

Die Sache war mysteriös. Vielleicht waren es Kletterer bei einer Routenplanung oder Geologen, die wissenschaftliche Forschungen betrieben? Franke schüttelte den Kopf und trank noch einen Schluck Wasser. Mit einem letzten Blick in die Tiefe rüstete er sich schließlich wieder zum Aufbruch.

Zunächst war der Aufstieg technisch einfach und führte über felsige Stufen und Bänder hinauf, dann folgte nach kurzer Zeit ein steilerer, schwierigerer Wandabschnitt. Hier ging es nun senkrecht empor über steile Felsplatten, die in Stufen übereinander standen. Die Kletterei erreichte wieder den dritten Grad, und erneut war Franke dankbar für die Sicherungsringe und Haken, die ihm immer wieder gesicherte Verschnaufpausen ermöglichten.

Die sechste und siebte Seillänge forderten nun noch einmal Frankes Konzentration und klettertechnisches Können, ehe er die Platten schließlich durchstiegen hatte und auf einem relativ breiten Band herauskam. Zufrieden mit sich und seiner Leistung hielt er inne und wandte unweigerlich den Blick wieder hinunter zu der Stelle, wo er eben die beiden Männer gesehen hatte. Die seltsame Geschichte ließ ihm keine Ruhe: Was machten die dort nur?

Erneut setzte er sich auf einen Felsbrocken und sah in die Tiefe. An dem merkwürdigen Verhalten der beiden hatte sich nicht viel geändert. Noch immer schienen sie dort am

Fuß der Kreuzwand irgendetwas zu suchen – anders vermochte Franke es nicht zu deuten. Sie hatten weiterhin die Bergwand im Fokus und wirkten nun irgendwie aufgeregt, wenn er die Gesten richtig interpretierte. Obwohl er eigentlich kein allzu neugieriger Mensch war, interessierte es ihn doch, um was es da bloß ging.

Schließlich wandte sich Franke wieder dem Soldatenweg zu. Es war inzwischen nach zwölf, und laut Topo war es nicht mehr weit. Technisch einfach ging es zunächst über ein Felsenband und danach durch eine Rinne aufwärts. Die letzte Seillänge wartete dann noch mit einem Überhang auf, unter dem es eng hinaufzuklettern galt. Dann schließlich war der Ausstieg erreicht. Franke trat über eine letzte Stufe empor und war in flacherem Gelände.

Über Felsen und Grasflächen hinweg führte eine Trittspur hinauf zum Gipfel des Predigtstuhls, der nur ein kurzes Stück entfernt war. Unter einem Holzkreuz, das mit abgespannten Eisenseilen gegen Sturm gesichert war, sah Franke drei Bergsteiger sitzen – zweifellos die Seilschaft, die vor ihm geklettert war. Die Männer schienen ihre Gipfelrast gerade zu beenden, denn sie packten ihre Rucksäcke zusammen und die sicherlich fünfzig Meter langen, aufgerollten Kletterseile.

Als Franke unter das Holzkreuz trat, wünschte man sich gegenseitig noch ein freundliches „Berg Heil", ehe sich die Truppe an den Abstieg machte. Er sah auf die Uhr: Es war Viertel vor eins. Er hatte die Route demnach in weniger als zwei Stunden bewältigt und war sehr zufrieden mit seiner Leistung.

Er setzte sich ins Gras, holte die Kekse und den Apfel aus seiner Bauchtasche und verspeiste sie genüsslich. Die Aussicht war großartig: Von hier droben kamen nun noch mehr Berge ringsherum in Sicht und auch Mittenwald drunten im Isartal war nun zu sehen. Direkt zu Füßen des Predigtstuhls wirkte die Dammkarhütte so klein wie ein Miniaturmodell;

die davor sitzenden Gäste waren kleine Farbpunkte. Unweigerlich zog es Frankes Blick dorthin, wo er am Fuß der Kreuzwand die beiden Männer beobachtet hatte. Doch der Bereich war von seinem jetzigen Standort aus nicht einsehbar.

Franke genoss noch eine Zeitlang das weite Panorama und den wärmenden Sonnenschein. Er setzte den Helm ab und strich sich über das kurz geschnittene, ergraute Haar. Erst jetzt fiel ihm auf, dass sein Hinterkopf und der Nacken verschwitzt waren. Auch sein Sweatshirt war am Rücken und unter den Achseln feucht geworden. Nun, da er zur Ruhe kam, spürte er, dass ihn die Tour mehr beansprucht hatte als gedacht. Die Muskeln in Waden, Schenkeln, Schultern und Oberarmen machten sich bemerkbar. Selbst an den Handgelenken und den Fingern konnte er eine Erlahmung feststellen.

Schließlich beschloss er, den Abstieg anzugehen. Sein magerer Imbiss hatte nicht ausgereicht, den nun erwachten Hunger zu besänftigen. Er freute sich schon auf einen Kaiserschmarrn der Hüttenwirtin. Mit dem Smartphone machte er rasch noch ein paar Fotos des Panoramas und ein Selbstbildnis unter dem Gipfelkreuz. Da er hier oben erfreulicherweise wieder Empfang hatte, schickte er letztere Aufnahme mit einem Gruß an Frau und Tochter daheim in Frankfurt.

Der Abstieg zur Dammkarhütte dauerte weniger lang als erwartet. Auf markiertem Weg ging es auf der Rückseite des Predigtstuhls durch zerklüftetes Gelände, bis schließlich eine steile Rinne aus Geröll und Schutt erreicht war, die in den oberen Bereich des Dammkars mündete. Das endlose Meer aus Steinen und Schotter lud förmlich ein zu einer rasanten Abfahrt, die bis hinunter zur Hütte reichen würde. Nach ein paar mutigen Testsprüngen in das lockere Geröll, das unter seinen Füßen langsam abwärts rutschte, hatte er den Dreh raus und glitt den Hang hinab.

Eine halbe Stunde später traf er inmitten des Dammkars auf den Querweg, den er am Vormittag zum Einstiegspunkt gegangen war. Diesmal folgte er ihm in die entgegengesetzte Richtung, und nach wenigen Minuten schon befand er sich auf dem Vorplatz der Hütte und setzte sich auf eine der Bänke. Es war kurz nach zwei, als ein Teller Kaiserschmarrn und ein großes Glas Radler vor ihm auf dem Tisch standen. Genüsslich verzehrte Franke die dringend benötigte Stärkung und ließ dabei seinen Blick über die Landschaft wandern.

Da der vor ihm liegende Nachmittag eh nicht mehr richtig zu nutzen war, kam ihm mit einem Mal die Idee, gemütlich hinunter zum Fuß des Berges zu wandern. Das war einerseits sicher ein netter Verdauungsspaziergang, andererseits musste er sich eingestehen, dass er einfach auch neugierig war und die Stelle am Fuß der Kreuzwand, wo er die beiden Männer gesehen hatte, einmal näher in Augenschein nehmen wollte.

Nach dem Essen ging Franke daher hinauf ins Matratzenlager und verstaute erst einmal seine Ausrüstung. Dann machte er sich auf den Weg. Nach einer halben Stunde erreichte er die Stelle, wo der Dammkarweg auf den Ochsenbodensteig traf. Als er auf den schmalen Trittpfad einbog, der quer durch das Geröllfeld unterhalb der Kreuzwand führte, sah er sogleich die beiden Männer. Es bot sich der für Franke schon fast gewohnte Anblick: Mit ernsten, suchenden Gesichtern standen sie unterhalb des Bergfußes und musterten die Wand über ihren Köpfen.

„Verdammt! Du hast eben gesagt, ich wäre genau unter dem linken Auge. Ist das jetzt richtig oder nicht?", hörte er mit einem Mal die vorwurfsvolle Stimme von einem der beiden.

Als Franke näher kam, stellte er fest, dass es eindeutig die Männer aus Dresden waren, die er auch am Vortag gesehen hatte. Zögernd blieb er stehen und sah zu ihnen hinüber.

Nach einer Weile bemerkten die beiden Männer, dass sie beobachtet wurden, und hielten inne.

„Grüß Gott", sagte Franke freundlich und nickte dem jüngeren der beiden zu, der ein Stück vor ihm auf dem Weg stand und einen Tablet-PC in Händen hielt. „Entschuldigen Sie bitte, aber ich habe Sie beide gestern bereits hier gesehen. Sind Sie auch Bergsteiger? Eine neue Route vielleicht?"

Der Mann schwieg und sah unsicher hinauf zu seinem Partner, der zwanzig Meter über ihm direkt am Wandfuß stand und misstrauisch hinabblickte. „Äh, nein, nein…" Er lächelte gezwungen und schüttelte den Kopf.

Auch wenn unverkennbar war, dass die beiden Sachsen keine Antwort geben wollten, so stachelte dies Frankes Neugier umso mehr an.

„Na, Sie machen's aber spannend. Wenn nicht Klettern, was denn dann?" Er trat auf den eher unscheinbaren, schlanken Mann mit dem Tablet zu.

Dieser wandte verunsichert den Blick ab. „Tja… Also, wie soll ich sagen…", begann er und drehte den Tablet-PC in seinen Händen. Im selben Moment stieg sein Kompagnon rasch das Geröllfeld hinunter und stellte sich neben seinen Partner. Seine Miene war finster, und seine wuchtige Gestalt wirkte einschüchternd auf Franke, der unwillkürlich einen Schritt zurücktrat. Zugleich stach ihm ein Detail ins Auge, das ihm vorher gar nicht aufgefallen war: Anstelle solider Bergschuhe trugen beide Männer normale Straßenschuhe.

„Hören Sie, lassen Sie uns bitte in Ruhe, ja?!" Der ältere Sachse schaute drohend drein. „Es geht Sie nichts an, was wir hier tun."

„Okay, okay", erwiderte Franke beschwichtigend und blickte irritiert vom einen zum anderen. „Aber… ich verstehe nicht…"

„Wir stören Ihre Kreise nicht, also stören Sie auch nicht die unsrigen! Ist das so schwer zu kapieren?" Der Mann hatte die Stimme erhoben. „Also bitte…"

Einen Moment lang schwieg Henning Franke, allzu überrascht von dem, was er hier gerade erlebte. „Na, ich muss schon mal sagen: Das ist wirklich… sehr seltsam mit Ihnen hier…"

„Reden Sie nicht rum, sondern lassen Sie uns einfach in Ruhe, ja?!" Der Sachse richtete sich zu voller Größe auf und machte einen Schritt auf Franke zu, der einen halben Kopf kleiner war.

„Ist ja gut!" Franke hob die Arme. Im selben Moment jedoch erhaschte er einen Blick auf das Tablet. Dort war ein Detailfoto der Felswand über ihnen zu erkennen, auf dem mit roten Linien die Konturen von Gesichtern eingezeichnet waren.

Fragend blickte Franke die beiden an. Doch plötzlich kam der große Kerl in bedrohlicher Haltung auf ihn zu. In dessen zornigem Antlitz erkannte Franke erschrocken, dass er womöglich handgreiflich werden würde. Kopfschüttelnd drehte er sich um und ging rasch in jene Richtung zurück, aus der er gekommen war. Fast erleichtert stellte er fest, dass hinter ihm keine Schritte zu hören waren. Noch einmal zurücksehend, wanderte er zügig über den Pfad durch das schräge Geröllfeld, bis er schließlich wieder auf den Weg hinauf zur Hütte traf.

Ehe er zwischen den Latschen und Sträuchern des Dammkars verschwand, hielt Franke dann doch noch einmal inne. Was hatte er da gerade nur erlebt? Diese seltsamen Typen waren ihm bedrohlich nahe gekommen! Was in Teufels Namen ging da bloß vor sich?! Neben einer knorrigen Kiefer spähte er zurück zum Ochsenbodensteig. Dort standen die beiden Männer noch immer reglos nebeneinander und schienen sich zu unterhalten. Als sie ihre Blicke mit einem Mal in seine Richtung lenkten, verbarg sich Franke hinter dem Baum und machte sich dann eilig an den Aufstieg.

KAPITEL 9 – VORBOTEN DES UNHEILS

Mit Ausnahme eines älteren Pärchens war der Gastraum des Hotels Loisachklamm leer. Die beiden Rentner aus Aachen, Elfriede und Willi Röder, kamen bereits seit Jahren jeden Mai nach Garmisch-Partenkirchen. Sie waren genügsame Gäste, die der Hotelbesitzer Sepp Stadler schon lange kannte und zu schätzen wusste, zumal sie stets Vollpension buchten und eine planungssichere Größe für sein Haus darstellten.

Die Familie Stadler bewältigte den gesamten Betrieb ganz allein. Sie hatten kein gesteigertes Interesse an Expansion. Während Sepp für die Bedienung der sieben Tische im Gastraum und für die Rezeption zuständig war, übernahm seine Frau die Küche sowie den Einkauf und ihre Tochter die Organisation und Reinigung der Hotelzimmer. Als typischer Familienbetrieb setzte das Haus Loisachklamm auf Stammgäste. Das sicherte den Stadlers ein gutes Auskommen, brachte jedoch nicht genug Geld ein, um das Hotel zu modernisieren.

„Darf's noch etwas sein bei euch beiden?", fragte Stadler und sah zu den Röders hinüber. Der übergewichtige Gastwirt stand hinter dem Tresen und trocknete Biergläser ab. Auf Stirn und Oberlippe waren winzige Schweißperlen zu sehen.

„Oh, nein, vielen Dank, Sepp", antwortete der ältere Mann mit rheinischem Akzent und strich sich demonstrativ über den Bauch. „Aber sagen Sie Ihrer Frau bitte einen Gruß – es war wie immer köstlich." Lächelnd sah er seine weißgelockte Gattin an, die rasch ihre Kaffeetasse abstellte und bestätigend nickte.

„Sehr gut, so soll's ja auch sein", murmelte der Wirt und stellte die abgetrockneten Gläser auf ein Regal hinter sich. In diesem Augenblick hielt ein Auto direkt auf dem Gehweg vor dem Hotel. Durchs Fenster beobachtete Stadler, wie ein Mann aus dem großen Wagen stieg, die Fassade des Hauses betrachtete und danach durch die Tür in den Gastraum trat. Was ihm zuerst auffiel, als der Mann nach einem raschen Blick in die Runde mit gekünsteltem Lächeln auf den Tresen zukam, waren seine eleganten Schuhe, der noble Blazer und die Uhr an seinem Handgelenk.

„Grüß Gott", sagte Karlheinz Feldhoff und strich sich eine Haarsträhne aus der Stirn.

„Servus…" Stadlers Gruß fiel verhalten aus. Fragend sah er den Besucher an. „Hören Sie, wenn Sie länger bleiben wollen, sollten Sie Ihren Wagen umparken. Hier wird abgeschleppt."

„Aha", erwiderte Feldhoff, nicht sonderlich beeindruckt.

„Neben dem Haus ist unser Gästeparkplatz", fügte der Wirt hinzu. „Ich kann's Ihnen nur raten…"

„Jaja, ist recht, ich fahr ihn gleich weg." Der Antiquar winkte lässig ab und sah Stadler aufmerksam an. „Es geht mir um Folgendes: Ich muss in einer geschäftlichen Sache dringend mit zwei Gästen Ihres Hotels sprechen, einem gewissen Herrn Braisch und seinem Partner."

„Ja, freilich, die beiden Herren aus Dresden."

„Sind sie im Hause?" Feldhoff versuchte, eine gleichmütige Miene aufzusetzen. „Es ist ziemlich wichtig."

„Hm… Nein, die beiden Herren haben das Hotel direkt nach dem Frühstück verlassen. Sie wollten einen Ausflug machen."

„Haben sie gesagt, wohin oder wann sie zurückkommen?"

„Nein, tut mir leid." Sepp Stadler schüttelte den Kopf und beobachtete unauffällig den Ankömmling, der in Kleidung und Auftreten wie ein Neureicher daherkam und nun angestrengt zu überlegen schien. „Wollen Sie vielleicht eine Nachricht für sie hinterlassen?"

„Nein, ich denke, ich werde hier einfach eine Weile auf sie warten, wenn es Ihnen recht ist." Der Antiquar nickte seitlich in Richtung der Tische. „Bringen Sie mir doch bitte eine Tasse Kaffee und einen guten Cognac."

„Gerne, der Herr. Und wie gesagt, Ihr Wagen …"

Feldhoff nickte, ging zur Tür und deutete im Vorübergehen auf den Tisch, der dem Eingang am nächsten stand. „Bin gleich wieder da." Er verließ das Hotel und stieg in seinen Cayenne. Wenige Minuten später saß er am Tisch und schlug eine lederne Aktenmappe auf, die er aus dem Auto mitgebracht hatte.

„Kaffee und Cognac, der Herr", murmelte Stadler, als er die Getränke vor Feldhoff abstellte, der nur schweigend nickte. Mit heimlichem Blick nahm der Wirt den goldenen Kugelschreiber wahr, der neben der eleganten Mappe lag. Das passte alles ins Bild. Was mochte dieser eitle Geck von Beruf sein?, fragte sich Stadler abschätzig, als er sich hinter dem Tresen wieder an seine Arbeit machte.

Feldhoff trank einen Schluck Kaffee und vertiefte sich in die Unterlagen, die er sich vor der Abfahrt aus München eigens noch einmal ausgedruckt hatte. Zum wiederholten Mal studierte er die Details der Auktion und insbesondere das Foto, das die erste Pergamentseite zeigte. Auf einem separaten Blatt hatte er bereits vor zwei Tagen eine Übersetzung des mittelalterlichen Lateins angefertigt, die er nun noch einmal Satz für Satz durchging. Ja, irgendwo in den Bergen des Karwendels muss das Gold verborgen liegen, dachte er aufgeregt. Doch ohne die zwei anderen Seiten war der genaue Ort nicht auszumachen. Ob die Sachsen das Geheimnis vielleicht schon längst gelöst hatten und gerade in diesem Moment vor dem Schatz standen? Feldhoff spürte ein unangenehmes Ziehen in der Magengegend – wie entsetzlich wäre es, wenn diese Chance an ihm vorüberzog!

Kurzerhand griff er nach dem Cognac, schwenkte das Glas und nahm einen großen Schluck. Puh, wahrscheinlich aus dem Supermarkt, dachte er ernüchtert, als sich der Geschmack ohne jegliche Weichheit in seinem Mund entfaltete. Feldhoff war als Genießer anderes gewöhnt. Immerhin rann die Flüssigkeit mit angenehmem Brennen seine Speiseröhre hinunter und verdrängte für einen Moment die sorgenvollen Gedanken.

Das Ehepaar Röder hatte inzwischen Kaffee und Dessert hinter sich gebracht, stand vom Tisch auf und verabschiedete sich vom Wirt. Die beiden verließen das Hotel, sodass Feldhoff nunmehr der einzige Besucher im Gastraum war. Zweieinhalb Stunden lang saß er an seinem Tisch, bestellte sich zwei weitere Kaffee und lauschte immer wieder ungeduldig in Richtung Tür. Doch außer einer Handvoll Gäste, die auf ein nachmittägliches Stück Kuchen vorbeikamen, geschah nicht viel im Hotel Loisachklamm.

Feldhoff ärgerte sich, dass er nicht versucht hatte, dem jungen Hüttinger eine Handynummer der beiden Sachsen zu entlocken. So war er zu tatenlosem Warten verurteilt. Als der Stundenzeiger der schlichten Kunststoffuhr an der Wand hinter dem Tresen auf fünf Uhr vorrückte, traf der Münchner Antiquar eine Entscheidung. Er winkte den Wirt an seinen Tisch.

„Hören Sie, haben Sie vielleicht noch ein Einzelzimmer für mich? Wer weiß, wann die beiden zurückkommen. Dann könnte ich ganz entspannt auf dem Zimmer warten…"

„Ja, freilich, die Nummer zwei können S' haben; oben im ersten Stock. Auf welchen Namen geht das Zimmer?" Sepp Stadler sah den merkwürdigen Gast neugierig an und strich sich durch die spärlichen Haarsträhnen seiner Halbglatze.

„Feldhoff aus München, Dr. Karlheinz Feldhoff", antwortete der Antiquar. „Dann schreiben Sie die Getränke am besten gleich mit aufs Zimmer."

„Ja, ist recht." Stadler nahm einen Schlüssel von dem altmodischen Hakenbrett an der Wand und übergab ihn dem Antiquar. „Erster Stock, wie gesagt."

„Vielen Dank", erwiderte Feldhoff und erhob sich langsam von seinem Platz. Die Aktenmappe in den Händen, sah er den Wirt mit öligem Lächeln an. „Ach, eine Bitte hätte ich noch: Könnten Sie mir Bescheid geben, wenn die beiden Herren eintreffen?"

„Freilich, kein Problem", erwiderte Stadler sachlich und starrte in einer Mischung aus Faszination und Widerwillen auf die strahlend weißen Zähne des Gastes. „Ich ruf Sie dann auf Ihrem Zimmer an, wenn's recht ist."

„Haben Sie vielen Dank für Ihre Hilfe." Feldhoff berührte den Wirt gönnerhaft an der Schulter, ehe er sich in Richtung Treppe wandte und auf sein Zimmer ging.

Mit leichtem Kopfschütteln sah Stadler dem Antiquar hinterher. Seltsam, dachte er, dieser Typ mit seinem Cayenne, dem Schickeria-Outfit und dem großspurigen Gehabe passte eher in einen Golfclub als zu den beiden Männern aus Sachsen.

***

Da der Gastraum nun leer war, konnte sich Sepp Stadler für einen Moment der Tageszeitung widmen. Er setzte sich auf einen Stuhl hinter dem Tresen und vertiefte sich in die Lektüre. Doch die Ruhe währte nicht lang. Mit einem Mal wurde die Eingangstür aufgerissen und ein drahtiger Mann mit hagerem Gesicht trat ein. Er sah sich mit ruckartigen Kopfbewegungen in der Gaststube um. Sein finsterer, suchender Blick verriet, dass er kaum zum Essen oder Trinken gekommen war.

„Grüß Gott", sagte Stadler mit fragendem Unterton, als der Besucher auch nach einer Weile noch kein Wort gesprochen hatte.

„Ich suche zwei Männer aus Sachsen", antwortete der Ankömmling ein wenig barsch, ohne den Gruß zu erwidern. „Es ist verdammt wichtig!"

Sepp Stadler entging indes nicht der glasige Blick sowie die gedehnte, unscharfe Sprechweise. Der Mann war wohl betrunken.

„Wen genau suchen Sie denn?" Stadler sah sein Gegenüber gleichmütig an und überspielte seine Irritation. Was sonst ziemlich selten geschah, passierte nun gleich zweimal an einem Nachmittag? Was war bloß mit diesen beiden Sachsen, dass so kurz hintereinander zwei so grundverschiedene Typen nach ihnen fragten?

„Ja, verdammt noch mal", rief der Fremde wütend und beugte sich bedrohlich über den Tresen, sodass der Wirt einen Schritt zurückwich. „Was weiß ich, wie die Kerle heißen: Barsch, Brasch oder so ähnlich…"

„Sie meinen vielleicht Herrn Braisch?" Stadler rümpfte die Nase angesichts der Alkoholfahne, die ihm in die Nase stieg.

„Ja, genau der ist's: Braisch!", sagte der Mann triumphierend und schlug mit der flachen Hand auf den Tresen, dass die Gläser klirrten. „Also, ist der Kerl da?"

„Nein, tut mir leid. Die zwei Herren sind schon den ganzen Tag über aushäusig unterwegs. Wollen Sie vielleicht warten oder eine Nachricht hinterlassen?" Stadler lag schon der spöttische Vorschlag auf der Zunge, dass er sich ja zu dem Dandy aus München gesellen könne, doch natürlich schwieg er. Stattdessen beobachtete er fasziniert, wie die graue Gesichtsfarbe seines Gegenübers eine zornesrote Verfärbung durchlief.

„So ein Dreck, verfluchter!" Erneut schlug der Fremde mit der Hand auf den Tresen. Dann schielte er nach den Spirituosenflaschen auf dem Regal an der Rückwand, besann sich jedoch offenbar eines Besseren. Er winkte mürrisch ab und wandte sich zur Tür. „Hm, vielleicht schau ich später noch mal vorbei." Sprach's und verließ das Hotel Loisachklamm so schnell, wie er es betreten hatte.

***

In der darauffolgenden Stunde kamen die ersten Abendgäste, darunter auch die Röders, die vom Shoppingbummel zurückkehrten. Vier gut besetzte Tische sorgten dafür, dass

Sepp Stadler genug zu tun hatte. So bemerkte er erst nach einiger Zeit, dass plötzlich die Herren Braisch und Golkowski an einem Tisch neben dem Eingang Platz genommen hatten. Ihre Rückkehr ins Hotel war ihm völlig entgangen.

Als er die zwei Männer schließlich begrüßte und ihnen die Speisekarten überreichte, fiel ihm sofort auf, wie erschöpft und zugleich mürrisch ihre Gesichter aussahen. Ganz anders als am Vorabend, als insbesondere der ältere Braisch beste Laune und Stimmung verbreitet hatte. Nun jedoch bestellten sie mit ernsten Mienen und starrten danach wortkarg auf die Tischdecke.

„So, bitte, Ihre zwei Bier...“, murmelte der Wirt, als er die Gläser vor den beiden Männern auf den Tisch stellte. „Es waren heute übrigens zwei Personen da, die nach Ihnen gefragt haben. Der eine – er hat keinen Namen hinterlassen – ist gleich wieder gegangen. Der andere, ein Dr. Feldhoff aus München, wartet auf seinem Zimmer.“ Er nickte in Richtung der Treppe, während ihn die beiden Sachsen fragend ansahen. „Ich gebe ihm kurz Bescheid, dass Sie da sind.“ Ehe Braisch zu einer Nachfrage ansetzen konnte, verschwand Stadler hinter dem Tresen und rief Feldhoff auf dessen Zimmer an.

Keine drei Minuten später kam der Münchner Antiquar schon die Treppe herunter. Mit neugierigem Blick betrachtete er die beiden Männer am Tisch neben der Eingangstür und versuchte auf die Schnelle einzuschätzen, mit wem er es zu tun hatte. Wirkten sie eher wie Profis oder wie Amateure? Davon konnte der Erfolg seines Überzeugungsversuchs maßgeblich abhängen.

„Guten Abend, die Herren“, begann er, als er vor dem Tisch der beiden stand und freundlich lächelnd vom einen zum anderen sah. „Endlich sind Sie da! Feldhoff, Dr. Karlheinz Feldhoff, ist mein Name. Ich nehme an, der Hausherr hat Sie bereits informiert, dass ich Sie beide sehr gerne sprechen würde?“

„Korrekt", antwortete Egon Braisch trocken und verzichtete darauf, den Gruß zu erwidern. „Worum geht's denn? Ich kann mir beim besten Willen nicht vorstellen, was wir miteinander zu bereden hätten, Herr Dr. ...?" Mit betont abschätziger Miene musterte er Feldhoff von Kopf bis Fuß.

„Feldhoff. Oh doch, da gibt es tatsächlich etwas", sagte der Antiquar gutgelaunt. Er ignorierte Braischs abweisende Reaktion und wandte sich mit einem raschen Augenzwinkern an den stillen Golkowski. „Sie werden sehen! Und das Wichtigste ist: Es wird ganz sicher nicht zu Ihrem Schaden sein." Kurzerhand nahm er einen der noch freien Stühle und setzte sich.

„He, was wird denn das hier?!" Braisch richtete sich auf und sah den Antiquar drohend an.

„Das werden Sie sofort erfahren. Bitte..." Feldhoff hob beschwichtigend die Hände. Dann wandte er sich zum Tresen um. „Herr Wirt, hallo? Bringen Sie uns doch bitte drei Cognac."

„Hören Sie, wir sind müde, haben Hunger und wollen etwas essen", sagte Braisch genervt. „Kommen Sie zur Sache, oder Sie können Ihre drei Cognacs alleine trinken!"

„Ich wüsste zu gern, was Sie heute gemacht haben, dass Sie jetzt so müde sind. Waren Sie im Karwendel unterwegs? Das kann einen ganz schön erschöpfen..." Feldhoff gab seiner Stimme einen beiläufigen Klang und lächelte. Doch als er die mit einem Mal wachsamen Gesichter der beiden sah, war ihm klar, dass er ins Schwarze getroffen hatte. In diesem Moment kam der Wirt.

„Drei Cognac, die Herren...", murmelte er, doch keiner am Tisch reagierte. Die beiden Sachsen warfen einander vielsagende Blicke zu, während Feldhoff überlegte, wie er sein Anliegen vorbringen sollte. Angesichts der Reaktion beider auf das Wort „Karwendel" musste er annehmen, dass sie tatsächlich Profis waren. Die wussten genau, worin der wahre Wert der Pergamente bestand. Schlimmstenfalls hatten sie das Gold schon gefunden. Feldhoff verdrängte den Gedanken und hob sein Glas.

„Also dann, auf das Karwendel!", sagte er lächelnd und sah bedeutungsvoll vom einen zum anderen. Erneut warfen sich beide einen kurzen Blick zu, ehe sie endlich ihre Gläser ergriffen und schweigend tranken. Es folgte eine kurze Stille, während der sich die drei Männer misstrauisch beäugten.

„So, und jetzt mal Klartext, Feldhoff", durchbrach Braisch abrupt das Schweigen. „Was wollen Sie von uns?"

„Nun, sagen wir, ich weiß, was Sie beide von Sachsen nach Garmisch geführt hat", begann er in verschwörerischem Tonfall. „Ich bin aus demselben Grunde hier." Unwillkürlich senkte er die Stimme. „Alte Pergamente aus dem Mittelalter…"

„Und wenn's so wäre – was wollen Sie?"

„Ich bin Kunsthistoriker und führe in München ein Geschäft für antiquarische Bücher und alte Kostbarkeiten. Die Auktion im Internet, die Sie hierher gebracht hat, steht – wie soll ich es sagen – ganz oben auf meiner Agenda. Ich muss die Seiten haben, koste es, was es wolle." Mit einem Mal war die freundlich-nette Miene des Antiquars einem ernsten, wachsamen Gesichtsausdruck gewichen und der Plauderton verschwand.

„Was heißt das in echten Zahlen?" Zum ersten Mal ergriff Dieter Golkowski das Wort. Geschäftsmäßig blickte er Feldhoff an und ignorierte das missbilligende Schnauben seines Partners.

„Nun, genau darüber möchte ich mit Ihnen reden", sagte der Antiquar. „Ich bin sicher, wir werden uns da einig." Er sah seine Gegenüber erwartungsvoll an.

„Gar nix werden wir", donnerte Braisch. „Die Pergamente bleiben bei uns – mehr gibt's dazu nicht zu sagen!"

„Hören Sie mich doch bitte erst einmal an", sagte Feldhoff beschwichtigend. „Ich weiß, Sie beide sind Profis. Sie haben die Sachen für ein Trinkgeld von diesem naiven Burschen aus Krün gekauft. Selbstverständlich wissen Sie, was für einen Schatz Sie da ergattert haben."

„Eben! Drum können Sie sich auch das ganze Gerede sparen." Braisch sah den Antiquar zornig an. „Und das Karwendel schlagen Sie sich ebenfalls aus dem Kopf, ist das klar?!"

„Ah, jetzt kommen wir der Sache näher", erwiderte Feldhoff mit gesenkter Stimme. Seine Augen verengten sich zu Schlitzen. „Die Pergamente sind locker ein höheres fünfstelliges Sümmchen wert, allein schon als einmalige historische Relikte. Nimmt man dann aber noch den – wie soll ich sagen – geheimnisvollen Mehrwert hinzu, der in ihrem lateinischen Text steckt, dann bewegen wir uns im sechsstelligen Bereich. Wir alle hier am Tisch wissen ganz genau, wovon ich spreche."

„Wie auch immer ... Kein Interesse!", rief Braisch wütend und sprang von seinem Stuhl auf, der polternd umfiel. Stadler und die Gäste im Raum sahen neugierig herüber. „Also, danke für den Cognac. Und jetzt verschwinden Sie endlich!"

„Egon, warte doch mal", sagte Golkowski da leise. „Anhören schadet doch nichts, und ... vielleicht winkt ja eine Menge Geld."

„So viel kann der Typ gar nicht zahlen", rief Braisch so laut, dass sich erneut alle Blicke in der Gaststube ihrem Tisch zuwandten. „Ohne mich, ist das klar?!" Er stellte den Stuhl wieder auf und setzte sich mit finsterer Miene.

„Langsam, Egon", flüsterte der jüngere Sachse und beugte sich zu seinem Partner hinüber. „Denk mal an den Tag heute: Stundenlang haben wir da herumgesucht und nichts gefunden. Wer weiß ... Vielleicht wären wir mit reichlich Geld besser bedient?"

„Definitiv nein, Dieter! Was ist los mit dir? Unsere Suchen dauerten doch schon öfter sehr lange, aber am Ende waren wir immer erfolgreich. Außerdem könnte das, was da liegt, locker auch einen siebenstelligen Wert haben. Wir wären ja blöd! Also, vergiss den Schwätzer!"

Feldhoff, der von dem geflüsterten Dialog nur Wortfetzen mitbekommen hatte, blickte die beiden nervös an. Während der bärtige Braisch unverändert missbilligend dreinsah, schien Golkowski noch immer recht aufgeschlossen. Über ihn musste er seine Offensive laufen lassen. Er beugte sich vor und sagte mit gesenkter Stimme: „Ich nenne jetzt einfach mal eine Zahl, damit wir weiterkommen: zweihunderttausend Euro."

„Schluss jetzt! Hauen Sie endlich ab oder es setzt was!", brüllte Braisch und sprang erneut auf. Ungehalten schüttelte er Golkowskis Hand ab, der ihn zu bremsen versuchte. Mit schnellen Schritten ging er um den Tisch herum und packte den Antiquar kurzerhand an der Krawatte. „Haben Sie verstanden?!"

„He, was soll …", setzte Feldhoff an, wurde dann aber von seinem Stuhl in die Höhe gezerrt. Alle Gäste im Raum starrten erschrocken herüber. Auch Sepp Stadler brauchte einen Augenblick, bis er sich eilig in Bewegung setzte.

„Na, na, meine Herren, ich bitte Sie", sagte er in ruhigem Ton. „So etwas möchte ich hier nicht sehen, ja?"

„Lassen Sie mich sofort los!", rief Feldhoff und zerrte an der Hand des Angreifers. „Ich kann auch ganz anders, Sie Idiot! Dann bekommen Sie richtig Ärger wegen Betrugs: Sie haben den jungen Hüttinger nämlich wie Verbrecher über den Tisch gezogen und zudem die Auktionsregeln gebrochen."

„Jetzt reicht's aber!", brüllte Braisch und stieß den Antiquar von sich fort. Feldhoff stolperte rückwärts, prallte gegen zwei Stühle, geriet ins Taumeln und stürzte zu Boden. Als er sich wieder berappelt hatte, sah er Braisch auf sich zukommen.

„He, hören Sie endlich auf oder ich ruf die Polizei!" Der Gastwirt stellte sich dem bärtigen Mann entschlossen in den Weg. Der Sachse besann sich, blieb stehen und starrte an Stadler vorbei auf den Antiquar, der sich stöhnend aufrichtete. Im selben Moment trat auch Golkowski hinzu, legte eine Hand auf Braischs Schulter und lotste seinen Partner zurück zu ihrem Tisch.

„Wie sieht's aus? Ist alles in Ordnung bei Ihnen?", fragte Stadler derweil den Antiquar. Feldhoff nickte mit finsterer Miene und richtete Krawatte und Blazer.

„Ich werde auf mein Zimmer gehen", sagte er und versuchte ein schiefes Lächeln. „Sonst dreht der am Ende gleich wieder durch."

„Ist recht, Herr Doktor", antwortete Stadler und wischte sich erleichtert ein paar Schweißperlen von der Stirn. „Das war genug Aufregung für heute." Er hob kurz die Hand zum Gruß und blickte Feldhoff hinterher, der, ohne sich noch einmal umzusehen, die Treppe hinaufging.

Nach einer Weile schien die unangenehme Szene vergessen, und die Gäste widmeten sich wieder ihrem Abendessen und ihren Gesprächen. Als Stadler auch den beiden Sachsen ihr Essen brachte, entschuldigte sich Braisch bei ihm für den peinlichen Vorfall.

„Na, Ende gut, alles gut. Ist ja nix passiert", erwiderte der Wirt. „Und jetzt lassen Sie sich's schmecken!"

Die beiden Männer verzehrten ihr Mahl, ohne auch nur ein Wort miteinander zu wechseln. Die Stimmung, die angesichts des erfolglosen Tages im Karwendel eh nicht die beste gewesen war, hatte ihren Tiefpunkt erreicht. Nicht nur, dass überraschend ein störender Nebenbuhler auf den Plan getreten war – Golkowski und Braisch hatten in der spontanen Situation erkennen müssen, dass sie nicht einer Meinung waren. Letztlich ging es dabei auch um den Führungsanspruch innerhalb ihres Teams. Stumm saßen sie sich nach dem Essen gegenüber und hingen den eigenen Gedanken nach. Was sie dabei unausgesprochen einte, war die Hoffnung, am folgenden Tag fündig zu werden.

KAPITEL 10 – STARLIGHT

Die Diskothek war gerammelt voll. Es war Samstagabend zehn Uhr, und es hatte den Anschein, als ob fast die gesamte Jugend des Landkreises zum Feiern nach Garmisch-Partenkirchen gekommen wäre. Eng beieinander bewegten sich die Körper im Rhythmus der Musik. Die große Tanzfläche war von rotierenden Strahlern erleuchtet, an der Stirnseite befand sich auf einem hohen Podest der Platz des DJs. Wie ein Altar thronte das schwarze Pult über den Köpfen der Menge. Hin und wieder schaltete der DJ als dramaturgischen Effekt Stroboskope an, in deren Stakkato-Licht sich die Tanzenden gleichsam robotisiert wie in Zeitlupe bewegten.

„Ja, freilich, noch eine Runde Baileys hier!"", brüllte Max Hüttinger der Bedienung ins Ohr. Mit der Hand machte er eine kreisende Bewegung über die beiden Tischwürfel, an denen er mit seinen Freunden saß. Die Blondine im ultrakurzen Mini tippte die Bestellung ein, scannte seine Verzehrkarte und verschwand wieder im Menschengewimmel.

Da sie alle bereits um halb zehn im Starlight eingetroffen waren, hatten sie sich noch gute Couchplätze im Lounge-Bereich sichern können. Später am Abend war es als siebenköpfige Gruppe schlichtweg unmöglich, in der Diskothek noch etwas zum Sitzen zu finden. Als alte Hasen, die jedes Wochenende herkamen, war das Max und seinen Spezis bekannt. So lümmelten die fünf jungen Männer und die beiden Frauen gemütlich auf den Sofas, die mit Blickrichtung Dancefloor in U-Form nebeneinander standen. Wenn sie sich nicht lauthals miteinander unterhielten, lästerten sie mit Vorliebe über uncoole Freaks und schlechte Tänzer. Auf die Tanzfläche gingen sie nie alle gemeinsam, damit immer jemand da blieb, um ihre Sitzplätze zu verteidigen.

„Ja, Max, was ist denn mit dir los? Hast Spendierhosen an heut?" Klaus, ein Kollege aus dem Discounter, blickte ihn ungläubig an. Auch dessen allzu stark geschminkte Freundin sah fragend herüber.

„Ich hab's doch gepostet, dass ihr heute Abend eingeladen seid. Könnt ihr nicht lesen, oder was?" Max lachte in die Runde und zog Steffie, die neben ihm saß, enger an sich heran.

„Ja schon, aber wer hätt denn das geglaubt?", erwiderte Klaus mit gerunzelter Stirn. „Bis jetzt warst du doch immer chronisch klamm, wenn wir unterwegs waren. Hast hierinnen den Abend lang oft an einem einzigen Wodka gesessen…"

„Schnee von gestern", winkte Max lässig ab, „jetzt ist das ganz anders." Er beugte sich zu Steffie und küsste sie. „Neue Zeiten haben begonnen, hab ich recht?" Sie lächelte ihn an, und er genoss das Gefühl, Eindruck bei seinen Freunden zu machen. Doch so erfüllend die neue Erfahrung auch war, insgeheim beschäftigte ihn eine andere Sache. Und die hatte das Potenzial, seine gute Laune zu trüben.

Die Bedienung kehrte mit einem riesigen Tablett zurück und stellte die Baileys auf die Tische. Alle prosteten dem freigebigen Spender zu. „Hast du etwa was geerbt?", fragte Klaus neugierig.

„Hey, ja, so könnte man es auch nennen." Max lachte laut und zwinkerte Steffie verschwörerisch zu. „Sagen wir mal, eine Art vorgezogenes Erbe." Sie sahen einander mit vielsagendem Lächeln an und tranken einen Schluck des irischen Likörs.

„Aber Max, du schaust ja schon irgendwie scheiße aus", sagte ein anderer Kumpel. Das blaue Auge war mittlerweile dunkelbraun und lila verfärbt und an der Unterlippe hatte sich Schorf über dem Riss gebildet. Ein Pflaster verdeckte die Platzwunde auf Max' Stirn. „Was ist denn nur mit dir passiert? Bist du in eine Schlägerei geraten?"

„Tja, so in etwa." Der junge Hüttinger nickte düster. „Mein alter Herr hat sich mal wieder nicht beherrschen können, der Volldepp!"

„Was, das war dein Vater? Und du lässt dir noch Prügel geben? Worum ging's denn?"

„Ach je, irgend so ein Familienscheiß halt!" Das Ganze war Max sehr unangenehm und er überlegte, wie er seine merkwürdige Opferrolle den anderen nur erklären sollte. Am Ende hielten sie ihn womöglich noch für feige?! Unsicher sah er Steffie an, die jedoch geistesabwesend über ihre blonden Haare strich.

In diesem Moment ertönten plötzlich die ersten Takte von Rihannas „Don't stop the Music". Stampfend dröhnte der Rhythmus aus den Lautsprechern und befreite Max aus der Situation. Die Musik riss ihn förmlich von der Couch. Er sprang auf, zog Steffie an der Hand zur Tanzfläche und drängte sich mitten hinein in die wogende Menge. Die Augen geschlossen, gab er sich ganz der Musik hin. Doch der Zauber währte nicht lange – das rauschhafte Gefühl war fort und wollte sich auch nicht wieder einstellen. Irgendetwas war anders als sonst: Es gelang ihm einfach nicht, im Sound völlig aufzugehen, sich zu verlieren. Zwar wurde es ihm schon nach kurzer Zeit warm, doch der sonst so hypnotische Effekt blieb aus. Da rumorte etwas in seinem Hinterkopf, das ihn nicht losließ.

Eine Weile versuchte er noch, das störende Empfinden auszublenden und bei der Musik zu bleiben, doch er hatte keinen Erfolg. Nagend schoben sich Gedanken nach vorn, die er schon den ganzen Tag über nur mit Mühe hatte verdrängen können. Zum einen war da das unschöne Zerwürfnis mit seinem Vater, zum anderen – und das war quälender – die Sorge, bei seiner Auktion betrogen worden zu sein. Hatte er anfangs keine Gedanken an den Verkaufspreis verschwendet und sich schlicht über den erzielten Erlös gefreut, so waren ihm nach den Offerten des Münchner Antiquars erste Zweifel gekommen. Der wusste sicher Bescheid und bot nicht umsonst so viel. Hatten die zwei Sachsen ihn über den Tisch gezogen? Am Ende war der alte Kram ja vielleicht wirklich das Zehnfache dessen wert, was sie ihm bezahlt hatten?! Die dreitausend Euro waren zwar mehr Geld, als er je besessen hatte, doch jetzt galt es, größer zu denken und zügig aktiv zu werden. Er musste mit den beiden Männern noch einmal nachverhandeln, und das möglichst bald, ehe sie über alle Berge waren.

In Gedanken versunken, hatte sich Max nur noch mechanisch bewegt und gar nicht bemerkt, dass der Rihanna-Song inzwischen vorüber war. Steffies Hand schob sich in seine. „Lass uns zurückgehen, Max, ich hab Durst."

„Ja, ist recht", murmelte er und folgte ihr zum Lounge-Bereich. Doch die Grübeleien holten ihn wieder ein, und plötzlich fasste er einen spontanen Entschluss. „Du, geh schon mal vor, Steffie", rief er ihr zu, „ich muss noch kurz wohin." Er deutete mit dem Kopf in Richtung der Toiletten und zwängte sich durch die Menschenmassen. Als er auf Höhe der Toiletten angelangt war, ging er jedoch an ihnen vorüber und hielt stattdessen zielstrebig auf den Ausgang der Diskothek zu.

Draußen vor dem unansehnlichen Gebäude, das wie ein Würfel aus großen Betonplatten am Rande von Garmisch errichtet war, standen Gäste beisammen und rauchten. Max ging ein paar Schritte, bis er den angrenzenden Parkplatz erreichte. Mit raschen Blicken ringsherum vergewisserte er sich, dass er allein war. Dann zog er sein Smartphone aus der Tasche, suchte in der Anruferliste und wählte Braischs Handynummer.

Während das Freizeichen tutete, überlegte er sich, wie er sein Anliegen vorbringen sollte. Er durfte keinesfalls wie ein Bittsteller klingen, sondern musste klar und deutlich zu verstehen geben, dass er sich hintergangen fühlte. Es durfte kein Zweifel daran aufkommen, dass der ganze Verkauf geplatzt war und es mächtigen Ärger gab, wenn er nicht wesentlich mehr Geld erhielt.

„Ja?", meldete sich Braischs Stimme. Er klang abweisend und genervt.

„Hüttinger hier", erwiderte Max und bemühte sich, seiner Stimme einen kühlen Klang zu geben. „Wir müssen reden."

„Wie bitte? Was hätten wir denn zu reden?" Der Sachse lachte kurz auf. „Einen schönen guten Abend erst mal ..."

„Die Scheinheiligkeit können Sie sich schenken", sagte Max. „Sie beide haben mich gestern astrein über den Tisch gezogen." Er machte eine kurze Pause, um seine Worte wirken zu lassen. „Dieser alte Kram – ganz besonders die Pergamente – ist ein Vermögen wert, aber Sie haben mich mit lächerlichen dreitausend Euro abgespeist. Das ist krimineller Betrug!"

„Aber junger Mann, was ist denn in Sie gefahren?! Ich hab mich wohl verhört."

„Ganz sicher nicht!", rief Max erbost. „Ich meine es bitterernst: Unser Deal ist ungültig! Ich verlange die Sachen zurück, oder wir einigen uns auf einen wirklich angemessenen Preis!"

„Wie schade, dass mein Partner sich in seinem Zimmer schon schlafen gelegt hat und diesen Spaß hier jetzt leider verpassen muss", lachte der Sachse. „Das ist ja allerbeste Comedy!"

„Halten Sie Ihr verlogenes Maul! Sie sind ein elender Betrüger, der andere übers Ohr haut!"

„Jetzt halten Sie mal die Luft an, Bürschchen", ertönte es wütend vom anderen Ende der Leitung. „Was fällt Ihnen ein, so einen Mist herumzuposaunen?! Unsere Einigung ist völlig fair und offen zustande gekommen. Wenn Sie mehr Geld für Ihre Sachen hätten haben wollen, hätten Sie genügend Zeit gehabt, das zu sagen. Also, was soll jetzt diese Frechheit?"

„Mir ... mir war damals der wahre Wert noch nicht bewusst", erwiderte Max ein wenig stockend. „Aber genau das haben Sie ausgenutzt; und dann noch ganz gönnerhaft so getan, als ob die dreitausend Euro ein großzügiges Entgegenkommen von Ihnen wären."

„Tja, das ist Ihr Pech", sagte Braisch. „Wenn man etwas verkauft und sich nicht informiert, was es wert ist, ist man selbst schuld. Was ich mich da jetzt nur frage: Woher wissen Sie es denn nun besser? Hatten Sie vielleicht ein aufschlussreiches Schwätzchen mit einem geckenhaften Herrn aus München? Mit dem hatten wir heute auch bereits das Vergnügen. Gerade eben erst hat er hier wieder an der Tür gestanden und wollte mich bequatschen. Aber den hab ich jetzt schon zweimal am Kragen gepackt! Der Idiot hat doch wohl bestimmt von Ihnen einen Hinweis bekommen, nicht wahr?"

„Das geht Sie einen feuchten Kehricht an! Wie auch immer, ich verlange exakt zwanzigtausend Euro als Nachschlag, sonst..."

„Sonst was? Sie haben die Auktion im Internet schon als einen korrekt abgeschlossenen Verkauf gekennzeichnet. Die Auktions-Website wird Einwände auf keinen Fall gelten lassen."

„Dann gehe ich eben zur Polizei", erwiderte Max kalt. „Die interessiert sich ganz sicher für Betrüger wie Sie."

„Ja, dann machen Sie das mal..." Braischs Stimme klang sehr gleichgültig. „Sonst noch was?"

„Sie verdammtes Schwein! Glauben Sie ja nicht, dass Sie so einfach damit durchkommen!"

„Puh, jetzt habe ich aber wirklich große Angst", sagte der Sachse in kindlichem Tonfall. „Lehrgeld, mein Freund... Betrachten Sie die ganze Geschichte einfach als Lehrgeld."

„Einen Scheiß werde ich!" Max war kurz davor, auszurasten. Fassungslos nahm er das Smartphone vom Ohr und starrte zornig und ratlos zugleich auf das Display. Was sollte er tun? Der Typ ließ sich offenbar zu nichts bewegen. Wütend schüttelte Max den Kopf. „Verdammter Betrüger! Das hat ein Nachspiel!"

„Ja, ist recht. Wenn's jetzt weiter nichts Konkretes gibt, würde ich unser nettes Gespräch dann gern beenden. Wissen

Sie, morgen geht's wieder in die Berge – da muss man ja schließlich ausgeschlafen sein. Aber wem sag ich das? Als Bürschchen vom Land wissen Sie das ja selbst."

Max fand keine Worte, um angemessen zu reagieren. Fieberhaft wanderte sein Blick über die Autos auf dem Parkplatz, als ob dort eine passende Antwort zu finden sei. „Wir sind noch nicht fertig miteinander, Arschloch! Ich krieg mein Geld, so oder so", zischte er schließlich.

„Einen Dreck kriegen Sie! Die Sache ist erledigt. Und wehe, Sie rufen mich noch einmal an: Ich kann auch anders!" Braischs Stimme klang eiskalt und verächtlich. Dann legte er einfach auf, sodass seine letzten Worte in Max' Kopf seltsam nachhallten.

Einen Moment lang hielt der junge Hüttinger das Smartphone noch ans Ohr, als ob er nicht glauben konnte, dass das Gespräch zu Ende war. Seine Sinne waren noch aufs Äußerste geschärft und angespannt. Doch schließlich atmete er tief durch und steckte das Gerät weg. So ein elender Mist, dachte er wütend. Er hatte rein gar nichts erreicht! Der Typ war einfach viel zu abgebrüht und hatte ihn auflaufen lassen. Der hatte ihn nicht mal ernst genommen.

Das durfte er so nicht stehen lassen: Die Sachsen mussten ganz klar wissen, dass er ihnen so lange Ärger machen würde, bis sie zahlten. Kurzerhand zog er das Smartphone wieder heraus und betätigte die Wahlwiederholung. Doch nach wenigen Augenblicken teilte ihm eine nüchterne Frauenstimme mit, dass der gewählte Teilnehmer momentan nicht erreichbar sei. Dieser Mistkerl hatte einfach sein Handy abgeschaltet.

Im selben Moment ertönte unmittelbar in seinem Rücken ein lautes Hupen. Er zuckte erschrocken zusammen und drehte sich wutentbrannt um. Keine zwei Meter vor ihm stand ein dunkler BMW, dessen Scheinwerfer ihn blendeten. Der junge Hüttinger, eh schon in aggressiver Stimmung, rührte sich nicht von der Stelle, sondern streckte beide Arme aus.

„Nerv hier nicht rum!", rief er angriffslustig. „Willst du Ärger, oder was?!" Drohend machte er einen Schritt auf das Auto zu, dessen Hupe nun mehrmals dröhnte. Zugleich setzte sich der BMW in Bewegung und rollte langsam auf ihn zu. Erst im letzten Moment sprang Max zur Seite. In einem zornigen Reflex schlug er auf das Dach des Wagens.

Sofort trat der Fahrer auf die Bremse und ließ die Scheibe herunter. Der wummernde Bassrhythmus eines Pitbull-Songs erfüllte den gesamten Parkplatz.

„Hey, Arschloch, pass auf, sonst gibt's was auf die Fresse!", brüllte der Fahrer, ein feister Typ mit geölten Haaren, und zeigte Max den Mittelfinger. Außer ihm saßen noch zwei weitere Burschen in dem Wagen. Sie schienen geradezu versessen darauf, ihr Disco-Wochenende mit einer kleinen Schlägerei krönen zu können.

„Ja, ist ja gut", murmelte Max. Ohne sich noch einmal umzudrehen, ging er in Richtung Starlight davon und ignorierte die provozierenden Rufe in seinem Rücken. Beiläufig fiel sein Blick auf seine Enduro, die er nur ein Stück weit vom Eingang entfernt abgestellt hatte.

Mit seiner Chipkarte passierte er die Einlasskontrolle und trat ins Innere der Disco, wo ihn wieder die laute Musik und tanzenden Menschenmassen umfingen. Doch er ließ sich von dem lustigen Trubel nicht anstecken. Tief in Gedanken versunken zwängte er sich durch die Menge.

„Wo warst du denn so lange, Max?", fragte Steffie und sah ihn neugierig an. „Wir haben uns inzwischen noch eine Runde Baileys kommen lassen. Das war doch okay, oder?" Sie nickte in Richtung der Gläser, die auf den Tischen standen.

„Ja klar, genau richtig", erwiderte er und bemühte sich, gutgelaunt und lässig zu wirken. „Ich war nur mal vor der Tür, ein bisschen frische Luft schnappen." Er blickte in die Runde und hob feierlich sein Glas. „Also dann, wohl bekomm's!" Die Freunde prosteten ihm zu.

„Ja, wen haben wir denn da?", erklang auf einmal eine spöttische Stimme. Drei Gestalten standen vor der Sitzgruppe, unverkennbar die Männer aus dem BMW. „Wenn das nicht der Depp vom Parkplatz ist, weiß ich's auch nicht." Der korpulente Typ mit der öligen Pomade lachte verächtlich, sah kurz in die Runde und klopfte Max auf die Schulter. „Schönen Abend noch, Arschloch!"

Perplex blickten alle auf die drei Männer, die bereits weitergingen in den hinteren Bereich der Diskothek. Als sie in der Menge verschwunden waren, richteten sich alle Augen auf Max, der jedoch nur gleichgültig abwinkte.

„Was waren denn das für Idioten?" Steffie sah ihren Freund irritiert an. „Hast du Ärger?"

„Ach, irgendwelche Dummköpfe, unwichtig..." Er nahm erneut sein Glas und trank einen Schluck. Dann tätschelte er kurz ihr Knie, zuckte mit den Achseln, lehnte sich zurück und starrte ins Leere.

„Hey, geile Nummer! Wer kommt mit?", rief plötzlich Klaus' Freundin und sprang auf. Begeistert bewegte sie sich zum Takt des Cascada-Songs und deutete fuchtelnd in Richtung der Tanzfläche. Sofort erhob sich auch Steffie und sah Max auffordernd an. Als der jedoch den Kopf schüttelte, zogen die beiden Frauen schnell von dannen. Auch drei seiner Kumpel schlossen sich ihnen an, sodass Max und sein Kollege aus dem Discounter allein zurückblieben.

„Du, Max, jetzt, wo wir unter uns sind...", begann Klaus und rutschte näher heran. „Du hast es vorhin ja gar nicht zu Ende erzählt, das mit deinem Geldsegen." Neugierig sah er Max an. „Was hat's damit jetzt wirklich auf sich?"

„Ach, nix weiter", antwortete Max widerwillig. „Ich hab da nur ein paar alte Sachen vom Hof übers Internet verkauft, das ist alles."

„Ah, darum also die Prügel von deinem Alten?"

„Tja, so in etwa. Aber der hat jetzt gar nix mehr zu melden! Ich bin weg vom Hof. Momentan wohn ich bei der Steffie, aber wir werden uns zusammen was Neues und Größeres suchen."

„Ja sauber! Hast du denn wenigstens einen ordentlichen Reibach mit dem Verkauf gemacht? Wie viel Kohle hat's denn gegeben?"

„Na, richtig fett im vierstelligen Bereich", erwiderte Max großspurig. „Und das Beste ist: Ich bin noch gar nicht fertig mit dem Abkassieren. Es wird noch einen schönen Nachschlag geben."

KAPITEL 11 – EINE SCHRECKLICHE ENTDECKUNG

Diffuses Sonnenlicht fiel durch das rückwärtige Fenster in den Flur und erhellte den betagten Teppichboden. Winzige Staubpartikel schwebten durch die Luft. An manchem Gemälde und Hirschgeweih, das in dem schmalen Korridor hing, waren im hellen Schein feine Spinnenfäden zu erkennen. Die holzgetäfelten Wände ringsum zeigten in diesem Licht ihr wahres Alter – hier und da wirkte das Holz matt, grau und rissig. Der Zahn der Zeit hatte deutliche Spuren hinterlassen.

Zehn Fremdenzimmer lagen hier im ersten Obergeschoss des Hotels Loisachklamm, ebenso viele im Stockwerk darüber. Monika Stadler, die Tochter des Besitzers, bewältigte die Reinigung der Räume und alles, was damit zusammenhing, in den ruhigeren Monaten ganz allein. Lediglich zur Hochsaison im Sommer und Winter wurde manchmal eine zusätzliche Hilfe beschäftigt.

Sie schob den Reinigungswagen mit Bettwäsche, Handtüchern und Putzmitteln vor sich her, bis sie die Tür zum Zimmer Nr. 7 erreichte. Dann ging sie zurück zur Nr. 5 und holte den Staubsauger. Monika Stadler fiel das Alter des Hotels nicht auf, sie hatte keinen Blick für die Indizien des verblassenden Charmes. Seit ihrer Kindheit kannte sie das Haus nun einmal so, wie es war.

Gegen Mittag würde sie wohl mit den meisten Zimmern fertig sein, dachte sie zuversichtlich; danach warteten das tägliche Wäschewaschen und andere Erledigungen. Auch wenn Sonntag war, ruhte die Arbeit im Hotel natürlich nicht. Die 28-Jährige trat vor die Tür von Zimmer 7, strich eine Strähne ihrer braunen Haare hinters Ohr und klopfte an das dunkle Holz. Sie wartete ein paar Sekunden, dann klopfte sie noch einmal. Doch wieder gab es keine Reaktion. Es war etwa zehn Uhr, da schlief ja wohl niemand mehr! Sie holte den Generalschlüssel aus der Tasche ihres blauen Arbeitskittels. Der Gast war sicher längst unterwegs oder saß beim Frühstück. Wie aufs Stichwort klangen in diesem Augenblick Stimmen und Geräusche von drunten aus der Gaststube herauf.

Monika Stadler steckte den Schlüssel in das Türschloss und versuchte, ihn herumzudrehen. Doch zu ihrem Erstaunen stellte sie fest, dass die Zimmertür nicht verschlossen war. Zögerlich drückte sie die Klinke herunter, schob die Tür nur ein Stück weit nach innen auf und lugte durch den Spalt in den kleinen Flur.

„Hallo? Guten Morgen, hier ist der Zimmerservice…“, rief sie und wartete höflich, die Türklinke in der Hand. Doch es kam keine Antwort, und so öffnete sie schließlich die Tür ganz und schob den Reinigungswagen vor sich her in den schmalen Eingangsflur. Ihr fiel auf, dass es kühl war im Zimmer – der Gast hatte wohl das Fenster geöffnet und frische Luft hereingelassen.

Über den Wagen hinweg blickte sie in den Raum. Das Fenster stand in der Tat weit offen; der Rollladen war halb hochgezogen. Im Luftzug bewegten sich die Gardinen sanft hin und her. Als ihr Blick dann auf das Bett und das übrige Mobiliar fiel, traf sie fast der Schlag. Fassungslos starrte sie auf ein unvorstellbares Chaos.

Plötzlich blockierte der Reinigungswagen. Monika Stadler drückte noch einmal, doch er ließ sich nicht weiter ins Zimmer schieben. Kurzerhand zwängte sie sich zwischen der Flurwand und dem Wagen hindurch. Mit entgeistertem Blick sah sie sich um und gab einen unartikulierten Ton von sich.

Das ganze Zimmer war ein wüstes Durcheinander, ein Ort der Zerstörung. Über so etwas hatte sie bislang allenfalls in Zeitungen gelesen, wenn dort über den Vandalismus berichtet wurde, den manche Rockstars in Hotelzimmern zelebrierten. Ja, genau so sah es hier aus, dachte sie entsetzt und schüttelte den Kopf. Das gesamte Interieur des Zimmers befand sich in einem Zustand der Verwüstung. Kaum etwas war mehr so, wie es ursprünglich einmal gewesen war.

Die Matratze war zur Hälfte aus dem Bett gezerrt worden. Laken, Oberbett und Kissen lagen auf dem Boden, Letzteres hatte ihren Reinigungswagen blockiert. Die Türen des Schranks standen weit offen, Bügel und Kleidungsstücke waren herausgerissen und kreuz und quer im Zimmer verteilt worden. Dazwischen sah Monika Stadler eine Reisetasche, die ausgeleert und umgestülpt in der Ecke lag. Die Schubladen des Nachttischchens waren allesamt herausgezogen und zu Boden geworfen worden.

Ihr erster Gedanke war: Raub, Diebstahl! Doch dann entdeckte sie inmitten des ganzen Durcheinanders ein Smartphone und einen Tablet-PC. Es war völlig undenkbar, dass ein Dieb dies zurückgelassen hätte. Was aber war stattdessen hier geschehen?

Sie ging ins Badezimmer und schaltete das Licht ein. Und tatsächlich – selbst hier hatte die Verwüstung Spuren hinterlassen: In der kleinen Duschkabine war der Inhalt einer Kulturtasche ausgeleert worden. Außerdem lag der Spiegel, der eigentlich über dem Waschbecken hing, nun kurioserweise quer über der Toilette. Was hatte das nur zu bedeuten? Kopfschüttelnd ging Monika Stadler zurück ins Zimmer.

Mit einem Mal fiel ihr Blick auf einen Schuh, der seitlich neben dem Bett am Boden hervorlugte. Er stand leicht schräg in die Höhe. Ein menschlicher Fuß steckte darin! Erschrocken innehaltend stellte Monika Stadler fest, dass dieser allerdings nur bis zum Knöchel sichtbar war, der Rest des Körpers war durch den Bettkasten verdeckt.

Mit angehaltenem Atem und vor Angst geweiteten Augen trat sie um die Ecke des Bettes. Zwischen dem Bett und der Zimmerwand lag ein blutüberströmter Mann am Boden.

Ihr Herz schien auszusetzen, während Schauder und Hitze elektrisierend durch ihren Körper schossen. Den Blick wie gebannt auf den Mann gerichtet, vermochte sie sich nicht mehr zu rühren. Nach einer gefühlten Ewigkeit schnappte sie endlich gierig nach Luft und wankte einen Schritt zurück. Eine eisige Kälte fuhr durch ihre Glieder und Schwindelgefühle erfassten sie. Das Blut in ihren Adern schien nicht mehr zu fließen.

Gleichwohl starrte sie den Mann noch immer an. Es war Egon Braisch, der dort am Boden lag. Sie kannte den Gast des Zimmers Nr. 7 vom Sehen – es gab keinen Zweifel. Ebenso sicher erschien ihr, dass der Gast tot war. Das mit verkrustetem Blut befleckte Gesicht und die Haut der Hände zeigten das fahle Grau des Todes. Ebenso entsetzlich war der Anblick von Braischs Mund, der weit offen stand und so wirkte, als ob er noch einen Schmerzensschrei von sich geben wolle. Nicht minder grauenvoll waren die Augen, die, in Todesangst weit aufgerissen, zu einem imaginären Punkt irgendwo an der Decke hinaufstarrten.

Eine ganze Weile war Monika Stadler wie gelähmt und konnte sich von dem schrecklichen Anblick nicht lösen. Das Sweatshirt, das Braisch am Oberkörper trug, war über und über mit dunklem Blut besudelt, ebenso der Teppichboden, das Bettgestell und die Zimmerwand neben ihm.

Plötzlich drang das Geräusch eines startenden Motors durchs Fenster herein und riss Monika Stadler aus ihrer Schockstarre. Im selben Augenblick erreichten die Schreckensbilder ihren Verstand. Sie schlug die Hände vors Gesicht, stöhnte laut auf und torkelte rückwärts. Eine tiefe Übelkeit stieg in ihr empor und sie fühlte zugleich ihre Sinne schwinden. Am Rande einer Ohnmacht würgte sie, um ein Erbrechen zu verhindern. Ihr Atem ging stoßweise, Panik erfasste sie. Dann prallte sie plötzlich rückwärts gegen den Reinigungswagen und fiel seitlich auf die aus dem Bett gezogene Matratze.

„Hilfe! Oh mein Gott...", schrie sie und versuchte sich wieder aufzurappeln. Hastig zog sie sich an dem Wagen in die Höhe und stolperte in Richtung der Zimmertür. „Hilfe, bitte...", rief sie noch einmal. Ihre Stimme überschlug sich fast und schrillte in ihren eigenen Ohren.

Es dauerte einen Moment, ehe sich etwas im Haus zu regen begann. Monika Stadler hatte schon den Hotelflur erreicht, als endlich aufgeregte Stimmen und schnelle Schritte hörbar wurden. Über die Treppe eilte Sepp Stadler aus der Gaststube herauf ins Obergeschoss. Das Gesicht des Hotelbesitzers wirkte alarmiert und voller Sorge. Trotz seiner rundlichen Gestalt bewältigte er die Stufen in Windeseile.

„Was ist denn los, Moni?", rief er, als er den Korridor im ersten Stock erreichte.

Seine Tochter stand mitten im Flur und zitterte am ganzen Leib. Die Hände vor dem Gesicht, schüttelte sie den Kopf und wimmerte leise.

„Moni? Beim Allmächtigen, was hast du?" Stadler fasste sie mit beiden Händen an den Schultern und blickte sie besorgt an.

„Er... er ist tot...", sagte sie mit zitternder Stimme.

„Was?" Sepp Stadler sah seine Tochter verständnislos an. „Um Gottes willen, was ist denn passiert?" Er blickte durch die offen stehende Tür in Zimmer Nr. 7 und fragte sich, was geschehen sein mochte. Seine Tochter schüttelte immer noch stumm den Kopf.

Inzwischen war das Aachener Rentnerpaar ebenfalls im Flur angekommen. „Können wir irgendwie helfen?", fragte die weißgelockte ältere Frau.

„Äh, ja, sehr freundlich von Ihnen, Frau Röder! Kümmern Sie sich doch bitte für einen Moment um meine Monika", erwiderte der Wirt dankbar. „Ich muss einmal im Zimmer dort nachsehen." Er schob seine Tochter behutsam in Richtung der Rentnerin, die diese sogleich in die Arme nahm. Da begann die 28-Jährige leise zu weinen.

„Es ist alles gut", murmelte die ältere Dame tröstend und strich Monika Stadler sanft über die braunen Haare. Ihr Mann sah neugierig dem Wirt hinterher, der unterdessen das Zimmer betrat.

Sepp Stadler setzte bedächtig einen Schritt vor den anderen. Im Geiste rechnete er bereits mit dem Allerschlimmsten und versuchte, sich gegen einen schockierenden Anblick zu wappnen. Langsam ging er durch den Flur ins Zimmer, sah sich fassungslos um und stieg vorsichtig über das chaotische Durcheinander am Boden hinweg.

Als er schließlich Egon Braisch zwischen Bett und Wand in seinem Blut liegen sah, hielt er geschockt inne. Das viele Blut und das in Todesangst erstarrte Gesicht! Der Wirt musste schlucken und atmete tief durch, um die Fassung zu bewahren. Doch schließlich übernahm sein pragmatischer Verstand die Führung. Auch wenn am Tod des Mannes kaum ein Zweifel bestehen konnte, empfand Sepp Stadler es gleichwohl als seine Pflicht, sich – so gut er es denn vermochte – von dessen Ableben zu überzeugen.

Der Wirt stieg vorsichtig über die verdrehten Beine hinweg und ging neben Braischs Oberkörper in die Hocke. Verunsichert und abgestoßen von dem grässlichen Anblick zögerte er einen Augenblick und überlegte kurz, ob er tatsächlich den Puls des Mannes fühlen sollte. Schließlich entschied er sich dagegen. Es konnte keinen Zweifel geben: Braisch war tot.

Kopfschüttelnd erhob sich der Wirt wieder und sah auf das blutverschmierte Sweatshirt. Unwillkürlich wanderte sein Blick über den Körper des Toten – woher stammte all das Blut? Stadler konnte auf die Schnelle keine Waffe entdecken. Immerhin sprach das offene Fenster eine eindeutige Sprache. Er wandte sich ab, durchquerte mit schnellen Schritten den Raum, trat wieder hinaus in den Flur und schloss die Tür hinter sich. Das Rentnerpaar sah ihm besorgt entgegen. Die ältere Dame hatte noch immer ihren Arm um Monika gelegt, die leise schluchzte.

„Würden Sie mir einen großen Gefallen tun?", wandte Sepp Stadler sich an Willi Röder, der zögerlich nickte. „Gehen Sie bitte hinunter in die Küche und sagen Sie meiner Frau, sie soll sofort die Polizei rufen." Dann senkte er die Stimme: „Hier ist ein großes Unglück geschehen..."

Der alte Mann riss die Augen auf. Für einen Moment schien er nachfragen zu wollen, doch schließlich eilte er, so schnell es ihm möglich war, davon. Sepp Stadler sah ihm nach, bis er unten in der Gaststube angelangt war. Es war zu hören, wie einige Gäste neugierige Fragen stellten, die der Rentner jedoch offenbar ignorierte. Als kurz darauf ein helles Quietschen herauftönte, wusste Stadler, dass der Mann in der Küche angekommen war. Nun hieß es, auf die Polizei zu warten.

„Er ist... umgebracht worden, Vater, oder?" Monika Stadler hatte sich wieder ein wenig beruhigt und sich aus dem Arm der älteren Dame gelöst. In einer merkwürdigen Mischung aus Furcht, Traurigkeit und Erschöpfung blickte sie zu der Zimmertür hinüber.

„Hm, es schaut so aus, Moni", antwortete der Hotelbesitzer und kratzte sich nachdenklich am fleischigen Kinn. „Ein Unfall war das wohl jedenfalls nicht."

„Mein Gott, wie schrecklich!", sagte Elfriede Röder und legte entsetzt die Hände an den Mund.

„Ja, beim Allmächtigen, das ist es." Sepp Stadler nickte geistesabwesend. In Gedanken ging er noch einmal zum Tatort zurück. Hoffentlich hatten seine Tochter und er nicht einen Fehler gemacht da drinnen!? Irgendeine Spur verwischt oder etwas Ähnliches...

„Moni", begann er nachdenklich, „hast du, als du vorhin in dem Zimmer warst, irgendetwas angefasst oder verändert? Du weißt schon, wegen der Polizei."

„Nein, ich habe nichts berührt, wirklich gar nichts! Ich bin nur einmal durchs Zimmer gegangen und kurz ins Bad, dann hab ich ihn ja schon da am Boden liegen sehen und bin sofort rausgerannt... Na ja, die Klinke musste ich natürlich anfassen, als ich rein bin." Fast schuldbewusst sah sie zur Tür hinüber, als ihr mit einem Mal noch etwas einfiel. „Übrigens, die Zimmertür war nicht verschlossen, als ich sie geöffnet habe. Vielleicht ist das ja wichtig für die Untersuchungen..."

„Hm, ja, gut", murmelte Sepp Stadler. „Ich werde hierbleiben, bis die Polizei da ist, damit kein neugieriger Gast auf die Idee kommt, sich da drin mal umzusehen. Aber bis dahin kannst du ja in der Gaststube vielleicht mal schauen, dass alle versorgt sind."

„Ist recht", erwiderte die Tochter des Wirtes. „Ich glaube, ich brauche jetzt erst mal einen Schnaps. Mögen Sie vielleicht auch einen, als Dank für Ihren netten Beistand, Frau Röder?"

„Ach, da sage ich nicht Nein", antwortete diese und folgte der jungen Frau.

Schließlich stand Sepp Stadler allein im Flur des ersten Stockwerks. Nachdenklich ging er vor der Tür des Zimmers Nr. 7 auf und ab.

Was war hier bloß geschehen?, fragte er sich. Ein Diebstahl kam kaum in Betracht, also musste es wohl ein gezielter Anschlag gewesen sein. Der Hotelwirt versuchte sich an das zu erinnern, was er in den letzten Tagen von dem Gast Egon Braisch mitbekommen hatte. Nicht sonderlich viel war das gewesen, stellte er fest – die beiden Männer aus Sachsen waren die meiste Zeit aushäusig unterwegs gewesen. Allerdings hatten die beiden letzthin eine ganze Menge Besuch gehabt. Und dann noch die Rauferei am gestrigen Abend. Eine seltsame Sache...

All diese Beobachtungen musste er unbedingt der Polizei mitteilen – vielleicht ergab sich daraus ja eine entscheidende Spur?! Schließlich lag es auch in seinem Interesse, dass der Fall rasch aufgeklärt wurde. Schlechte Presse – und wenn es nur die Nachricht über den Mord war – konnte dem Hotel

Loisachklamm durchaus schädlich sein. Manchmal blieben düstere Schlagzeilen an einem Haus haften wie Kaugummi unter der Schuhsohle.

„Sepp, hallo", unterbrach plötzlich die Stimme des Rentners aus Aachen seinen Gedankengang. Willi Röder war die Treppe zur Hälfte hochgestiegen und winkte. Er sah sich kurz mit verschwörerischer Miene nach der Gaststube um und flüsterte: „Die Polizei wird gleich da sein."

„Ah, das ist gut." Stadler nickte und hob die Hand. „Ich danke Ihnen vielmals!"

Er sah dem alten Mann nach und versank erneut in Grübeleien. War nicht zu befürchten, dass nachher ein ziemliches Chaos im Hotel ausbrechen würde? Spurensicherung, Absperrungen, Suche nach Zeugen und Vernehmungen – da kam große Unruhe auf das Haus und auf seine Gäste zu.

Plötzlich, beim Stichwort Zeugen, fiel ihm siedend heiß ein, dass ausgerechnet die beiden Herren Feldhoff und Golkowski, die ja engen Kontakt zu Braisch gehabt hatten, das Hotel bereits verlassen hatten. Der Antiquar hatte sehr früh am Morgen seine Rechnung bezahlt und war abgereist. Und der zweite Sachse, Dieter Golkowski, war um acht Uhr ohne Frühstück aus dem Haus gegangen. Stadler hatte ihn von der Gaststube aus vorbeieilen sehen. War einer von ihnen am Ende der Mörder?

KAPITEL 12 – SPURENSUCHE

Als Oberkommissar Peter Aubichler schwungvoll die Autotür öffnete und auf dem Beifahrersitz Platz nehmen wollte, hielt er mit einem Mal inne. Eine große Tupper-Dose lag mitten auf der Sitzfläche. Der junge Mann beugte sich hinunter und sah Greibl fragend an, der bereits hinterm Lenkrad saß.

„Ach ja, leg die Schachtel einfach in den Fußraum", sagte der Kommissar und nickte seinem Kollegen zu. Im selben Moment stand Greibl das Gesicht seiner Nachbarin vor Augen und ließ ihn unweigerlich lächeln. Des Öfteren hatte er heute schon an Lisa denken müssen, und auch daran, dass sie beide wohl den gleichen Traum gehabt hatten. Was für eine verrückte Sache! Kopfschüttelnd startete er den Motor.

Am Abend hatte er Lisa die Dose zurückbringen und dabei als Dankeschön – so ihn der Mut nicht verließ – eine Einladung zum Essen aussprechen wollen. Doch diese Planung vom frühen Morgen schien nun um elf Uhr dank der Leiche im Hotel Loisachklamm bereits wieder in Frage gestellt. Für den diensthabenden Kommissar war da kaum an einen pünktlichen Feierabend zu denken. Das galt erst recht an einem Wochenende.

„Was ist denn das für eine grauenvolle Musik?! Kannst du die bitte ausschalten?", fragte Peter Aubichler entgeistert. Der blonde Mittdreißiger schnallte sich an und deutete anklagend auf den CD-Player. In gewaltiger Lautstärke gestanden sich gerade Siegfried und Brünnhilde ihre Liebe.

„Jaja, schon recht", brummte Ignaz Greibl unwillig und betätigte den Power-Schalter. Als er in der Früh ins Büro gefahren war, hatte er noch lauthals mitgesungen und dabei an seine neue Bekannte gedacht. „Aber du bist ein echter Kulturbanause, Peter", sagte er vorwurfsvoll. „Es gibt kaum etwas Schöneres als Wagner – das wird früher oder später auch einem Ignoranten wie dir klar werden."

„Gott bewahre! So alt kann ich gar nicht werden, dass mir dieses nervige Gekreische jemals gefallen könnte."

Anstelle einer Erwiderung verzog Ignaz Greibl abschätzig den Mund und lenkte den Wagen vom Parkplatz der Polizeiinspektion auf die Hauptstraße. Der langgestreckte Bau lag am Ortsausgang von Garmisch-Partenkirchen direkt gegenüber dem Friedhof. Aus seinem Bürofenster blickte der Kommissar über die Zwiebelturmspitze der Friedhofskapelle und über die Gräber hinweg zu den steilen Abhängen der Kramerspitze.

„Also, jetzt aber mal zum Thema", sagte er sachlich, als sie die wasserreiche Partnach überquerten und ins Zentrum von Garmisch fuhren. „Was ist da in dem Hotel passiert?"

Greibl sah kurz zu dem Oberkommissar hinüber, der eigentlich sein Assistent war, sich allerdings stets verbat, offiziell so genannt zu werden. Offenbar empfand er es als Herabwürdigung. Greibl in seiner netten, ausgleichenden Art bestand nicht auf derlei Konventionen und bezeichnete Aubichler daher meist schlicht als Kollegen.

„Nun, die Tochter des Hotelbesitzers hat den Toten beim Reinemachen gefunden. So wie sich der Kollege vor Ort vorhin am Telefon ausgedrückt hat, deutet alles auf ein Gewaltverbrechen hin." Aubichler hatte sein Notizbuch aufgeschlagen. „Vom Hotelbesitzer wissen wir, dass der Tote Egon Braisch heißt und aus Radebeul bei Dresden stammt. So hat es der Mann zumindest selbst bei der Anmeldung angegeben."

„Hm, hat die Spurensicherung schon angefangen?"

„Ja, freilich, die Spusi und die Kriminaltechnik sind wohl vor einer halben Stunde eingetroffen. Die sind bestimmt schon mittendrin, die ganze Bude auf den Kopf zu stellen." Aubichler strich sich über die kurzgeschorenen blonden Haare, die zu seinem geradezu militärisch kernigen Äußeren passten. Unter seinem blauen Hemd zeichneten sich an Brust, Schultern und Armen kräftige Muskeln ab. „Mal schauen, was uns erwartet..."

Greibl nickte wortlos.

Nach wenigen Minuten hatten sie das Hotel erreicht. Auf dem Parkplatz standen mehrere Polizeiautos neben einer Handvoll Wägen, die wohl den Gästen gehörten. Als Greibl und Aubichler ausstiegen, deutete der Assistent auf ein weit geöffnetes Fenster im ersten Stock. Es befand sich direkt über dem Flachdach eines Garagenanbaus.

„Das da oben müsste das Zimmer sein", sagte er und nickte in Richtung der Garage. „Sieht aus wie ein Fluchtweg."

„Hm", brummte Greibl und ging auf den Eingang des Hotels zu. Rasch rückte er sein braunes Sakko zurecht und prüfte mit der rechten Hand den Sitz seines Seitenscheitels. „Na, dann mal los", murmelte er halblaut. Aubichler folgte ihm in die Gaststube.

Wie der Kommissar es befürchtet hatte, herrschte im Hotel Loisachklamm ein mittleres Chaos. Polizeibeamte eilten durch die Gaststube und die Treppe hinauf und hinunter. Einige saßen auch an den Tischen im Gastraum und befragten Hotelgäste, die ihrerseits mit neugierigen Blicken dem hektischen Treiben folgten.

„Ah, Herr Greibl, grüß Gott", rief eine junge Beamtin, die am Fuß der Treppe stand und offensichtlich den Zugang zum Tatort abschirmte. Sie winkte dem Kommissar freundlich zu und wies die Stufen hinauf. „Hier lang, bitte schön, Zimmer Nummer sieben."

„Ist recht, danke", nickte Greibl und stieg mit Aubichler die Treppe hinauf ins Obergeschoss. Als sie den Flur des ersten Stocks erreichten, erwartete die beiden Männer ein noch größeres Gewimmel als unten in der Gaststube. Spezialisten der Spurensicherung und der Kriminaltechnik huschten in weißen Schutzanzügen zwischen Zimmer und Korridor hin und her und traten sich dabei fast auf die Füße. Überall auf dem Boden standen Koffer und Kisten. Werkzeuge und Utensilien wurden herumgetragen, Proben und Beweismittel dokumentiert und verstaut. Das alles geschah auf engstem

Raum und dennoch reibungslos – wie in einem wimmelnden Ameisenhaufen wusste ein jeder hier genau, was er zu tun hatte.

„Servus, ihr beiden", grüßte ein Kollege mit großem schwarzen Schnauzbart. Er zupfte die Haube des weißen Overalls ein wenig zurück und reichte Greibl die Hand. „Natürlich wieder mal an einem Sonntag ... Herrschaftszeiten!"

„Tja, Franz, es ist wahrlich ein Elend." Greibl blickte durch die offene Tür ins Innere des Zimmers. „Zeigst du uns mal die ganze Tragödie?"

„Freilich, kommt mit!" Der Beamte stieg mit einem großen Schritt über eine silberne Metalltruhe hinweg, die diverse Behälter für Proben und Analysen enthielt. Greibl und Aubichler folgten ihm an einem Kollegen vorbei, der den Türrahmen nach Fingerabdrücken absuchte.

Im Zimmer erkannten sie sogleich das wilde Durcheinander: Alles Mögliche lag kreuz und quer am Boden verstreut, Mobiliar war auseinandergezerrt, das Bett verwüstet. Hier und da hatte die Spurensicherung nummerierte Metalltäfelchen positioniert, um mögliche Indizien und Beweise zu dokumentieren. Ein Fotograf der Kriminaltechnik ging von Fund zu Fund und machte aus allen Blickrichtungen Bilder der entsprechenden Objekte.

„Hier ist er." Der Leiter der Spurensicherung deutete auf die Leiche Egon Braischs, die unverändert zwischen Bett und Außenwand am Boden lag. „Das sieht doch nach einem astreinen Mord aus, oder?"

„Nicht nur das, würde ich sagen", murmelte ein Mann, der – ebenfalls in Weiß verhüllt – direkt neben der Leiche kniete und sich jetzt umdrehte. „Grüß dich, Ignaz."

„Servus ..." Greibl, noch ganz vom entsetzlichen Anblick des Toten gebannt, hob geistesabwesend die Hand. „Tom, was meinst du damit: ‚nicht nur das'?"

„Der Mann ist mit zwei gezielten Stichen ins Herz getötet worden", erwiderte der medizinische Spezialist des Teams

118

und deutete auf Braischs Brust. „Vorher aber – und darauf wette ich zwei Tickets der Zugspitzbahn – scheint er noch ein bisschen unsanft behandelt worden zu sein." Mit dem weiß behandschuhten Zeigefinger wies er auf dunkle Blutflecken an den Oberarmen und Oberschenkeln.

„Wie bitte?! Er ist gefoltert worden?" Aubichler starrte den Mediziner ungläubig an.

„So schaut's wohl aus. Da sind einige Einstiche, die nur als gezielte Folter zu verstehen sind. Das Ganze wurde allerdings sehr laienhaft gemacht; Profis kennen bessere Tricks, um Menschen zum Reden zu bringen."

„Aber dieser Braisch – so hieß er doch, oder?" Greibl sah Peter Aubichler an, der kurz nickte. „Der Mann hat doch die Statur eines Hünen. Da bräuchte es ja wohl zwei Täter, um ihn zu überwinden, geschweige denn zu foltern."

„Nicht zwingend", gab der medizinische Spezialist zurück. „So wie die Wunden am Körper verteilt sind, stelle ich mir das folgendermaßen vor: Der Täter sticht dem Opfer zunächst mit dem Messer in den Bauch. Hier." Er zeigte auf einen dunkel verfärbten Bereich am Unterleib des Toten. „Dadurch wird der Mann so geschwächt, dass er sich nicht mehr wehren kann. Vielleicht sackt er auch bereits hier zu Boden. Dann folgen die Folterverletzungen an Armen und Beinen. Zuletzt erst hat der Täter ihm dann zweimal ins Herz gestochen."

„Ja, verflucht noch mal!", rief Aubichler erschüttert. „Sowas haben wir nicht alle Tage hier in Garmisch!" Er blickte mit großen Augen in die Runde, doch keiner der Kollegen schien Lust zu haben, darauf einzugehen.

„Leider ist die Tatwaffe nicht zu finden", fuhr der Beamte ungerührt fort. „Es dürfte wohl ein Messer oder eine Art Dolch gewesen sein; die Klinge mindestens drei Zentimeter breit und zehn Zentimeter lang. Vielleicht ein Jagdmesser."

„Und wann hat sich das Ganze abgespielt? Kannst du dazu schon etwas sagen, Tom?" Greibl, der sich bemühte, die Fülle der Informationen und die Tatortsituation abzuspeichern, sah den Kollegen gespannt an.

„Hm, ich würde schätzen, gegen Mitternacht", erwiderte der Beamte nachdenklich. „Die Totenstarre hat noch nicht vollends alle unteren Extremitäten erreicht, sodass der Todeszeitpunkt wohl zwischen acht und zehn Stunden zurückliegt. Dafür spricht auch, dass sich die Totenflecken noch leicht wegdrücken lassen; das ist zwölf Stunden nach dem Tod nicht mehr möglich."

„Gut, also zirka Mitternacht." Der Kommissar wandte sich von der Leiche ab, um das Durcheinander im Zimmer genauer in Augenschein zu nehmen.

„Ach ja, eine Sache hätte ich noch, Ignaz", sagte der medizinische Spezialist und deutete auf Braischs rechten Arm, der teilweise unter dem Bett verborgen lag. „In der geballten Faust des Toten habe ich ein dickes Haarbüschel entdeckt. Er hat sich also zumindest gewehrt. Wir werden schnellstmöglich die DNA überprüfen und einen Abgleich mit der Datenbank machen. Vielleicht findet sich da ja schon unser Täter."

„Das gilt genauso für die Fingerabdrücke", schaltete sich der Leiter der Spurensicherung ein. „Allerdings wimmelt es im ganzen Zimmer nur so von Spuren. Es kann also eine Weile dauern."

„Okay, danke", erwiderte der Kommissar. „So chaotisch, wie's hier aussieht, scheint der Täter etwas gesucht zu haben, oder?" Er wandte sich an Aubichler, der sich die ganze Zeit über Notizen gemacht hatte. „Vielleicht wollte er ja von Braisch erfahren, wo er dieses ‚etwas' versteckt hatte."

„Hm, gut möglich", murmelte Greibls Assistent.

„Die Frage ist, um was ging es da? Und: Hat der Täter es am Ende gefunden und mitgenommen?" Greibl kratzte sich am Kopf, vermied es dabei aber geschickt, den akkuraten Seitenscheitel zu verrutschen.

„Es ging jedenfalls nicht um die zwei Objekte hier", sagte der Leiter der Spurensicherung und zeigte auf einen Tablet-

PC und ein Smartphone. Die zwei Geräte lagen auf dem Boden, beide jeweils markiert mit einem nummerierten Metalltäfelchen. „Einen Raubmord im klassischen Sinn können wir daher ausschließen. Wir haben auch Braischs Geldbörse in seiner Jacke gefunden; mitsamt Kreditkarten und etwa zweihundert Euro in bar. Dem Täter muss es also nicht ums schnelle Geld gegangen sein."

„Die Kriminaltechnik soll die beiden Geräte schnell unter die Lupe nehmen, damit wir erfahren, was Braisch zuletzt gemacht und mit wem er kommuniziert hat. Wenn ich mir das hier alles so anschaue, habe ich den Verdacht, dass Opfer und Täter sich gekannt haben und dass es zwischen ihnen Streit gab… Das hier war jedenfalls weder ein Dieb noch ein Junkie noch ein Profi, sondern wohl eher eine Privatangelegenheit."

„Vielleicht eine blutige Rache oder ein Eifersuchtsdrama", mutmaßte Aubichler und lächelte hintersinnig. „Am Ende geht's doch immer wieder um die Weiber."

„Denkbar wär's", erwiderte Greibl sachlich, „aber warum dann das riesige Durcheinander im Zimmer?" Er sah seinen Kollegen an, der ratlos mit den Achseln zuckte.

„Auf jeden Fall scheint der Mörder durchs Fenster getürmt zu sein." Aubichler trat an die Fensterbank und lugte unter der halb hochgezogenen Jalousie hindurch ins Freie. „Das Flachdach der Garage liegt nur einen Meter tiefer als das Fenster – ein perfekter Fluchtweg."

„Ja, scheint mir auch so." Greibl trat neben Aubichler. Ein frühlingshaft milder Luftzug strich über seine Haut, als er sich das kiesbedeckte Garagendach und den Parkplatz, auf dem auch sein eigener Wagen stand, genauer ansah. „Habt ihr das Areal da draußen schon unter die Lupe genommen?", fragte er den Leiter der Spurensicherung.

„Nein, noch keine Zeit gehabt…" Der Beamte schüttelte den Kopf und deutete vage hinter sich in den Raum. „Erst muss der Tatort selbst untersucht werden. Und da heute nun mal Sonntag ist, sind wir hier nur mit einem halben Team am Start. Aber wir werden uns gleich darum kümmern."

„In Ordnung, Franz, nur keine Hektik. Lieber gründlich als schnell." Der Kommissar ließ den Blick schweifen: Auf der anderen Seite des Parkplatzes ragte an der Grundstücksgrenze eine Reihe dunkler Tannen empor und verbarg eine große Rasenfläche. Der Parkplatz selbst mündete direkt auf die Straße, die am Hotel vorüberführte und auf der anderen Seite von der Loisach begleitet wurde. „Hm, schaut euch auch das angrenzende Grundstück mal an. Vielleicht hat der Täter das Messer ja in der Eile einfach dort weggeworfen."

„Oder es liegt in der Loisach", warf Aubichler ein. „Das wäre doch der Klassiker."

„Na ja, eins nach dem anderen", beschwichtigte Greibl, als er das Augenrollen des Leiters der Spurensicherung sah. „Haben wir übrigens schon die Frage geklärt, wie der Täter ins Zimmer gekommen ist?"

„Wohl schlicht und ergreifend durch die Tür", erklärte Franz und wies in Richtung des Eingangs. „Da die Tochter des Hotelbesitzers sagt, die Zimmertür sei unverschlossen gewesen, könnte das Opfer seinem Mörder sogar aufgemacht haben."

„Aber warum hat der Täter nach dem Mord, oder während er den Raum auf den Kopf gestellt hat, nicht abgeschlossen? Das war doch ein völlig unnötiges Risiko!" Aubichler blickte nachdenklich von seinen Notizen auf.

„Hm, das stimmt." Greibl schüttelte bedächtig den Kopf. Er ging hinüber zur Badezimmertür und schaute einem Kollegen über die Schulter, der dort nach Fingerabdrücken suchte. Dann wandte er sich seinem Assistenten zu, der erstaunt das Durcheinander in der Duschwanne betrachtete. „Wie schon gesagt, ich denke, das war ein Laie, der womöglich im Affekt gehandelt hat und in der Panik solche Details übersehen hat."

„Aber die Folter? Die passt nicht zu einer Tat im Affekt, oder?" Aubichler blickte den Kommissar skeptisch an und tippte sich unbewusst mit dem Kugelschreiber ans Kinn. „Seltsame Sache…"

„Wir stehen ja noch ganz am Anfang." Greibl ging in Richtung der Tür. „Vieles erscheint sehr widersprüchlich. Wir brauchen jetzt dringend Zeugenaussagen und genauere Infos über Braisch. Lass uns runtergehen." Er drehte sich kurz um und winkte dem Leiter der Spurensicherung zu. Dann verließen er und Aubichler das Zimmer.

* * *

Auf dem Weg hinunter in die Gaststube ließ der Kommissar noch einmal die Eindrücke vom Tatort an seinem inneren Auge vorüberziehen. Nicht nur, dass es hier einen Mord aufzuklären galt, was ihm in seiner Dienstzeit in Garmisch bislang eher selten untergekommen war – der Fall hatte durch den Verdacht der Folter eine zusätzlich beklemmende Dimension. Dieses Puzzle war zweifellos eine große Herausforderung: Nicht nur die Anzahl der Puzzleteile war unbekannt, auch das Bildmotiv lag völlig im Dunkeln. Worum ging es im Fall Braisch?

Als sie unten in der Gaststube angekommen waren, fragte Aubichler die Polizistin an der Treppe nach dem Hotelbesitzer und seiner Tochter. Sie wies in Richtung des Tresens, wo sich der korpulente Wirt mit Frau und Tochter unterhielt.

„Grüß Gott", sagte Greibl und blickte in die Runde. „Ich bin Hauptkommissar Greibl und das hier ist mein Kollege Oberkommissar Peter Aubichler. Da Sie den Toten ja gefunden haben, würden wir uns gern mit Ihnen und Ihrer Tochter unterhalten. Haben Sie einen Raum, in dem wir ungestört sind?"

„Aber ja, folgen Sie mir bitte." Sepp Stadler strich die spärlichen Haarsträhnen auf seiner Halbglatze zurück und ging voraus in einen Nebenraum, in dem nur ein langer Tisch mit zahlreichen Stühlen stand. Die Fenster blickten direkt hinaus auf den Parkplatz. Am muffigen Geruch und den gelbbraunen Vorhängen war unschwer zu erkennen, dass es sich um ein Raucherzimmer handelte. In einem Aschenbecher auf dem Tisch lag noch ein Zigarettenstummel. An den Wänden ringsherum hingen große, gerahmte Schwarzweißfotos der Olympischen Winterspiele von 1936, die in Garmisch-Partenkirchen stattgefunden hatten.

„Mögen Sie vielleicht etwas trinken?", fragte Stadler, dem der ganze Rummel in seinem Hotel sichtlich die Ruhe raubte. Auf Stirn und Oberlippe hatten sich Schweißperlen gebildet, und die Haut im Gesicht und an den Händen war gerötet. Mit fahriger Geste deutete er auf die Stühle.

„Das ist sehr aufmerksam, aber nein danke", antwortete der Kommissar und setzte sich neben Aubichler, der Notizbuch und Kugelschreiber auf den Tisch legte. Unauffällig musterte Greibl Vater und Tochter, die ihnen gegenüber Platz nahmen. Monika Stadler in ihrem blauen Arbeitskittel saß zusammengesackt auf dem Stuhl und wirkte erschöpft. Die braunen Haare unordentlich hochgesteckt, starrte sie mit müdem Blick auf die Tischplatte. Ihre Augen glänzten, als ob sie ein Gläschen Schnaps zu viel getrunken hätte.

„Also, Frau Stadler, Sie haben den Toten entdeckt?", begann Greibl und sah die Wirtstocher an, die dumpf nickte. In den folgenden Minuten ließ sich der Kommissar präzise schildern, wie erst die Tochter und danach der Vater das Zimmer von Egon Braisch betreten hatten und was ihnen dabei aufgefallen war. Aubichler machte sich Notizen des Gesprächs.

„Kommen wir nun zu dem, was Sie über den Gast Egon Braisch wissen." Greibl wandte sich an Sepp Stadler. „Es ist für uns sehr wichtig zu erfahren, was der Mann aus Sachsen hier in Garmisch wollte."

„Tja, also…", begann der Hotelbesitzer und wischte sich den Schweiß von der Stirn. „Ich habe einem Ihrer Kollegen schon die Anmeldebögen übergeben, die Egon Braisch und sein Mitreisender Dieter Golkowski vorgestern ausgefüllt haben. Die beiden hatten nicht vorab reserviert, sondern kamen spontan herein und suchten zwei Einzelzimmer für ein paar Tage."

„Wo ist dieser Herr Golkowski? Ist er gerade im Hotel und zu sprechen?"

„Nein, der hat heut schon in der Früh das Haus verlassen. Er ist gegen acht ohne Frühstück aufgebrochen – wohin, weiß ich nicht. Er hat aber wohl den blauen Passat mitgenommen, mit dem die beiden gekommen sind. Aber das habe ich auch Ihrem Kollegen schon gesagt."

„Was haben Braisch und Golkowski denn hier in Garmisch so gemacht? Waren sie im Urlaub?"

„Ja, zumindest sah es so aus. Morgens saßen sie oft mit Wanderkarten beim Frühstück, und dann waren sie den ganzen Tag außer Haus." Sepp Stadler beugte sich vor und senkte die Stimme. „Aber da war noch etwas anderes, gestern…" Er zögerte und sah die beiden Polizeibeamten bedeutungsvoll an.

„Was meinen Sie damit, Herr Stadler?" Greibl witterte eine erste Fährte.

„Erstens kamen gestern plötzlich zwei weitere Besucher in unser Hotel und fragten nach den beiden. Und zweitens gab es am Abend dann in der Gaststube eine Rangelei zwischen Egon Braisch und einem dieser beiden Besucher."

„Wer waren die beiden Männer? Haben sie gesagt, warum sie mit Braisch und Golkowski sprechen wollten?" Aubichler sah den Wirt gespannt an.

„Also, der Erste von denen war ein gewisser Dr. Karlheinz Feldhoff, ein Antiquar aus München, der den halben Tag auf die beiden wartete und sich dann ein Zimmer nahm. Er war übrigens derjenige, mit dem…"

„Ist dieser Feldhoff zu sprechen?", fragte Greibl mitten in Stadlers Worte hinein.

„Leider nein, er ist heut Morgen schon sehr früh in seinem Porsche Cayenne wieder abgereist."

125

„Das ist ja merkwürdig! Offenbar sind alle, die etwas mit Egon Braisch zu tun hatten, ganz plötzlich ausgeflogen." Peter Aubichler sah den Kommissar vielsagend an.

„Entschuldigen Sie, Herr Stadler, ich habe Sie gerade unterbrochen", sagte Greibl. „Was wollten Sie über diesen Herrn Feldhoff noch sagen?"

„Nun, er war derjenige, der gestern am Abend mit Braisch aneinandergeraten ist. Ich musste einschreiten, um Schlimmeres zu verhindern." Stadler berichtete den beiden Beamten von der kurzen Auseinandersetzung und auch vom anschließenden Streit zwischen Braisch und Golkowski.

„Hm, offenbar hat Braisch sich nicht gerade Freunde gemacht", überlegte Greibl. „Haben Sie mitbekommen, worum es denn ging? Worüber da gestritten wurde?"

„Das weiß ich leider nicht genau", erwiderte Stadler. „Offenbar um Geld, das Feldhoff den beiden Männern anbot und das Braisch wohl zu wenig war. Wofür er das Geld aber zahlen wollte, kann ich beim besten Willen nicht sagen."

„Herr Stadler, Sie sprachen vorhin von zwei Besuchern, die etwas von den beiden Sachsen wollten. Wer war der andere neben diesem Feldhoff?", fragte Greibl.

„Äh, warten Sie...", setzte der Wirt an und hob plötzlich die Hand, als wäre ihm etwas eingefallen. „Genau genommen waren es außer Feldhoff sogar noch zwei weitere. Ja, das hätte ich fast vergessen: Schon am Freitagvormittag tauchte ein junger Mann auf und lief direkt hinauf in eines der Zimmer der beiden. Nach einer halben Stunde kam er wieder runter und fuhr auf einem Motorrad davon; Braisch und Golkowski sind ebenfalls kurz darauf gegangen. Gestern dann am Nachmittag, als Herr Feldhoff bereits wartete, erschien noch ein dritter, älterer Mann und fragte nach ihnen. Als er erfuhr, dass sie außer Haus waren, zog er wieder von dannen."

„Kannten Sie einen der beiden Besucher? Andernfalls wären wir für eine Beschreibung dankbar." Greibl sah den

Hotelbesitzer erwartungsvoll an, der den Beamten in beiden Fällen jedoch nur vage Skizzierungen liefern konnte. Auch vom Motorrad des jungen Mannes konnte Stadler nur sagen, dass es eine schwarze Enduro war.

„Es ist wirklich seltsam!" Aubichler tippte erneut mit dem Kugelschreiber an seine Oberlippe. Nachdenklich überflog er seine umfangreichen Notizen. „Was für ein Andrang um diese beiden Männer..."

„Ja, das kann man wohl sagen." Greibl nickte. „Schade nur, dass wir jetzt weder mit Feldhoff noch mit Golkowski sprechen können, von dem jungen Mann und dem anderen Unbekannten ganz zu schweigen." Er schüttelte den Kopf und sah schließlich den Wirt und dessen Tochter an. „Gibt es sonst noch etwas, das aus Ihrer Sicht erwähnenswert wäre?"

Die beiden warfen einander einen Blick zu, schüttelten dann jedoch den Kopf. „Aber noch etwas anderes, Herr Kommissar. Wie lange, denken Sie, wird es noch so unruhig zugehen in unserem Hotel? Die Gäste sind ja wegen der Erholung hier..."

„Das ist schwer zu sagen, Herr Stadler", erwiderte Greibl. „Wir beeilen uns natürlich, so gut das geht. Andererseits müssen wir bei einem Gewaltverbrechen allen Spuren nachgehen und sämtliche Beweise sichern. Das Zimmer sieben und den davorliegenden Bereich des Flurs müssen wir jedenfalls absperren beziehungsweise bis auf Weiteres versiegeln. Es tut mir leid, aber so ist es nun einmal." Er hob bedauernd die Hände und nickte Aubichler zu. Die beiden Beamten erhoben sich und verabschiedeten sich von Vater und Tochter. Kurze Zeit später traten sie aus der Eingangstür des Hotels und gingen hinüber zum Parkplatz.

„Was meinst du, Ignaz? Ziemlich seltsam, das Ganze..." Peter Aubichler schob sein Notizbuch in die Jacke.

„Ja, noch sehe ich überhaupt nicht den Sinn der Tat", antwortete Greibl und öffnete den Wagen. „Wir müssen jedenfalls sofort alles daran setzen, diesen Herrn Feldhoff zu erwischen, und erst recht natürlich Dieter Golkowski. Wenn nicht einer von ihnen der Täter ist, so wissen beide jedenfalls mit Sicherheit, worum es hier überhaupt geht."

„Okay, dann also Fahndung."

„So ist es." Greibl setzte sich hinter das Lenkrad. „Und parallel müssen wir unbedingt mehr über Egon Braisch erfahren. Vielleicht kann die Kriminaltechnik heute ja auch schon etwas aus dem Smartphone und dem Tablet herausholen." Er startete den Motor und parkte aus. „Nun gut, jetzt geht unsere Suche los…"

KAPITEL 13 – IM VIERTEN GRAD

Zur selben Zeit an diesem Sonntagvormittag brach Henning Franke mit zwei jungen Frauen von der Dammkarhütte aus auf in Richtung Predigtstuhl. Das Wetter war noch besser als am Vortag: blauer Himmel, strahlende Sonne und angenehm warm. Beste Bedingungen für eine Klettertour, die diesmal über den schwierigeren Südwestpfeiler auf den Predigtstuhl hinaufführen sollte. Schwer mit Ausrüstung beladen, wanderte die spontan gebildete Seilschaft quer durch das Dammkar die wenigen Minuten Fußweg von der Hütte hinüber zum Einstieg am Fuß der Bergwand.

Esther und Sabine hießen die beiden Bergsteigerinnen, die Franke am Abend zuvor auf der Dammkarhütte kennengelernt hatte. Sie stammten aus Hannover und waren seiner Schätzung nach etwa Anfang dreißig. Da die drei mit Ausnahme eines italienischen Paares die einzigen Schlafgäste auf der Hütte waren, hatte es sich so ergeben, dass sie nach dem Abendessen miteinander ins Gespräch gekommen waren. Draußen auf der Terrasse vor dem Haus auf den Bänken sitzend, hatten sie sich unterhalten, während hinter den Bergen im Westen die Sonne unterging. Nachdem sich herausgestellt hatte, dass die beiden ebenfalls zum Klettern ins Karwendel gekommen waren, hatten sie sich für eine gemeinsame Tour am nächsten Tag verabredet.

Die zwei Frauen entpuppten sich als ein recht ungleiches Gespann – nicht nur rein äußerlich, sondern auch vom Wesen her. Während Sabine schulterlange schwarze Haare und eine hübsche, zierliche Figur hatte, erschien die eher dralle Esther fast wie eine gestandene Soldatin. Auf dem wuchtigen Kopf ein Bürstenhaarschnitt, dazu Piercings in beiden Ohren und im linken Mundwinkel. Geradezu passend zur Optik gab Esther eindeutig den Ton an. Sabine dagegen war eher zurückhaltend und immer freundlich – sie schien stets mit einem Lächeln zu reagieren. Vom ersten Moment an war klar, wen Franke ansprechender fand.

Offenbar wohnten die beiden Frauen in einer WG zusammen. Was sie beruflich machten, hatte er nicht erfahren. Stattdessen beschäftigte ihn von Anfang an die Frage, ob die zwei ein lesbisches Paar waren oder ob sie nur als Freundinnen zusammenlebten. Das Grundmuster ihrer Persönlichkeiten sowie ihr Aussehen passten durchaus in die Schublade, die Franke in seinem Kopf für dieses Thema vorhielt. Andererseits hatte er bislang nicht ein einziges Mal eine Zärtlichkeit zwischen ihnen beobachtet, die sie als Pärchen hätte ausweisen können.

Er überlegte, was wohl seine Frau zu den beiden sagen würde, während er als Letzter in der Reihe durch das Kar wanderte und hin und wieder seine Seilgefährtinnen betrachtete. Lästern über andere war eine der Lieblingsbeschäftigungen, die er mit seiner Frau teilte. Mit neugierigen Menschenstudien verbrachten sie ganze Nachmittage in Frankfurter Cafés. Kaum jedoch hatte er an seine Frau gedacht, beschlich ihn ein schlechtes Gewissen. War er nicht ein wenig zu aufmerksam Sabine gegenüber gewesen am gestrigen Abend? Wenn er ganz ehrlich war...

„Da vorn ist die Metalltafel", unterbrach Esther seine Gedanken. „Das ist der Einstieg." Auch ihre abgehackte Sprechweise hatte etwas Militärisches – für Franke war an der Frau ein Hauptfeldwebel verloren gegangen.

„Wow, dann geht's also los", erwiderte Sabine. „Jetzt bin ich doch ganz schön aufgeregt." Sie lächelte ihrer Freundin und auch Franke zu, als sie am Fuß der steilen Felswand standen und ehrfürchtig hinaufblickten.

„Du schaffst das sicher locker", machte Franke ihr Mut. Für die zierliche Frau sollte dies die erste Tour im vierten Grad sein. „Alles ist gut..." Er lachte und berührte sie aufmunternd an der Schulter. Als sie ihn mit einem mehr als dankbaren Lächeln ansah, meldete sich erneut sein Gewissen. Waren sie etwa im Begriff, miteinander zu flirten? Er musste unbedingt die Distanz wahren. Seine Ehe stand nicht im Mindesten zur Disposition, egal, wie verlockend es war, von einer hübschen jüngeren Frau auf solch einladende Weise angesehen zu werden.

„Okay, dann sollten wir uns fertig machen", sagte Esther nüchtern und legte ihre Ausrüstung auf den steinigen Boden. Sie begann, das Durcheinander an Schlingen, Karabinern, Klemmkeilen und anderem Equipment zu ordnen und sich einsatzbereit an ihren Klettergurt zu hängen. Sie war im Unterschied zu ihrer Freundin eine erfahrene Bergsteigerin, die bereits Touren im unteren fünften Grad bewältigt hatte. Auch hier zeigte sich wieder das Ungleichgewicht zwischen den beiden Frauen.

Während Sabine und Henning Franke sich ebenfalls rüsteten, war er einmal mehr irritiert von Esthers sprödem Charakter. Wie wenig passte doch dieser edle Vorname zu ihr, dachte er unwillig. In seinem Schubladendenken war „Esther" fest verbunden mit einer zarten, eleganten Frau, die irgendwie zerbrechlich und empfindsam daherkam. Vor seinem inneren Auge sah er aristokratisch blässliche Haut, durch die filigran und bläulich die Adern schimmerten. Das alles konnte man von dieser Namensträgerin hier nun wahrhaftig nicht sagen.

„Ich klettere im Vorstieg", erklärte Esther kategorisch. Sie rückte ihren Helm zurecht und prüfte noch einmal den Klettergurt und den Halt des sichernden Siebzig-Meter-Seils. Dann trat sie an den Fels und stieg mit wenigen Schritten auf einen kleinen Vorsprung direkt unter der am Berg angebrachten Metalltafel. Sie legte das eingerollte Seil auf den Boden und sah ihre Weggefährten ungeduldig an.

„Okay, ich werde dich sichern", sagte Franke und trat mit Sabine ebenfalls auf die Felsplattform. Er nahm das lange Seil und fixierte einen Halbmastwurfknoten als dynamische Sicherung an seinen Schraubkarabiner.

„Oh je, wie traurig!" Mit betroffener Miene deutete Sabine auf die Metalltafel, die an einen hier tödlich verunglückten Kletterer erinnerte. „Hoffentlich ist das kein schlechtes Omen…"

„Ach, du und dein Aberglaube", sagte Esther und schüttelte den Kopf. Sie klopfte ihrer Freundin demonstrativ gegen den Helm. „Wir sind bestens gesichert und keine Anfänger mehr."

„Ja klar, ich meine ja auch nur so…", erwiderte Sabine ein wenig kleinlaut. Einmal mehr tat es Henning Franke leid, sie so defensiv zu sehen gegenüber Esthers polternder Art. Fast hatte er den Wunsch, diese zarte Frau vor deren Bevormundung zu schützen.

„Hm, man hätte die Tafel tatsächlich woanders anbringen können", sagte er. „Hier so direkt am Einstieg ist es wirklich etwas irritierend."

„Ist doch egal." Esther winkte gleichgültig ab. „Jetzt geht's jedenfalls los! Nach mir sollte dann am besten Sabine klettern." Sie nickte ihren beiden Gefährten kurz zu und stieg in die senkrechte Wand. Franke und Sabine beobachteten, wie sie zügig an Höhe gewann.

Die erste Seillänge maß knapp dreißig Meter. Zunächst ging es schräg querend über eine Art gestuftes Band, wobei von Anfang an Kletterei im vierten Grad gefordert war. Nach kurzer Zeit hatte Esther den ersten festen Haken erreicht und eine Expressschlinge eingehängt. Franke sah wachsam zu ihr hoch und ließ ihr am Sicherungsseil gerade so viel Spielraum, dass sie ungehindert weiterklettern konnte. Je geringer die Fallhöhe, desto leichter würde er den Sturz dieser nicht gerade federleichten Frau abfangen können.

Bald verschwand Esther hinter einem Vorsprung und war für die beiden Wartenden nicht mehr zu sehen. Anhand des Seils konnte Franke jedoch feststellen, dass sie gut vorankam. Hin und wieder war auch das Klicken von Karabinern zu hören, wenn sie sich in eine der Zwischensicherungen einklinkte. Unterdessen rüstete sich Sabine für ihren Einstieg in die Route – ihr war deutlich eine gewisse Aufregung anzusehen.

„Stand!", rief es mit einem Mal senkrecht über den Köpfen der zwei Wartenden. Esther hatte die erste Seillänge geschafft. „Okay, Sabine, ich sichere dich von oben."

Nachdem Franke das Seil bei sich gelöst hatte, wurde nun die junge Frau angeseilt.

„Esther, ich klettere jetzt los", rief Sabine schließlich und trat an den Fels.

„Gut, alles klar", kam es zurück, während sich das Seil von oben straffte. „Ich hab dich."

„Also dann", murmelte Sabine und atmete tief durch. Sie rückte ihren Helm zurecht und zog sich langsam am Fels empor.

„Viel Spaß", rief Franke ihr nach, „und keine Hektik. Wir haben alle Zeit der Welt, okay?"

Anstelle einer Antwort lachte sie kurz auf in einer Mischung aus Selbstvertrauen und Fatalismus. Deutlich unsicherer als Esther tastete sie nach geeigneten Griffen und Tritten und kam entsprechend langsamer voran. Dennoch war Henning Franke, der ihre Kletterei wachsam verfolgte, nach einer Weile beruhigt. Sie mochte nicht über die Routine ihrer Freundin verfügen, doch sie kletterte ruhig und letztlich so, dass man sich keine Sorgen um sie machen musste.

Nach einigen Minuten verschwand auch Sabine aus der Sicht, sodass Franke nichts weiter übrig blieb, als zu warten. Hin und wieder hörte er die beiden Frauen einander zurufen, wenn Esther droben das Sicherungsseil zu straff hielt oder Sabine an einer schwierigen Passage zögerte. Nach einiger Zeit wandte Franke sich von der Wand ab und richtete den Blick auf das Panorama, das sich vom Fuß des Predigtstuhls aus bot. Es war fast derselbe Anblick, den er erst am Vortag vom Soldatenweg aus genossen hatte, schließlich führten beide Routen ja recht nahe nebeneinander durch dieselbe Wand. Nach der fünften Seillänge mündete die Südwestpfeiler-Tour sogar in den Soldatenweg, sodass Franke die obere Hälfte des Weges bis zum Gipfel zum zweiten Mal innerhalb von zwei Tagen klettern würde.

Von der ihm bereits bekannten Silhouette des Wettersteins und des Werdenfelser Landes wandte er den Blick schließlich auf die nähere Umgebung. Als er über die Bäume und Hänge des unter ihm liegenden Ochsenbodens sah, stutzte er. Dort, ein Stück unter dem Fuß der Kreuzwand, verließ jemand den Pfad des Ochsenbodensteigs und mühte sich durch das Schuttkar hinauf zum Sockel des hoch aufragenden Berges. Genau wie gestern, schoss es Franke durch den Kopf. Sofort stand ihm die Begegnung mit den beiden seltsamen Männern wieder vor Augen.

Tatsächlich, dasselbe merkwürdig herumsuchende Verhalten, dachte er, als er aus der Ferne beobachtete, wie sich der Mann am Fuß der Wand hin und her bewegte. Der einzige Unterschied war, dass die Person dieses Mal allein war. Eine Zeitlang suchte Franke die nähere Umgebung ab, doch ein weiterer Mann war nicht zu entdecken.

„Stand!", riss ihn mit einem Mal Sabines Ruf von oben aus seiner Beobachtung. Kurz darauf dann Esthers Stimme: „Achtung, Henning, Seil kommt." Ein Stück links von ihm fiel daraufhin das Seil herunter, sodass er sich lang machen musste, um es zu sich heranzuholen. Routiniert fixierte Franke das Seilende mit einem Achterknoten an seinem Klettergurt.

„Okay, ich bin bereit", rief er mit zurückgelegtem Kopf in die Höhe und trat direkt an den Fels. Kurz darauf zog sich das Seil straff und er stieg in die Wand ein. Es war eine schöne, jedoch sehr ausgesetzte Kletterei an griffigem, festem Fels. Der Südwestpfeiler des Predigtstuhls ragte fast senkrecht empor und erforderte höchste Konzentration. Hier und da krallten sich Gräser und Flechten in kleine Felsnischen; es war für Franke immer wieder erstaunlich, wie sich die Natur selbst in schwierigstem Terrain zu behaupten wusste.

134

Nach kurzer Querung erreichte Franke einen Felsenriss, der sich steil in die Höhe zog. Viele Haken und Zwischensicherungen zeigten an, dass die Route hier emporführte. Franke kletterte los und fand sich bestens zurecht. Dank der Seilsicherung durch Esther gab es auch keinerlei mulmige Gefühle – es war einfach eine Genusstour, die großen Spaß machte. Als er den Riss hinter sich hatte und auf einem kleinen Absatz stand, hielt er für einen Moment inne. Für eine kurze Verschnaufpause klinkte er sich mit dem Karabiner seiner Standsicherung an einen nahen Haken ein. Knapp zehn Meter schräg rechts über ihm in der Wand sah er die beiden Frauen; sie warteten am Standplatz, einem schmalen Vorsprung, und hatten sich an einem betonierten Ring gesichert. Sabine winkte ihm zu. Ehe Franke in ihre Richtung weiterkletterte, blickte er noch einmal rasch in die Tiefe – das rätselhafte Treiben am Fuß der Kreuzwand war ihm wieder in den Sinn gekommen. Als er nun seine Blicke schweifen ließ, hielt er überrascht inne. Denn plötzlich entdeckte er einen zweiten Mann. Doch etwas war merkwürdig an der Sache: Dieser Mann nämlich suchte nicht ebenfalls direkt am Fuß der Kreuzwand, sondern schien sich vielmehr vor dem anderen zu verstecken. Wie sonst sollte man den Umstand deuten, dass er sich am Rand des Dammkars hinter einer Tanne verbarg? Irritiert beobachtete Franke, wie der Mann hinter dem Baumstamm stand und zu dem anderen hinüber spähte. Ohne Fernglas waren die beiden auf die Distanz allerdings nur als Umrisse zu erkennen, und so war er auch nicht sicher, ob es denn wirklich die beiden Männer waren, die ihn am Vortag so grob abgewiesen hatten.

„Was ist los?" Sabines Frage drang etwas verzögert in sein Bewusstsein, so sehr war er in das seltsame Geschehen vertieft, das sich zu seinen Füßen abspielte.

„Ach, nichts weiter ... Alles okay", rief er, ohne den Blick abzuwenden. Tatsächlich, der Mann hinter dem Baum schien den anderen zu beobachten. Was ging da bloß vor sich?

„Na, dann komm, es liegen noch einige Seillängen vor uns", schaltete sich nun auch Esther ungeduldig ein.

„Ja, sofort, nur einen Moment noch..."

„Was gibt's denn da unten?", fragte Sabine neugierig.

„Seht ihr die zwei Männer am Fuß der Kreuzwand?", fragte er. „Da stimmt doch irgendetwas nicht."

„Hm, sucht der eine da irgendwas?" Esther, deren Neugier nun ebenfalls geweckt war, kniff die Augen zusammen. Der Mann dort schien mit einem Mal fast in der unteren Felswand zu verschwinden. Offenbar kniete er am Rand einer Felsnische oder einer Höhle. „Sehr seltsam..."

„Stimmt, aber der andere Typ ist noch viel merkwürdiger." Sabine schüttelte zögerlich den Kopf. „Der steht da versteckt hinterm Baum und sieht dem anderen heimlich zu, oder?"

„Ganz genau", antwortete Franke und war fast erleichtert, dass er sich das Ganze nicht nur eingebildet hatte. „Gestern hatte ich schon eine ziemlich schräge Begegnung da unten... Da stimmt was nicht!"

„Wie? Komm doch mal hoch und erzähl es uns", sagte Sabine.

„Okay, mach ich." Franke löste den Sicherungskarabiner. „Auf geht's!" Er nickte Esther zu, die das Seil sofort wieder straff zog.

Die Route führte Franke nun in etwas leichterer Kletterei über mehrere Platten hinweg nach rechts. An dieser Stelle war der Südwestpfeiler nicht ganz so steil und ausgesetzt. Nach wenigen Minuten erreichte Franke den Felsabsatz, auf dem die beiden Frauen warteten. Er klinkte sich ebenfalls am Sicherungsring des Standplatzes ein und ordnete das lange Kletterseil zu ihren Füßen.

„Also, was war das für eine Begegnung?", hakte Esther mit ernster Miene nach. Alle drei sahen wieder neugierig hinunter in die Tiefe.

„Das war echt unheimlich und irgendwie auch bedrohlich", antwortete Franke und schilderte rasch, was ihm am

Vortag widerfahren war. „Die beiden Männer waren – dem Dialekt und dem Autokennzeichen nach – aus Sachsen. Allerdings habe ich nicht die geringste Idee, was die hier suchen... Auf jeden Fall waren sie wahnsinnig nervös, als ob sie bei irgendetwas nicht ertappt werden wollten. Und es war ihnen bitterernst – der eine von ihnen hätte mir sicher eine verpasst, wenn ich mich nicht so schnell verzogen hätte."

„Was für eine mysteriöse Geschichte!" Sabine sah Henning Franke mit großen Augen an.

„Wer weiß", murmelte Esther, „vielleicht ist das irgendeine windige Sache. So wie diese Legende vom Nazigold, das ja irgendwo hier in der Nähe von Mittenwald versteckt sein soll."

„Hey, ja! So was könnte es sein!", rief Sabine aufgeregt und blickte Franke erwartungsvoll an. „Das würde dann auch die Heimlichtuerei und die Nervosität der Männer erklären."

„Ja, etwas Ähnliches hatte ich mir auch schon überlegt", erwiderte Franke nachdenklich. Dann schüttelte er jedoch den Kopf. „Aber die Sache da unten sieht heute ganz anders aus: Nur noch einer sucht herum und ein anderer spioniert ihm nach. Das ist mit Sicherheit nicht mehr dasselbe Duo wie gestern."

Der erste Mann befand sich nach wie vor halb verdeckt im untersten Wandbereich und hatte inzwischen damit begonnen, ein paar Steine in das Schuttkar unter ihm zu werfen. Der andere dagegen nutzte offenbar diese Gelegenheit und verließ sein Versteck hinter dem Baum. Langsam schlich er ein Stück näher heran, bis er hinter einem mannshohen Felsbrocken auf Höhe des Ochsenbodensteigs erneut in Deckung ging.

„Was machen die da bloß?", fragte Sabine und runzelte die Stirn. „Irgendwie sieht es so aus, als ob es da vielleicht noch Ärger geben könnte, oder?" Sie blickte Franke an, der schweigend nickte.

„Der eine scheint was gefunden zu haben", sagte Esther. „Der räumt da etwas frei." In der Tat warf der Mann in der Wand einen Felsbrocken nach dem anderen hinunter. Der harte, trockene Aufprall von Gestein auf Gestein schallte manchmal bis zu ihnen empor. Eine Weile verfolgten sie das geheimnisvolle Treiben, bis sich Esther schließlich abwandte und das Seil in die Hand nahm.

„So ...", sagte sie und rückte ihren Helm zurecht. „Wir sollten mal weiter. Hier kommt jetzt schließlich die Schlüsselstelle der Route. Da freue ich mich schon drauf." Sie legte den Kopf in den Nacken und blickte die lotrechte Wand empor. Ihre Gefährten wandten sich nun ebenfalls wieder dem Berg zu.

„Laut Topo wartet da eine 4+ auf uns." Franke deutete auf eine Felsplatte hoch über ihren Köpfen in der Wand. Es war unschwer zu erkennen, dass die Passage nicht nur recht anspruchsvoll, sondern auch sehr ausgesetzt werden würde. „Man kann die Stelle auch umgehen, indem man rechts in einem Bogen daran vorbeiklettert." Er schaute Sabine fragend an, die jedoch lächelnd den Kopf schüttelte.

„Nein, jetzt will ich es auch durchziehen", erwiderte sie entschlossen.

„Sehr gut!" Esther klopfte ihrer Freundin auf die Schulter und sah in die Runde. Franke hatte die Seilsicherung inzwischen fertiggestellt und nickte ihr zu. Esther gewann wieder rasch an Höhe. Geschickt sicherte sie ihren Vorstieg dank vorhandener Haken, aber auch mittels eigener Klemmkeile. Während Sabine all ihre Bewegungen wachsam verfolgte, blickte Franke hingegen – sooft es der Sicherungsjob erlaubte – in die Tiefe. Die rätselhafte Geschichte am Ochsenboden ließ ihm keine Ruhe.

KAPITEL 14 – BUTTERBROTPAPIER

Wie eine halbierte dickliche Zwiebel sah der gedrungene Turm der Kapelle aus. Der Bau befand sich unmittelbar neben dem Eingang zum Friedhof hinter einer Mauer, die das gesamte Areal umschloss. Eine Gruppe schwarz gekleideter Menschen stand vor dem offenen Tor beim Parkplatz. Manche der Leute wirkten betrübt und verschlossen, andere hingegen lachten, als wären sie auf einer Klassenfeier.

Mehrmals am Tag bot sich Ignaz Greibl dieser Anblick, lag sein Büro im ersten Stock der Garmischer Polizeiinspektion doch genau gegenüber dem Friedhofseingang. Beiläufig ließ er den Blick über die Gruppe wandern und kam zu dem Urteil, dass diese Beerdigungsgesellschaft es bereits hinter sich hatte. Greibl hatte im Lauf der Zeit die Erfahrung gemacht, dass die Gesichter von Trauergästen vor und nach einer Beisetzung meist unterschiedlich aussahen. Auch an Körperhaltung und Gang ließen sich Vorher und Nachher ablesen.

Er löste den Blick und wandte sich wieder dem Monitor auf seinem Schreibtisch zu. Doch es fiel ihm schwer, sich auf das Abfassen des Berichts zu konzentrieren – viel mehr als einige Stichworte hatte er noch nicht ins System eingegeben. Jetzt, da dieser Mordfall auf der Tagesordnung stand, konnte er sich den Sonntagabend, wie er ihn geplant hatte, aus dem Kopf schlagen. Eigentlich hatte er ja vorgehabt, Lisa die Tupper-Dose zurückzugeben und dabei ganz unverdächtig eine Essensrevanche festzumachen. Seiner Meinung nach galt auch bei der Beziehungsanbahnung der Grundsatz, das Eisen zu schmieden, solange es heiß war. Nun jedoch musste er wohl oder übel eine Erkaltung hinnehmen – ein Mordfall bedeutete immer, dass es im Leben eines Kommissars nichts anderes gab, bis eine Aufklärung in Sicht kam. Da bot sich ihm nun endlich nach all den Jahren als Single mal wieder eine Chance, und ausgerechnet da musste jemand hier in Garmisch durchdrehen. Missmutig schüttelte er den Kopf.

In diesem Moment klingelte das Telefon. Auf dem Display erkannte Greibl dieselbe Nummer aus Dresden, die er selbst vor zwanzig Minuten angerufen hatte. Er nahm ab. „Kriminalpolizeistation Garmisch-Partenkirchen, Hauptkommissar Greibl."

„Hier ist Gierling vom LKA Sachsen. Wir hatten vorhin miteinander gesprochen, richtig?"

„Genau", antwortete Greibl und war gespannt, was ihm die Dresdner Kollegen berichten konnten. Im Rahmen der Amtshilfe hatte er um relevante Informationen zum ermordeten Egon Braisch und zu dessen Mitreisenden Dieter Golkowski gebeten. Zuvor hatte Aubichler schon einmal die Meldedaten der beiden Männer besorgt.

„Nu, also die Herren Braisch und Golkowski sind bei uns tatsächlich aktenkundig", sagte Gierling mit sächsischem Klang. „Demnach sind beide vor ein paar Jahren gleich zweimal wegen ungenehmigter archäologischer Raubgräberei in Sachsen und in Thüringen zu Geldstrafen verurteilt worden. Ihr Mordopfer hat darüber hinaus in einem späteren Fall sogar wegen Beihilfe zur Hehlerei sechs Monate auf Bewährung bekommen. Es hat damals versucht, illegal ausgegrabene Funde der Bronzezeit über einen Mittelsmann zu veräußern."

„Hm, also eine Art überengagierte Hobby-Schatzgräber?"

„Tja, als Hobby würde ich das wohl nicht mehr bezeichnen. Im wahren Leben ist Dieter Golkowski halbtags bei den Leipziger Verkehrsbetrieben beschäftigt, und Egon Braisch war Bezieher von Hartz IV", sagte Gierling und lachte kurz auf. „Die beiden haben beziehungsweise hatten also genug Zeit zum Suchen und Ausgraben. Ich denke, das war ihre wahre Haupttätigkeit, um an Geld zu kommen."

„Na, dann waren sie wohl auch kaum der schönen Berge wegen hier bei uns in Garmisch. Interessant..."

„Nu klar", sagte Gierling. „Die waren ganz sicher auf einer Fährte. Solche Leute fahren nicht in Urlaub." Er lachte. „So, das war's schon. Mehr hab ich leider nicht für Sie."

„Trotzdem vielen Dank für die Infos, Kollege", erwiderte Greibl. „Das hilft uns weiter. Damit haben wir doch schon mal einen Hintergrund. Servus und Grüße nach Dresden."

Als auch Gierling sich verabschiedet hatte und Greibl den Hörer auflegte, trat Peter Aubichler ins Zimmer. Der Assistent teilte sich das Büro mit seinem Vorgesetzten und hatte seinen Schreibtisch direkt vis-à-vis.

„Schatzgräber sind die beiden Sachsen", sagte Greibl und berichtete dem Kollegen von dem Telefonat, während Aubichler seine Jacke hinter der Tür aufhängte und sich hinter seinen Schreibtisch setzte.

„Na, das passt doch zu dem Münchner Antiquar", antwortete er und strich sich über die kurzgeschorenen Haarstoppel. „Da geht's also vielleicht um irgendeine alte Kostbarkeit oder um einen archäologischen Fund."

„Ja...", murmelte Greibl und sah durch das Fenster hinaus auf die Trauergäste, die inzwischen nach und nach in die Autos stiegen. „Da es sich bei Braischs Vorstrafe um Beihilfe zur Hehlerei handelt, wundert es mich nun nicht mehr, dass so viele Leute ihn im Hotel Loisachklamm sprechen wollten. Da wird es um den Verkauf irgendeiner windigen Sache gegangen sein."

„Wie gesagt, da passt ja auch der Dr. Feldhoff bestens ins Bild. Ich hab übrigens gerade mal bei den Kollegen nachgefragt: Die Fahndung nach ihm beziehungsweise nach dem Porsche Cayenne war bislang leider erfolglos. Er ist momentan auch nicht in seiner Wohnung oder in seinem Ladengeschäft in Schwabing."

„Schade. Und was ist mit Dieter Golkowski?"

„Leider genau dasselbe. Er ist spurlos verschwunden. Inzwischen haben die Kollegen vom Wirt sein Hotelzimmer öffnen lassen und waren überrascht."

„Warum das?"

„Das Zimmer war leer, obwohl Golkowski offiziell noch gar nicht abgereist ist. Er muss Hals über Kopf abgehauen sein und hat auch seine Rechnung nicht bezahlt."

„Der Hotelbesitzer hat uns ja erzählt, dass der Kerl heute Morgen ganz früh aufgebrochen sei, ohne Frühstück." Greibl sah seinen Assistenten an. „Das wirkt ziemlich verdächtig."

„Würde ich auch sagen", erwiderte Aubichler nickend. „Wenn Golkowski den blauen Passat nicht wechselt, werden wir ihn wohl bald schon haben. Die Fahndung nach dem Wagen läuft jedenfalls auf Hochtouren." Bei diesen Worten fiel ihm etwas ein. „Apropos Passat: Eben hat mich ein Kollege angerufen, der im Hotel noch Zeugen verhört. Mehreren Gästen sei aufgefallen, dass in dem Wagen alle möglichen Werkzeuge und Gerätschaften lagen, was so gar nicht zu normalen Urlaubsgästen passe. Jetzt ist natürlich klar, warum die beiden so ein Zeug dabei hatten."

„Stimmt genau." Greibl strich sich nachdenklich über den Seitenscheitel. „Vielleicht haben die beiden hier in der Gegend etwas ausgegraben? Ich kenn mich in der hiesigen Archäologie nicht aus, aber das Werdenfelser Land hat Wurzeln bis zurück in die Römerzeit…"

„Ja, wäre möglich, dass sie etwas Kostbares ausgebuddelt und sich dann darüber zerstritten haben. Oder vielleicht hat's Ärger beim Verkauf der Sachen gegeben?"

„Hm, ich schätze, beides könnte zutreffen, aber wohl in umgekehrter Reihenfolge", sagte Greibl und nickte grüblerisch. „Der Sepp Stadler hat uns doch erzählt, dass gestern Abend erst Feldhoff und Braisch aneinandergeraten sind und dass danach die beiden Sachsen zerstritten wirkten. Vielleicht wollte der Feldhoff denen ja was abkaufen und Braisch war sauer über sein Angebot, während Golkowski es angenommen hätte…"

„Denkbar wär's, aber deshalb gleich ein Mord?" Peter Aubichler sah den Kommissar skeptisch an.

In diesem Moment trat eine junge Kollegin ins Zimmer und überreichte Greibl eine Handvoll Papiere. „Hier sind die ersten Ergebnisse der Kriminaltechnik."

„Ah ja, vielen Dank." Greibl überflog sogleich gespannt die Ausdrucke.

„He, Mel, nicht so eilig!" Aubichler grinste und versuchte, den Arm der vorbeigehenden Beamtin zu erwischen. „Du bist immer so reserviert zu mir. Warum bloß?" Gespielt traurig sah er die junge Frau an, die geschickt seinem Griff auswich. Mit einem mitleidigen Lächeln schleuderte sie ihre zum Zopf geflochtenen schwarzen Haare auf den Rücken und verließ das Zimmer, ohne Aubichler eines Blickes zu würdigen.

„Ja, ich wünsch dir auch einen schönen Tag", rief er ihr lachend nach. Dann sagte er zu dem Kommissar: „Herrschaftszeiten, die Mel wär was für mich. Bei der müsst ich mal einen Fuß in die Tür bekommen…"

Auf eine Reaktion wartete er vergeblich, denn Greibl las konzentriert und mit gerunzelter Stirn die kriminaltechnischen Auswertungen.

„Ja sauber", murmelte der Kommissar nach einer Weile und sah Aubichler an. „Die haben Braischs Tablet und Smartphone mal genauer unter die Lupe genommen. Und siehe da: Es geht zwar in die von uns vermutete Richtung, ist im Detail aber dann doch ein wenig anders."

„Also Schatzgräberei und Verkauf von heißer Ware?", fragte Aubichler; Mel war mit einem Mal wieder vergessen.

„Nicht so ganz", antwortete Greibl und kratzte sich an der Stirn. „Anhand der auf den beiden Geräten zuletzt aufgerufenen Websites lässt sich erkennen, dass Braisch bei einer Internet-Auktion um uralte Pergamente mitgeboten hat. Irgendwann wurde er dann wohl ungeduldig und hat direkt mit dem Verkäufer, einem gewissen Max Hüttinger aus Krün, per Mail verabredet, außerhalb der Auktion einen Deal zu machen; was natürlich gegen alle Regeln verstößt.

Wegen dieser Sache sind die beiden Sachsen jedenfalls hierher gekommen."

„Wie hoch gingen denn die Gebote?", fragte Aubichler.

„Tja, zuletzt standen sie bei eintausenddreihundert Euro, doch dann zog Hüttinger seine Auktion mit einem Mal zurück. Klar, er hatte ja jetzt den Deal mit den beiden Sachsen eingetütet."

„Okay, dann haben sich diese drei also im Hotel getroffen und das Geschäft durchgezogen?"

„Sieht so aus. Stadler hatte ja erwähnt, dass vorgestern ein junger Mann mit Motorrad ins Hotel gekommen sei. Das dürfte Max Hüttinger gewesen sein", sagte Greibl. „Übrigens darfst du mal raten, wer bei der Auktion noch mitgeboten hat."

„Äh ... dieser ominöse Dr. Feldhoff?"

„Ganz genau." Der Kommissar nickte lächelnd. „Dem hat wohl dieser unlautere Deal ganz und gar nicht gefallen. Offenbar war er nicht willens, sich die Auktionsobjekte vor der Nase wegschnappen zu lassen."

„Aha, dann ging es gestern bei dem Treffen mit Braisch und Golkowski womöglich darum und er wollte den beiden die Sachen abkaufen. Worum handelt es sich dabei denn überhaupt?"

„Um Pergamente aus dem Mittelalter und ein silbernes Kruzifix", antwortete Greibl nachdenklich. „Wenn man den Eifer der Sachsen und auch Feldhoffs bedenkt, so muss der Wert dieser Sachen wohl verdammt hoch sein."

„Womöglich hatte der Verkäufer gar keine Ahnung, was er da verscherbelt hat. Handelt dieser Max Hüttinger denn öfter mit solchem Kram?"

„Nein, das war erst seine fünfte Verkaufsauktion innerhalb von zwei Jahren. Und die anderen drehten sich eher um alte Werkzeuge und so was ... Von daher würde ich sagen: Der Kerl ist weder ein Profi noch hat er Ahnung von Antiquitäten."

„Aber woher hat er denn die Sachen?"

„Gute Frage. Vielleicht ein typischer Dachbodenfund? Am besten fragen wir ihn das selbst." Der Kommissar stand auf und zog sich sein Sakko an. „Außerdem wüsste ich gern von ihm, was er gestern Abend um zehn Uhr noch mit Braisch am Telefon zu besprechen hatte. Der Anruf ist nämlich in dessen Smartphone protokolliert."

***

Kurze Zeit später fuhren die beiden Beamten auf der Bundestraße Nr. 2 von Garmisch-Partenkirchen nach Osten. Ein Stück voraus erhoben sich die hohen Berge des Karwendels aus dem Isartal. Im Licht der Frühlingssonne wirkten die Farben der Wiesen und Wälder, der Felswände und des Himmels kraftvoll und frisch. Die Natur war im Aufbruch.

„Auf Braischs Tablet-PC haben die Kollegen der KT übrigens noch etwas Seltsames entdeckt", sagte Greibl. „Da waren viele Fotos von Bergwänden und Felsformationen, die alle gestern und vorgestern aufgenommen worden waren. Oft waren mit roten Linien die Züge von Gesichtern hineingemalt... Verstehst du? Als ob man im Fels die Konturen von Augen, Nase und Mund wiederfinden wollte. Es ist leider keine Systematik dahinter zu erkennen, sodass Sinn und Zweck des Ganzen völlig unklar sind. Außerdem zeigen die Fotos nur Wandausschnitte, und man kann nicht einmal sagen, wo genau sie aufgenommen wurden."

„Hm, wenn das mal nicht nach einer Schatzsuche riecht", erwiderte Aubichler. „Wenn zwei Raubgräber solche Fotos machen und Gesichter im Fels suchen, dann wohl sicher nicht, weil sie unter die Steinfetischisten gegangen sind."

„Petrologen meinst du", korrigierte Greibl sachlich.

„Wie auch immer, Herr Professor. Was ich aber nicht verstehe: Wonach suchen die beiden hier in den Bergen überhaupt? Ich dachte, die haben den alten Kram von Max Hüttinger gekauft und das war's ..."

„Ja, das ist seltsam", erwiderte Greibl und warf einen Blick in Richtung des breiten Isartals, das vor ihnen in Sicht kam. „Entweder haben sie da parallel eine zweite Sache verfolgt, unabhängig von dem Kauf. Oder aber die Suche in den Bergen hat sich erst aus dem Kauf ergeben."

„Hm, gute Idee." Aubichler nickte. „Die haben da doch irgendwelche Pergamente vom Hüttinger erworben. Vielleicht war ja eine Art Schatzkarte dabei? Und mit der haben sie dann womöglich hier herumgesucht? Herrschaftszeiten, das Ganze wird langsam so abenteuerlich wie bei den ‚Fünf Freunden'!"

„Wie bitte, welche Freunde?" Greibl warf seinem Kollegen einen verständnislosen Blick zu.

„Petrologen kennen, aber nicht die ‚Fünf Freunde' – das ist mal wieder typisch", sagte Aubichler ungläubig. „Du hast dich wohl nie in die Niederungen der Kinderbücher verirrt? Immer nur Richard Wagner hören und Lexika lesen ..."

„Hör auf zu spotten, sonst starte ich die CD", antwortete Greibl und zeigte drohend auf den CD-Player.

„Okay, okay, ist ja gut", lachte Aubichler mit erhobenen Händen.

Sie hatten unterdessen den Ortsrand von Krün passiert und suchten nach der Adresse, unter der Max Hüttinger gemeldet war. Nach einer Weile hatten sie die Straße gefunden und fuhren auf den Hof hinter dem Haus der Hüttingers.

„Hm, da ist der Lack aber schon etwas ab", sagte Aubichler mit Blick auf den abbröckelnden Verputz des Wohnhauses und die morschen Balken der Scheune, als er die Autotür öffnete und auf den sandigen, mit Unkraut überwucherten Boden trat.

„Tja, sieht so aus", erwiderte Greibl. Er warf die Autotür zu und blickte sich auf dem Hof um. Durch die halb offen stehenden Scheunentore sah er einen alten VW Golf. Von dem Motorrad hingegen, das Josef Stadler erwähnt hatte, war nichts zu sehen.

Die Beamten gingen hinüber zum Wohnhaus. Greibl klingelte zweimal, doch es dauerte eine Weile, ehe ein Schlurfen aus dem Innern zu hören war. Schließlich öffnete sich die Tür einen Spaltbreit und das zerfurchte Gesicht einer alten Frau musterte die Ankömmlinge.

„Ja, bitte?", fragte sie argwöhnisch.

„Grüß Gott", sagte der Kommissar freundlich, „Kripo Garmisch-Partenkirchen, Ignaz Greibl und Peter Aubichler." Er hielt seinen Dienstausweis in die Höhe und registrierte das Erschrecken in den Augen der alten Frau. „Wir würden gern mit dem Max Hüttinger sprechen. Der wohnt doch hier, oder?"

„Äh, ja, im … im Prinzip schon", antwortete sie stockend. Verunsichert strich sie sich eine weiße Strähne hinters Ohr.

„Was genau bedeutet ‚im Prinzip'?" Aubichler lächelte.

„Ja, also mein Enkel, der Max, ist gestern … ausgezogen", erwiderte die alte Frau vorsichtig. Als sie die fragenden Gesichter der Beamten sah, versuchte sie es mit einer Gegenfrage: „Was wollen Sie denn von dem Bub?"

„Es geht um eine Internet-Auktion, die Ihr Enkel kürzlich veranstaltet hat. Wir hätten dazu ein paar Fragen", erklärte Greibl und beschloss angesichts des Zögerns der Alten, ein wenig mehr Druck aufzubauen. „Es hat drüben in Garmisch nämlich einen Mord gegeben, und das Opfer war zufällig der Käufer in der Auktion. Verstehen Sie, wir ermitteln in einem Mordfall."

Die Worte des Kommissars verfehlten ihre Wirkung nicht bei der alten Frau. Sie starrte Greibl an und bekreuzigte sich rasch. „Jesus Maria! Wie entsetzlich!" Mit bestürzter Miene öffnete sie die Haustür ganz und trat zur Seite. „Ja, so kommen Sie doch bitte erst einmal herein."

„Warum ist der Max ausgezogen? Gab's dafür einen Grund?", fragte Aubichler, der hinter dem Kommissar in den Flur trat und die Haustür schloss.

„Ja, oh weh …“, erwiderte die Alte und senkte die Stimme. „Es hat einen bösen Streit gegeben zwischen dem Max und seinem Vater; das ist der Ludwig, mein Sohn. Die sind in der Spielhalle vorgestern Abend aneinandergeraten …“

„Ach je, diese Geschichte“, murmelte Greibl überrascht. Er erinnerte sich an die gestrige Schilderung seines Kollegen über die Prügelei in der Spielhalle. Garmisch ist halt ein Dorf, dachte er. Gab es hier mal zwei Vorfälle, so hingen diese auch noch zusammen. „Worum ging es denn bei dem Familienstreit?“

„Sie werden es kaum glauben: um die vermaledeite Auktion! Der Ludwig war stinksauer, als er von der Sache gehört hat, und wollte dem Max verbieten, das alte Zeug zu verkaufen. Womit er schon auch recht gehabt hat, denn man gibt nichts fort, was seit Generationen im Familienbesitz vererbt wird. Tja, aber der Max hat es trotzdem gemacht.“

„Wo ist Ihr Enkel jetzt?“, fragte Greibl und sah die alte Frau gespannt an.

„Er hat nur gesagt, er ginge erst einmal zur Steffie. Das ist seine Freundin. Die arbeitet übrigens in der Spielhalle am Bahnhofsplatz, wo Ludwig und er sich gestritten haben. Wo das Mädel wohnt, weiß ich leider nicht.“

„Peter, informierst du bitte die Kollegen?“, sagte Greibl leise zu seinem Assistenten. „Die sollen umgehend diese Steffie suchen beziehungsweise den Max Hüttinger, der sich offenbar bei ihr aufhält.“

Aubichler nickte, holte sein Handy heraus und rief in der Dienststelle an. Mit sorgenvoller Miene sah die alte Frau zu ihm herüber.

„Der Bub wird doch nicht verhaftet, oder?“

„Nein, nein, machen Sie sich keine Sorgen, Frau Hüttinger. Wir müssen nur dringend mit ihm sprechen.“ Greibl legte ihr beruhigend die Hand auf die Schulter. Im selben Moment ertönte eine laute Stimme aus der Küche: „Was, zum Teufel, ist denn los?!“ Aus dem kehligen Gebrüll war unverkennbar auf einen erhöhten Alkoholpegel zu schließen. „Verflucht, Mutter, wer ist da gekommen?"

„Die Kriminalpolizei ist hier, Ludwig", rief die alte Frau und sah Greibl entschuldigend an. „Er hat ein wenig getrunken", erklärte sie leise.

„Was will denn jetzt das Pack hier?!"

„Sehen Sie's ihm bitte nach, Herr Kommissar", sagte die Alte resigniert, als Greibl an ihr vorbei durch den Flur ging.

„Wir ermitteln in einem Mordfall, Herr Hüttinger", sagte Greibl und betrat die Küche. Hinter ihm folgten die Frau und Aubichler, der sein Telefonat beendet hatte.

„Und was wollen Sie da jetzt bei uns auf dem Hof?" Ludwig Hüttinger richtete sich am Tisch ruckartig auf. Neben ihm auf der über Eck gehenden Holzbank saß sein Vater, ein alter Mann mit spärlichem grauen Haar, knochig-dunklen Augenhöhlen und eingefallenen Wangen. Der gebrechliche Greis lehnte schief am Kachelofen und blickte verständnislos auf die Besucher.

„Wir wollten eigentlich Ihren Sohn Max sprechen, aber ...", begann Greibl.

„Ach, was hat der Lump schon wieder angestellt?", unterbrach ihn Ludwig Hüttinger mitten im Satz. „Ist ja klar, dass der Saukerl nur Mist baut. Aber ein Mord? Nie und nimmer, dazu ist er viel zu feige." Er lachte höhnisch und trank einen großen Schluck aus der Bierflasche, die vor ihm stand.

„Ihr Sohn Max steht gar nicht unter Verdacht", entgegnete Greibl ruhig. „Wir haben nur ein paar Fragen an ihn. Es geht um seine Internet-Auktion. Einer der beiden Käufer ist ermordet worden. Vielleicht hat Ihr Sohn Informationen, die uns weiterhelfen können."

„Ein verfluchter Scheiß war diese Auktion! Ich hab's ihm verboten, die Sachen vom alten Alois zu verkaufen. Das ist seit jeher Familienbesitz – so was gibt man nicht weg! Aber der Lump macht ja alles, um an Geld zu kommen." Ludwig Hüttinger warf seiner Mutter einen anklagenden Blick zu.

„Woher stammen eigentlich die Dinge, die Max verkauft hat? Die drei Pergamente und das Kruzifix sind ja zweifellos uralt. Wie sind sie in den Besitz Ihrer Vorfahren gekommen?", fragte Aubichler und holte Stift und Notizbuch hervor. Er blickte den Hausherrn an, der jedoch nur mit den Achseln zuckte und erneut die Bierflasche ansetzte.

„Hm, das war wohl in den 1870er Jahren", ergriff seine Mutter das Wort. Sie nickte in Richtung ihres Mannes, der sich mit schiefgelegtem Kopf angestrengt bemühte, etwas von dem Gespräch mitzubekommen. „Ich kann nur wiedergeben, was mir mein Mann und mein Schwiegervater – Gott hab ihn selig – früher dazu erzählt haben. Mein Mann ist heute ja leider fast völlig taub, insofern…" Sie sah für einen Moment zu Boden, als müsste sie tief vergrabene Erinnerungen hervorholen. „Also, der Alois Hüttinger – das ist der Urgroßvater von meinem Mann – hat die Sachen damals in einer Kirchenruine in Klais gefunden. Das ist keine vier Kilometer von hier entfernt. Angeblich hat da mal das Scharnitzkloster gestanden, das existiert aber schon seit langer, langer Zeit nicht mehr. Nur eine winzige Kirche war noch als Ruine in den Grundmauern übriggeblieben. Na, und da drinnen im Mauerwerk hat der Alois die Pergamentseiten und das Kruzifix gefunden, als er sich – wie andere Bauern auch – für seinen Hof Steine aus der Ruine geholt hat."

„Aha, in Klais… Da ist doch auch die alte Römerstraße?", fragte Greibl.

„Richtig", sagte die alte Frau. „Von der Ruine ist heute übrigens nichts mehr zu sehen. Das ist alles weg, da gibt's nur noch eine große Wiese und einen Gedenkstein, der an das Kloster erinnert."

„Worüber wird denn geredet, Frau? Ich hör da immer was vom Alois und von Klais… Geht's um die alten Sachen?", erklang mit einem Mal die brüchige Stimme des Greises am Ofen. Mit großen Augen sah er seine Frau an, die jedoch nur kurz nickte und den Zeigefinger auf den Mund legte.

„Und der Urahn hat seinen Fund damals einfach behalten?", fragte Aubichler. „Hat er nicht geahnt, dass er sehr wertvoll sein könnte?"

„Nein, nein, das hat über alle Generationen hinweg keinen Hüttinger interessiert. Es waren ja religiöse Dinge – das war wegen des Kruzifixes jedem klar", erwiderte die Alte. „So etwas ist einfach heilig. Da verbietet es sich, an Geld oder Verkauf zu denken. Im Gegenteil, die Sachen waren immer der Stolz auf dem Hüttinger-Hof und wurden von Generation zu Generation weitervererbt."

„Hm, jetzt verstehe ich den Hintergrund Ihres Streits mit Ihrem Sohn", sagte Greibl und nickte Ludwig Hüttinger zu.

„Der elende Saukerl", fluchte dieser und drehte die Bierflasche in seinen Händen. „Ich hab noch alles versucht, um den Irrsinn zu stoppen. Sogar im Hotel in Garmisch war ich, aber die verfluchten Käufer waren nicht da."

„Wann war das, gestern Nachmittag? Haben Sie da mit dem Hotelbesitzer gesprochen?", fragte Greibl. Er erinnerte sich, dass Josef Stadler neben Feldhoff und Max Hüttinger noch einen dritten Besucher erwähnt hatte, der nach den beiden Sachsen gefragt hatte.

„Genau so war's", antwortete Ludwig Hüttinger. Er bemerkte nicht, dass sich die Beamten einen Blick zuwarfen. Nach einem weiteren Schluck Bier lächelte er plötzlich. „Soso, einer der Käufer ist also ermordet worden … Ich hab's ja von Anfang an gesagt: Die Auktion bringt nix Gutes."

„Rein routinemäßig gefragt, Herr Hüttinger: Wo waren denn Sie heut Mitternacht?", fragte Aubichler kühl.

„Ja, wo war ich bloß?" Er lachte und blickte seine Mutter an, als ob sie es ihm sagen könnte. „Es war eine lange Kneipentour gestern Nacht. Da müsst ich erstmal überlegen, ob ich die Lokale noch alle zusammenbekomme."

„Na, dann versuchen Sie mal bitte intensiv, sich zu erinnern. Vielleicht benötigen wir die Angaben eines Tages noch", sagte Aubichler und notierte etwas in sein Büchlein.

„Herrje, da fällt mir gerade etwas ein", sagte Hüttingers Mutter abrupt. „Gestern Vormittag war so ein feiner Herr hier bei uns auf dem Hof. Ein Dr. Felddorf oder so ähnlich, aus München. Der hat unserem Max sehr viel Geld geboten, wenn er den Verkauf rückgängig macht und ihm selbst das Zeug vom alten Alois überlässt."

„Jesus, was für ein öliger Depp!" Ludwig Hüttinger schlug mit der flachen Hand auf die Tischplatte. „Kommt arrogant im fetten Porsche Cayenne daher wie der große Zampano persönlich und glaubt, alles hört auf sein Kommando! Lächerlicher Kerl…"

„Aha, Dr. Feldhoff", sagte Aubichler und sah Greibl an. „Erst hat er es also hier versucht und danach im Hotel."

„Tja, der hatte wohl sehr großes Interesse an den Sachen", murmelte der Kommissar und schüttelte grübelnd den Kopf. „Die Dinge müssen um ein Vielfaches mehr wert gewesen sein, als Max Hüttinger geglaubt hat… Warum sonst kommen zwei Männer extra aus Sachsen hierher und auch noch ein Antiquar aus München?"

„Auf dem Auktionsfoto sieht man nur einen Ausschnitt von einem der Pergamente und das Kruzifix – da kann man als Laie nicht viel über den Wert sagen. Wir bräuchten genauere Bilder, die wir unseren Experten vorlegen können", überlegte Aubichler. „Vielleicht sind die Sachen ja ein Vermögen wert? Das würde die vielen Interessenten erklären und böte auch ein Tatmotiv."

„Ich denke auch." Der Kommissar nickte und wandte sich an die alte Frau. „Haben Sie vielleicht Fotos von den verkauften Sachen? Das könnte uns sehr weiterhelfen."

„Nein, leider nicht", erwiderte sie, „aber seltsam, dass Sie das sagen. Der Herr aus München hat auch danach gefragt."

„Hm, interessant…", murmelte Greibl nachdenklich. Die Auktion schien wohl der Schlüssel zu allem zu sein.

„Was hat er gefragt, Frau?", krächzte der alte Mann beim Ofen. „Bilder von den Pergamentseiten vom alten Alois?"

„Jaja", erwiderte sie ungeduldig.

„Frau, warte mal", sagte der Greis bedächtig und hob den knöchernen Zeigefinger. „Der Josef, mein verstorbener Bruder, der hat einmal als kleiner Bub die Seiten auf Butterbrotpapier abgepaust. Der konnte gut malen. Fast wie eine Kopie…" Fragend blickte er in die Runde. „Die Seiten liegen im alten Karton von der Mutter. Du weißt schon, Frau…"

Greibl und Aubichler sahen die Alte erwartungsvoll an, die sich sogleich auf den Weg ins Wohnzimmer machte.

„Ja, da schau her!" Ludwig Hüttinger klopfte dem alten Mann scherzhaft auf die Schulter. „Herrschaftszeiten, Vater, du hast ja ein super Gedächtnis."

Im selben Augenblick klingelte Aubichlers Handy.

„Ah, die Kollegen", sagte er mit einem Blick aufs Display und ging in den Flur. Gleichzeitig kam die alte Frau zurück, einen graubraunen Karton in Händen.

„Ja, da sind die Seiten drin", sagte der Greis und öffnete den Karton, den seine Frau vor ihm hinstellte. Eine Zeitlang kramte er durch vergilbte Papiere und alte Briefe, ehe er plötzlich drei leise knisternde, längliche Bögen hervorzog. Es waren dünne, vom hohen Alter braungelb verfärbte Seiten Butterbrotpapier, die über und über mit Zeilen verschlungener Buchstaben gefüllt waren. „Mit dem Bleistift hat der Josef das durchgepaust", erklärte der Greis und fuhr mit seinen dürren Fingern die Zeilen nach.

„Sehr gut!" Greibl nickte lächelnd in Richtung des alten Mannes. „Können wir uns die für eine Weile ausleihen? Es wäre sehr wichtig für die Ermittlungen, und Sie bekommen sie natürlich zurück."

„Ja, freilich", erwiderte der alte Mann, sichtlich stolz, sich nützlich machen zu können. Er schob die drei Bögen über den Tisch zu Greibl hinüber. Neugierig besah sich der Kommissar die Butterbrotpapierseiten, stellte jedoch schnell fest, dass er die altertümliche Schrift nicht entziffern konnte, vom offenbar lateinischen Inhalt des Textes ganz zu schweigen.

„Ja, spitze, das ist wirklich fast wie eine Kopie", sagte Aubichler. Er war wieder zu Greibl an den Tisch getreten und betrachtete ehrfürchtig die alten Bögen.

Vorsichtig rollte der Kommissar das dünne Papier ein. „Gut, ich denke, das wär's im Moment von unserer Seite", sagte er dann und sah in die Runde. „Haben Sie vielen Dank für Ihre Hilfe. Wenn noch etwas sein sollte, melden wir uns bei Ihnen."

Die beiden Beamten verabschiedeten sich und folgten der alten Frau, die sie zur Haustür brachte. Mit sorgenvoller Miene sah sie ihnen nach, als sie zum Auto gingen. Erst als sie im Wagen saßen, wandte sie sich um und schloss die Tür.

„Ignaz, die Kollegen haben gerade berichtet, dass sie bei dieser Steffie waren, den Max Hüttinger aber nicht angetroffen haben. Er hat ihre Wohnung wohl in der Früh verlassen, als sie noch geschlafen hat. Wohin er gegangen ist, konnte sie leider nicht sagen." Aubichler steckte das Diensthandy in seine Jacke und schnallte sich an.

„Hm, das ist schlecht", erwiderte Greibl und startete den Motor. „Der Bursche könnte uns noch einige wichtige Fragen beantworten. So ist die ganze Geschichte leider noch ziemlich bruchstückhaft…" Er wendete und lenkte den Wagen auf die Straße.

„Seltsam, ich hab den Eindruck, dass nach dem Verkauf das Drama erst richtig begonnen hat", sagte Aubichler. „Als ob da mit einem Mal gleich mehrere Interessenten aneinander geraten wären. Und dieser trinkfreudige Ludwig Hüttinger steht für mich übrigens auch auf der Liste der Verdächtigen. Der wollte das ganze Geschäft ja unbedingt verhindern und ist noch extra ins Hotel gegangen…"

„Ja, ein unangenehmer Zeitgenosse, der ja auch vor Gewalt nicht zurückschreckt… Selbst dem eigenen Sohn gegenüber nicht. Seine Kneipentour als Alibi müssen wir uns unbedingt noch mal vornehmen." Der Kommissar versank in nachdenkliches Schweigen.

Als sie die Gemeinde Krün hinter sich gelassen hatten, sagte Aubichler: „Irgendwie haben wir so gar nichts Konkretes in der Hand. Sowohl der alte Kram als auch unsere Verdächtigen sind verschwunden. Da ist nur der tote Braisch, und sonst nichts."

„Na ja, wir haben jetzt zumindest die Butterbrotpapiere, um herauszubekommen, was die Sachen denn überhaupt wert sind", erwiderte Greibl mit gerunzelter Stirn. „Allerdings habe ich nicht die Geduld, das über den offiziellen Dienstweg herauszufinden. Wer weiß, wie lang es dauert, bis die spezialisierten Kollegen uns sagen können, was in dem Text steht." Er lächelte. „Aber mein alter Schulfreund Wolfgang kann uns sicher weiterhelfen – er ist Lehrer für Geschichte und Latein. Wir fahren gleich mal bei ihm vorbei."

KAPITEL 15 – UM KOPF UND KRAGEN

Eine vierköpfige Gruppe befand sich im Aufstieg vom Bankerl, wo der aus Mittenwald kommende Fahrweg endete, hinauf ins Dammkar. Das Ziel der Bergwanderer war offenbar die dortige Berghütte. Von Henning Frankes Warte aus, der sich etwa dreihundert Meter höher im unteren Bereich der Südwand des Predigtstuhls befand, wirkten die Menschen tief unter ihm kaum größer als Streichhölzer. Und doch konnte er erkennen, dass sie plötzlich innegehalten hatten und zum Fuß der Kreuzwand hinüberblickten. Anscheinend hatte dort etwas ihre Aufmerksamkeit erregt.

„Sieh mal, versteckt sich der eine Kerl da nicht vor den Leuten?", fragte Sabine neben ihm und wies kopfschüttelnd hinab. Sich am Sicherungsring des Standplatzes festhaltend, hatte sie sich ebenfalls für einen Moment von der über ihnen kletternden Freundin abgewandt. Unten am Ochsenboden schien sich der Mann hinter dem mannshohen Felsen tatsächlich in ein angrenzendes Dickicht zu kauern und zu der Gruppe hinüber zu spähen, die ein Stück tiefer am Hang stand.

„Ja, da ist was faul", sagte Franke und sah wieder hinauf zu ihrer Bergkameradin. Da er Esther sicherte, musste er darauf achten, dass das Seil für sie nicht zu straff und nicht zu lose war – gerade jetzt, da sie sich der Schlüsselstelle der Route, der 4+ an der wuchtigen Felsplatte, näherte.

„Ah, sie gehen weiter", murmelte Sabine. Die vier Wanderer setzten sich tatsächlich wieder in Bewegung und stiegen kurz darauf just an jenem Felsen vorüber, hinter dem sich der Mann verbarg. Wenig später befanden sie sich dann im dichten grünen Meer der Latschenkiefern, das sich durch das Dammkar bis zur Hütte hinauf erstreckte. In zügigem Tempo durchwanderten sie eine Serpentine nach der anderen. Da trat unter ihnen plötzlich der Mann wieder aus dem Dickicht hervor. Er schien sich nach allen Seiten hin umzusehen und ging dann langsam über den Ochsenbodensteig hinüber zu jener Stelle, oberhalb derer sich der andere Mann im Fels am Fuß der Kreuzwand befand.

„Jetzt wird's aber spannend", sagte Sabine und verfolgte ebenso wie Franke gebannt das Geschehen. „Was hat der nur vor?"

„Wenn man nur etwas mehr erkennen könnte! Es ist leider zu weit entfernt", murmelte Franke.

„Warte mal!", rief Sabine plötzlich. „Mein Smartphone hat einen optischen Zoom – das könnte doch etwas bringen." Sie zog ein gelbes Handy aus der Seitentasche ihrer Kletterhose und aktivierte die Kamera. Nach kurzem Suchen zeigte sich auf dem Display eine etwas vergrößerte Ansicht des Ochsenbodens.

„Ja, schon etwas besser." Franke starrte, das Sicherungsseil in den Händen, auf den kleinen Bildschirm. Dort war zu sehen, wie der zweite Mann durch das Schuttkar hinauf zum Fuß der Felswand stieg. Die gezoomte Ansicht zeigte nun zwar deutlicher, was in der Tiefe geschah, reichte jedoch bei Weitem nicht aus, um Gesichter erkennen zu können.

„Hallo da unten? Mehr Seil!", rief da mit einem Mal Esther hoch über ihren Köpfen. Doch Henning Franke und Sabine verfolgten das Geschehen unter ihnen derart gebannt, dass sie nicht reagierten.

Der zweite Mann hatte inzwischen den Fuß der Kreuzwand erreicht und stieg mit flinken Bewegungen zwei, drei Meter am schrägen Fels empor. Gleichzeitig kam nun plötzlich der bis dahin verdeckte Mann wieder zum Vorschein, sodass sich beide in der Wand direkt gegenüberstanden. Sich mit einer Hand am Fels festhaltend, verharrten sie für eine Sekunde regungslos. Dann jedoch ging alles blitzschnell: Der Verfolger griff plötzlich nach seinem Gegenüber, und die Männer schienen miteinander zu ringen.

„He, ihr beiden! Was...", rief Esther erneut von oben, doch sie verstummte mit einem Mal. Sie befand sich ein kleines Stück unterhalb der schwierigen Platte und hielt sich am Felsen fest. Schräg über ihre Schulter blickend, versuchte sie nun ebenfalls zu erkennen, was an der Kreuzwand vor sich ging.

In diesem Moment fand der Kampf der beiden Männer ein jähes Ende: Plötzlich ertönte ein qualvoller Schrei und der Angegriffene sackte in sich zusammen. Dann ließ der Angreifer sein Opfer los, und die gekrümmte Gestalt fiel in einer langsamen Bewegung aus der Wand.

„Oh Gott!", stöhnte Sabine entsetzt. Ihre Hand zitterte vor Schreck so stark, dass der Bildausschnitt aus dem Display verschwand. Wie gelähmt ließ sie das Smartphone sinken. Franke und sie sahen stattdessen mit erstarrten Mienen direkt hinunter in die Tiefe.

Entsetzt verfolgten sie, wie der Körper des Opfers gleichsam in Zeitlupe hinabstürzte. Ohne dass ein Geräusch bis zu ihnen heraufdrang, prallte er wie eine große Stoffpuppe zunächst hart auf den felsigen Sockel der Kreuzwand, ehe er in grauenvoll anzusehenden Verrenkungen ein paar Meter weit das Schuttkar hinunterrollte und dort auf den Steinen schließlich liegen blieb.

Während sich dies in gespenstischer Stille abzuspielen schien, hallte den drei Berggefährten der grausige Schrei des Opfers noch in den Ohren nach. Wie gelähmt standen sie da und starrten in die Tiefe. Ihre Blicke wanderten zwischen dem reglosen Körper des Opfers und dem Mann am Fuß der Kreuzwand hin und her.

„Oh nein…", durchbrach Sabine das Schweigen, „das… das gibt es nicht." Ihre Stimme klang zerbrechlich und fast flüsternd, als ob sie sich im Angesicht des Todes nicht traute, laut zu sprechen.

„Was zum Teufel ist da gerade passiert?!", fragte Esther fassungslos von oben. Sich angestrengt in der senkrechten Wand haltend, schüttelte sie den Kopf. „Der Mann ist tot, oder?"

„Ja, ich fürchte schon ... Das war ein Mord!", sagte Franke erschüttert und zwang sich, den Blick abzuwenden. „Der andere Typ da unten ist ein Mörder, versteht ihr?!" Mit einem Mal fiel ihm die Gruppe der Bergwanderer wieder ein. Vielleicht hatten sie das Ganze ja ebenfalls mitbekommen. Rasch suchte er den mittleren Bereich des Dammkars ab. Ein Stück unterhalb der Berghütte entdeckte er schließlich die vier Personen, die sich jedoch zielstrebig durch die Latschenkiefern aufwärts bewegten. Offensichtlich hatten sie nichts bemerkt.

„Okay, wir müssen sofort die Polizei rufen!", sagte er mit Nachdruck. Da er selbst beide Hände am Seil hatte, um Esther zu sichern, blickte er Sabine an. „Los! Wie's aussieht, sind wir die einzigen Zeugen."

Hektisch hob sie das Smartphone wieder in die Höhe und beendete die Kamerafunktion. „Oh nein ... Verdammt!", rief die junge Frau und schüttelte hilflos den Kopf. „Ich hab kein Netz, nicht mal einen Balken." In einem Anflug von Verzweiflung wählte sie dennoch den Notruf, doch es gab kein Freizeichen.

„Henning, lass mich runter!", rief unterdessen Esther aus der Wand über ihnen. „Es ist jetzt eh nicht ans Weiterklettern zu denken." Kurzerhand stieg sie ein Stückchen tiefer, bis sie sich unter ihrer letzten Hakensicherung befand. Dann ließ sie sich etwas sacken und belastete so das Sicherungsseil.

„Ja, okay." Franke suchte sich einen festen Stand auf dem schmalen Felsvorsprung und ließ dann das Kletterseil vorsichtig und langsam durch die Halbmastwurfsicherung laufen. Den Blick in die Höhe gerichtet, beobachtete er – innerlich aufgeregt und unruhig wegen der schrecklichen Ereignisse im Tal –, wie sich Esther aus der Wand lehnte und routiniert und ruhig abseilte. Mit gleichmäßigen Bewegungen lief sie den Fels hinab und kam rasch tiefer. So dauerte es nicht lange, bis sie schließlich zwischen den beiden Wartenden stand.

„Was sollen wir machen?" Sabine blickte ihre Freundin und auch Franke an, der wider besseren Wissens ebenfalls einen – erfolglosen – Versuch mit seinem Handy unternahm.

„Wir müssen wohl oder übel runter! Sonst können wir keine Hilfe holen", sagte er schließlich und sah in die Tiefe hinab. Sofort fiel sein Blick auf den Fuß der Kreuzwand. Nachdem der Mörder offenbar eine Weile unschlüssig gewesen war, was er tun sollte, wurde er nun wieder aktiv. In großer Eile stieg er durch das Schuttkar hinunter zum Opfer.

„Mach deine Kamera wieder an, Sabine!", rief Franke rasch und deutete fuchtelnd hinab. Kurz darauf blickten alle drei wie hypnotisiert auf das Display. Der Mörder kauerte neben dem leblosen Körper, doch es war nicht genau zu erkennen, was er tat. Womöglich überzeugt er sich vom Tod seines Opfers, schoss es Franke durch den Kopf.

Mit einem Mal erhob sich der Mann, ging um das Opfer herum, ergriff dessen Beine und begann, den Körper hangabwärts über das lose Geröll zu zerren. Er kreuzte den schmalen Pfad des Ochsenbodensteigs, bis er schließlich ein gutes Stück tiefer bei einem niedrigen Felsbrocken anlangte, der ringsherum von dichtem Gebüsch umstanden war.

„Oh mein Gott, er will die Leiche verstecken!" Sabine holte tief Luft. „Das ist ja grauenhaft!" Da das Bild verwackelte, bemühte sie sich schnell, den Ausschnitt wieder zu stabilisieren.

Tatsächlich zog der Mann den leblosen Körper durch das Gestrüpp hinter den länglichen Stein. Die Büsche waren so hoch, dass sie einen guten Blickschutz boten. Während seiner grausigen Arbeit hielt der Mann immer wieder inne und schaute sich nach allen Seiten um. Doch es war weit und breit keine Menschenseele zu sehen, so sehr sich die drei dies auch gewünscht hätten. Nach kurzer Zeit war der Körper außer Sicht, und der Mann stieg durch das Geröll wieder hinauf zum Ochsenbodensteig. Noch einmal blickte er hinunter, dann ging er durch das Kar weiter hinauf zum

Fuß der Kreuzwand und kletterte die wenigen Meter zu der Stelle empor, wo sich der Kampf abgespielt hatte. Dort sah er sich am Felsen um und verschwand schließlich in der Felsnische oder Höhle, in der auch sein Opfer kurz zuvor gewesen war. Von einer Sekunde zur anderen lag damit die Landschaft wieder so ruhig und friedlich da, als wäre nicht das Geringste geschehen.

„Na los, wir müssen sofort etwas unternehmen!", durchbrach Franke endlich das Schweigen und löste seinen Blick vom Handy. „Wir sollten uns schnell abseilen. Vielleicht haben wir ja unten im Dammkar Empfang. Ansonsten müssen wir zur Hütte oder gleich runter nach Mittenwald."

„Mit dem Abseilen hab ich es leider nicht so", erwiderte Sabine kleinlaut und runzelte die Stirn. „In der Kletterhalle fällt mir das schon schwer, aber hier…" Sie schluckte, als sie die lotrechte Wand zu ihren Füßen hinuntersah. „Für mich als relativer Kletterneuling gilt leider das Motto: Rauf immer, runter nimmer."

„Hm, okay…" Ratlos blickte Franke die beiden Frauen an. Da legte Esther entschlossen eine Hand auf die Schulter ihrer Freundin.

„Ein Vorschlag, Henning", erklärte sie ruhig. „Du seilst dich alleine ab, und wir beide steigen weiter hoch. Jeder von uns versucht dabei parallel, unterwegs Empfang zu bekommen und die Polizei zu erreichen. Wenn's nirgends ein Netz gibt, können Sabine und ich spätestens in der Dammkarhütte Alarm schlagen und du – wenn's nicht anders geht – unten in Mittenwald." Ihr Tonfall ließ das Ganze weniger wie einen Vorschlag klingen als vielmehr wie einen Marschbefehl.

„Gut, dann mal los!", erwiderte Franke und nahm von Esther, die ihre Selbstsicherung eingehängt hatte, das Seil entgegen. „Erst gehe ich runter, dann holt ihr das Seil wieder zu euch hoch. Bis zum Boden sind es höchstens fünfundzwanzig Meter. Da reicht unser Siebzig-Meter-Seil, auch doppelt geführt, völlig aus." Mit geübten Handgriffen fixierte er das

Seil am festbetonierten Ring des Standplatzes und hing seinen Abseilachter ein. Zur doppelten Sicherheit befestigte er danach noch eine Reepschnur an seinem Klettergurt und legte eine Prusikschlinge an das Seil. Zuletzt warf er das Seil mit Schwung in die Tiefe, sodass es in fast gerader Linie an der senkrechten Wand herunterhing.

„Hey, seht mal!", rief Sabine da plötzlich und deutete ins Tal hinunter. „Da ist der Mörder wieder!" Tatsächlich war der Mann aus dem verborgenen Ort in der Felswand hervorgekommen und sah sich nach allen Seiten hin um. Kurz darauf stieg er die wenigen Meter bis zum Wandfuß ab und eilte dann in Sprüngen – halb gehend, halb rutschend – durch das Geröllfeld. In direkter Linie ging es hinunter, den Ochsenbodensteig querend, bis zum Bankerl neben der Talstation des Hüttenlifts. Dort betrat der Mann schließlich den Schotterweg in Richtung Mittenwald. Er hatte es zweifellos eilig: Schnellen Schrittes hastete er talwärts. Nach kurzer Zeit tauchte er in die Wälder ein und war nicht mehr zu sehen.

„Er ist abgehauen!" Esther schüttelte den Kopf. „Und wir können den Kerl nicht mal beschreiben. Er war einfach zu weit weg, um sein Gesicht oder irgendwelche Details zu erkennen. Das wird der Polizei nicht viel nützen."

„Stimmt. Na ja, wir wissen wenigstens, dass und wo und wann der Mord geschehen ist." Sabine blickte traurig in die Tiefe. „Und wir wissen, wo die Leiche liegt…"

„Okay, ich bin jetzt so weit", sagte Franke. „Auf geht's! Viel Glück euch beiden. Wir sehen uns dann hoffentlich am Abend auf der Hütte." Mit einem schiefen Lächeln rückte er seinen Helm noch einmal zurecht. Dann drehte er sich mit dem Rücken zum Abgrund, nahm das Seil in die Hände und lehnte sich langsam rückwärts aus der Wand.

„Alles Gute", sagte Sabine schnell und schenkte ihm noch einmal ihr Lächeln. Esther hingegen nickte nur knapp.

Hatte Franke anfangs noch ein mulmiges Gefühl, als er sich in blindem Vertrauen in das Kletterseil zurücklegte, so verging dies nach kurzer Zeit. Sein Körper wurde mit verlässlicher Kraft gehalten, sodass die Unsicherheit bald verflogen war. Ruhig und gleichmäßig ließ er das Seil durch seinen Achter laufen, während er in schräger Rückenlage Schritt um Schritt die Wand hinunterlief. Obwohl er keine Höhenangst hatte, vermied er es dennoch, hinabzublicken, denn es war sehr ausgesetzt und luftig. Der Südwestpfeiler des Predigtstuhls bildete hier im unteren Bereich der Wand eine wuchtige Felsnase, die leicht überhängend war. Während die Kletterroute diese Schwierigkeit im Aufstieg in einem Bogen umging, führte der direkte Abseilweg genau darüber hinweg in die Tiefe.

Nach ein paar Minuten hatte Franke den Überhang erreicht und verlangsamte sein Tempo. Als er längs des gespannten Seils noch einmal hinaufsah, konnte er einen letzten Blick auf die beiden Frauen erhaschen, die seinen Abstieg verfolgten. Danach schob sich der Fels vor und versperrte die Sicht. Konzentriert ließ er sich weiter am Seil hinunter – jegliche Verunsicherung war längst von ihm gewichen. Als er zwei Bohrhaken passierte, hatte er den Anfangsteil der Kletterroute erreicht, die sie kurz zuvor hinaufgestiegen waren. Keine fünf Meter trennten ihn nun noch vom Fuß der Wand. Ein Stück rechts von ihm konnte er die Gedenktafel am Einstieg erkennen.

Kurz darauf hatte er es geschafft. Unmittelbar neben einem einsamen Latschenkieferbusch erreichte er den sicheren Boden. Unweigerlich atmete er tief durch. Im Nachhinein wurde ihm klar, wie groß doch unterbewusst sein Respekt vor dem Abseilen gewesen sein musste. Schnell öffnete er die Prusikschlinge und hing seinen Abseilachter aus dem Seil aus. Dann trat er einige Schritte von der Wand zurück und sah hinauf zu den beiden Frauen.

„Alles klar!", rief er ihnen zu und winkte. Dann zog er das Handy aus der Seitentasche seiner Kletterhose, doch zu seiner Enttäuschung hatte er noch immer keinen Empfang.

„Verdammt, hier unten ist auch kein Netz!" Kopfschüttelnd hielt er das Gerät in die Höhe und blickte hinauf. Esther zog unterdessen das Seil wieder hoch zu ihrem Standplatz. „So ein Mist", antwortete Sabine.

„Okay, ich geh jetzt los Richtung Mittenwald. Macht's gut!" Das Smartphone in der Hand haltend, wandte Franke dem Predigtstuhl den Rücken zu. Den schmalen Pfad zur Dammkarhütte ließ er links liegen und stieg stattdessen in direkter Linie durch das Geröllfeld des Dammkars ab. Wie am Vortag sprang er mit großen Sätzen durch den Schutt, der unter seinen Schuhen knirschte und ihn wie ein rutschender Teppich in die Tiefe trug. Auf diese Weise kam er zügig voran. Den Blick auf die Wälder unter ihm gerichtet, versuchte er abzuschätzen, wie lange er bis Mittenwald brauchen würde.

Plötzlich kam ihm ein Gedanke, der ihn in seinem schnellen Lauf abrupt stoppen ließ: Was, wenn der Mann noch lebte? Vielleicht war er schwer verletzt oder lag im Sterben? Warum hatten sie daran nicht gedacht?! Er konnte jetzt keinesfalls nach Mittenwald gehen, er musste zuerst zu dem Opfer. Ein dunkler Schauder erfasste Franke. Verunsichert blickte er zurück zum Predigtstuhl. Doch er hatte in dieser dramatischen Lage nicht die Ruhe, die beiden Frauen in der Wand ausfindig zu machen. Zumal sie ihm jetzt eh nicht helfen konnten. Er war schlicht und ergreifend auf sich allein gestellt. Er sah auf sein Smartphone. Tatsächlich, das Empfangssymbol zeigte einen schmalen Balken. Sofort wählte er den Polizeinotruf und wartete ungeduldig.

„Leitstelle der Polizei, Notrufzentrale Rosenheim", erklang endlich eine Männerstimme.

„Ja, äh ... hier Henning Franke, hallo. Ich ... ich muss einen Mord melden", sagte Franke aufgeregt.

„Wo genau ist das passiert?", kam es umgehend zurück. „Und was? War es wirklich ein Mord?"

„Ja", rief Franke ungeduldig, „hier am Fuß der Kreuzwand bei Mittenwald, am Ochsenbodensteig, ist jemand umgebracht worden. Zwei Frauen und ich haben das Ganze beim Klettern von fern beobachtet. Der Täter ist weggelaufen." In knappen Worten schilderte er, was sie gesehen hatten. Mehrmals wurde er dabei durch Rückfragen des Beamten unterbrochen. Schließlich äußerte er noch das, was ihm zuletzt in den Sinn gekommen war: „Ich bin mir nicht sicher, ob das Opfer wirklich tot ist. Der Mann liegt etwa einen halben Kilometer entfernt von hier. Ich würde jetzt da hingehen und nachsehen – vielleicht kann ich noch helfen."

„Aber lassen Sie unbedingt Ihr Handy an! Wir schicken sofort die Bergwacht los. Außerdem werden die Kripo und der Polizeibergführer in Garmisch-Partenkirchen alarmiert. Die Kollegen werden dann mit Ihnen in Verbindung treten. Eventuell müssen Sie sie zum Tatort lotsen", sagte der Beamte der Leitstelle. Im Hintergrund war das Klackern einer Computertastatur zu hören. Offenbar erfasste der Polizist die Daten zu dem Notfall parallel im System. „Gut, also wie gesagt, die Kollegen sind so schnell wie möglich bei Ihnen. Vermutlich wird auch ein Hubschrauber kommen."

Als das Gespräch beendet war, sah sich Franke kurz um. Durch sein rasches Hinabspringen in dem Geröllfeld war er schon auf dem Niveau des Ochsenbodens. Er befand sich auf gleicher Höhe mit dem Fuß der Kreuzwand, die ein Stück entfernt imposant aufragte. Von seinem Standort aus musste er sich also nur geradewegs nach Westen halten, dann würde er zum Ort des schrecklichen Geschehens kommen.

Mit wenigen Schritten querte er die Schuttrinne, die sich noch etwas weiter hinab ins Tal erstreckte. Nach kurzer Zeit erreichte er so den Rand des Kars und damit das Areal der Latschenkiefern. Die verwachsen-knorrigen Zweige mit den Armen zur Seite schiebend, bahnte er sich einen Weg durch das mannshohe Gestrüpp. Zwischen den Büschen regte sich kein Lüftchen, und so herrschte schweißtreibende Wärme. Der Mittag war schon vorüber – die Sonne am wolkenlosen Himmel hatte genug Zeit gehabt, das Dickicht zu erhitzen.

Nachdem sich Franke ein gutes Stück weit durch das Grün vorgekämpft hatte, traf er endlich auf den Fußweg, der sich in Serpentinen vom Bankerl hinauf zur Dammkarhütte schlängelte. Er folgte dem Pfad abwärts, bis er nach kurzer Zeit die Gabelung erreichte, wo es auf den Ochsenbodensteig ging. Als er den Weg betrat und nach wenigen Minuten unter dem wuchtigen Massiv der Kreuzwand anlangte, spürte er plötzlich ein mulmiges Gefühl in sich aufsteigen. Hier war das Drama geschehen. Aufgeregt blickte er sich nach allen Seiten um. Was, wenn der Täter zurückkam? Doch es war weit und breit niemand zu sehen.

Nach ein paar weiteren Schritten stand er schließlich an der Stelle, die er mit den beiden Frauen von oben beobachtet hatte. Etwa hier war er auch am Vortag von den beiden Männern so barsch abgewiesen worden. Rasch schaute er hinauf zur Kreuzwand. Irgendwo dort oben musste sich die Nische oder Höhle befinden, vor der es zu dem Kampf gekommen war. Wachsam suchte er im Geröll nach Fußspuren, doch das lose Gestein gab keine Hinweise. Als er jedoch vor sich auf den Boden blickte, erkannte er direkt neben seinen Schuhen dunkelrote Flecken auf den Steinen. Das Blut des Opfers! Sein Puls schoss in die Höhe und die innere Hitze stieg weiter an.

Er suchte den Boden ab. Tatsächlich bildeten die blutverschmierten Steine eine Spur, die vom Ochsenbodensteig hangabwärts führte. Und keine zwanzig Meter unter sich erkannte er schließlich den von Büschen umstandenen Felsbrocken, wohin der Täter den Körper seines Opfers geschleift hatte. Franke musste schlucken, als er klopfenden Herzens durch das Geröll hinunterstieg. All seine Sinne waren geschärft.

Bei dem Felsen angelangt, sah er durch die Sträucher hindurch die Beine des Opfers mitsamt seinen Schuhen. Als Franke diese sah, erkannte er sie sofort wieder: Am Tag zuvor bei der unerfreulichen Begegnung hatte er sich über die einfachen Straßenschuhe hier am Berg noch gewundert. Ja, womöglich war das hier einer der beiden Männer, dachte er. Dann schob er sich schließlich durch das Gesträuch und blickte hinunter auf den Mann, der dort im Schatten des länglichen Felsens ausgestreckt dalag. Es war tatsächlich so, wie er vermutet hatte: Mit dem Kopf hangabwärts lag dort der schmale Mann, den er gestern zuerst angesprochen hatte und der so zögerlich reagiert hatte.

Tief durchatmend betrachtete Franke den Körper zu seinen Füßen. Das blau-weiß karierte Oberhemd des Mannes war am Bauch blutverschmiert, als ob er dort eine große Wunde hatte. Seine Augen starrten blind hinauf in den Himmel, der Mund stand offen. Franke kniete sich neben den Mann, legte die rechte Hand an seinen Hals und tastete nach einem Puls. Doch so sehr er es auch versuchte, er konnte kein Lebenszeichen entdecken. Auch Atmung und Herzschlag waren nicht mehr festzustellen. Es konnte keine Zweifel geben: Der Mann war tot.

Erschüttert hielt Franke einen Moment inne. Noch immer vor dem Toten kniend, betrachtete er das erstarrte Gesicht. Außer dem längst vergessenen Anblick einer verstorbenen Großmutter in Kindheitstagen hatte Franke nie zuvor einen Toten gesehen. Vor allem die Augen des Mannes hinterließen einen tiefen Eindruck in ihm. An ihnen schien sich am deutlichsten zu zeigen, dass das Leben diesen Körper verlassen hatte: vollkommene Leere und friedvolle Ruhe ...

Nach einer Weile atmete Franke schließlich noch einmal tief durch und erhob sich. Er ließ den Felsen mit dem Toten hinter sich und stieg wieder hinauf zum Ochsenbodensteig. Dort konnte er am besten auf die Bergwacht und die Polizei warten und sie zum Tatort dirigieren. Ungeduldig blickte er hinab ins Tal und lauschte aufmerksam auf Motorengeräusche. Doch es war nichts zu hören und zu sehen. Auch am blauen Himmel war noch keine Spur eines Hubschraubers zu entdecken. Kurz überlegte er, ob er der Polizei melden sollte, dass er den Tod des Mannes festgestellt hatte, entschied sich jedoch dagegen. Die Beamten würden ja sicher eh gleich da sein.

Ruhelos ging Franke ein paar Schritte auf und ab, und mit einem Mal fiel sein Blick wieder auf den Fuß der Kreuzwand. Neugierig suchte er den unteren Wandbereich ab und entdeckte dort, wo der Kampf stattgefunden hatte, eine nischenartige, dunkle Vertiefung im Fels. Ob dort etwas verborgen lag? Hatte sich darum der tödliche Streit gedreht? Wie anders sollte man die schreckliche Geschichte sonst deuten?

Unsicher sah er sich um. Als er noch immer keine Spur der nahenden Helfer entdecken konnte, überwand seine Neugier schließlich jegliches Zögern und Zweifeln. Entschlossen stieg er durch das Kar zum Fuß der Felswand empor.

KAPITEL 16 – DIE REISE DES TOTEN PAPSTES

Der Blick durch die Fensterfront bot über die Wiesen und Weiden hinweg ein grandioses Panorama. Links am Hang ragte die große Olympia-Skischanze empor, während geradeaus die grün bewaldeten Flanken des Kochelbergs und des Hausbergs zu sehen waren. Auf der rechten Seite strebten die markante Alpspitze und das riesige Zugspitzmassiv gen Himmel.

„Tolle Aussicht." Peter Aubichler nickte anerkennend. Der Polizist stand in der offenen Terrassentür, während Greibl und der Hausherr bereits bei der Sitzgruppe Platz genommen hatten. Ein frühlingshaft milder Luftzug wehte von draußen herein.

„Tja, beneidenswert", antwortete der Kommissar und blickte Wolfgang Probst lächelnd an, der ihm gegenüber im Sessel saß. „Seit ich dich kenne – und das ist mittlerweile schon fast ein halbes Jahrhundert –, habe ich dich um diesen Blick beneidet."

„Ich danke meinem Opa noch jeden Tag, dass er das Haus unserer Familie damals auf diesen Flecken Land gebaut hat. Und ich bete, dass mir hier auch weiterhin nichts vor die Nase gesetzt wird." Der Hausherr faltete die knochigen langen Finger ineinander und blickte in gespielter Demut hinauf in Richtung Decke. Wolfgang Probst war ein vergeistigter und etwas kauzig wirkender Mittfünfziger, dessen langer, dürrer Körper hart an der Grenze zur Magersucht erschien. Die Wangenknochen in seinem Gesicht zeichneten sich deutlich ab, ebenso die blauen Adern auf seiner bleichen Halbglatze. Die Motorik des Oberstudienrats wirkte seltsam verlangsamt und gehemmt. Der Mann schien mehr kontrollierter Geist als lebendige Materie zu sein. Dafür sprachen ebenso sein Junggesellentum wie auch die enormen Bücherbestände überall im Haus.

„Apropos Aussicht", sagte Wolfgang Probst, „kann es sein, Ignaz, dass ich dich vorgestern am Sachensee gesehen habe? Und zwar in Begleitung einer Dame?" Er legte den Kopf schief und lächelte. „Da wollte ich natürlich nicht stören und bin weitergegangen. Ein Rendezvous?"

„Herrschaftszeiten, nein!", erwiderte Greibl mit leichter Empörung. „Nur eine Nachbarin, die ebenfalls einen Spaziergang machen wollte." Er kratzte sich an der Stirn und ignorierte Aubichlers Grinsen.

„Jaja, so geht's immer los", lachte dieser.

„Na, ich würd mich für dich freuen, Ignaz", sagte Probst und zwinkerte dem alten Freund zu.

„Also bitte, jetzt mal Schluss mit dem Unsinn! Kommen wir zur Sache", sagte Greibl entschieden und zog die drei alten Butterbrotpapier-Bögen aus seiner Aktenmappe. Er legte sie nebeneinander auf den Couchtisch und sah Probst an. „Wir haben hier so eine seltsame Sache und benötigen unbedingt deinen Verstand als erfahrener Geschichts- und Lateinlehrer."

„Na, das gibt's ja nicht oft", erwiderte Probst, beugte sich vor und spähte mit zusammengekniffenen Augen auf die Seiten. „Dass die Polizei tatsächlich mal den Ratschlag eines schnöden Gymnasiallehrers benötigt…"

„Tja, das Entziffern von Krakelschriften und Latein-Lesen gehören nicht zur Polizeiausbildung", antwortete Aubichler und setzte sich auf die Couch neben seinen Vorgesetzten.

Der Lehrer hatte unterdessen mit offenem Mund die erste Seite in die Hand genommen und studierte sie in einer Mischung aus Ehrfurcht und Unglauben.

„Woher in Gottes Namen stammt das, Ignaz?", fragte er mit leiser Stimme und schielte über den Rand seiner silbernen Brille. Er schien vollkommen perplex.

„Das hier sind nur abgepauste Kopien", erklärte Greibl. „In dem Mordfall, den wir gerade bearbeiten, geht's um die Original-Pergamente."

„Wie bitte?!" Probst fiel fast die Brille vom Kopf, als er sich ruckartig aufrichtete. „Was ist das für eine unglaubliche Sache? Die Texte sind über tausend Jahre alt, sie stammen aus dem Hochmittelalter. Mit etwas paläografischem Verstand kann man das deutlich erkennen: Das vermeintliche Gekrakel sind typische Minuskeln, wie sie damals im ganzen Reich geschrieben wurden…" Erneut beugte er sich tief über die Bögen.

„Es sind drei Pergamente, die bei einer privaten Auktion hier in Garmisch angeboten worden sind", sagte Greibl. „Und um die ist ein Streit entbrannt – mit einem Todesopfer." In groben Zügen schilderte er die Umstände des Falles. „Wir müssen wissen, warum so ein mörderisches Interesse an ihnen besteht. Klar, sie sind wertvoll, aber da muss noch etwas anderes sein. Deshalb hatte ich die Idee, dich zu bitten, dass du mal einen Blick darauf wirfst. Vielleicht geht es ja um den Inhalt der Texte…"

„Wertvoll?!", rief Probst mit sich überschlagender Stimme. „Die sind nicht einfach nur wertvoll – diese Pergamente sind ein Vermögen wert! Allein das unglaubliche Alter – dafür könnte schon eine sechsstellige Summe herausspringen."

„Ja sauber! Da wird mir einiges klar", sagte Aubichler.

„Stimmt, klingt nach einem plausiblen Mordmotiv. Und doch steckt da noch mehr dahinter", entgegnete Greibl. „Denk an die merkwürdigen Fotos und Strichbilder auf dem Tablet – die sind irgendwo hier in der Nähe gemacht worden. Und sicher nicht aus Spaß."

Die beiden Polizeibeamten sahen den Lehrer erwartungsvoll an, der in tiefer Versunkenheit die erste Seite studierte. Die weit aufgerissenen Augen folgten seinem knochigen Zeigefinger Zeile um Zeile über das Blatt. Immer wieder schüttelte er den Kopf oder ein ungläubiges Lächeln huschte über sein dürres Gesicht.

Als er das Seitenende endlich erreicht hatte, hob er mit ehrfürchtiger Miene den Kopf.

„Also, noch mal zum Rekapitulieren: Diese Pergamente sind, wie du sagst, vor hundertfünfzig Jahren von einem Bauern in einer Ruine in Klais entdeckt worden, ja? Hast du eine Ahnung, was das bedeutet? Du weißt, dass ich ein Faible für Lokalhistorie habe…"

„Herrschaftszeiten, jetzt machen Sie's doch nicht so spannend", stöhnte Aubichler.

„Ich brauch erst mal einen Cognac", sagte Probst und stand auf. Aus einer altmodischen Vitrine holte er eine Cognacflasche und Gläser heraus. „Auch einen?" Als beide Männer den Kopf schüttelten, schenkte er nur sich ein und kam mit dem Glas zum Tisch zurück. „Das hier ist der Beweis, dass das Scharnitz-Kloster tatsächlich in Klais gelegen hat", sagte er nach einem tiefen Schluck. „Das war in der Forschung bislang immer unklar."

„Wie, und das war's?!", rief Aubichler verständnislos. „Ja und? Wen interessiert das denn?!"

„Junger Mann! Das Scharnitz-Kloster ist eines der ältesten Objekte unserer Kultur hier im Werdenfelser Land; 763 gegründet an der alten Römerstraße von Augsburg zum Brenner." Der Tonfall des Oberstudienrats klang entrüstet und gleichzeitig dozierend. „Slawenmission wurde von dort aus betrieben, als ringsherum nur endloser Wald war. Nach wenigen Jahren jedoch wurde das Kloster dann schon aufgegeben und verlegt. Nur die kleine Petruskirche blieb noch für zwei, drei Jahrhunderte in Klais in Betrieb. Und genau in den Mauern ihrer Ruine wurden dann diese Pergamente gefunden." Seine Augen leuchteten förmlich. „Versteht ihr? Dieser Text ist der lang gesuchte Beweis für die Existenz von Kloster und Kirchlein in Klais. Er bestätigt endlich Grabungsfunde aus den siebziger Jahren."

„Meine Güte, das ist ja hochinteressant", sagte Aubichler mit einem spöttischen Lächeln. „Aber ich wüsste nicht, warum jemand deshalb einen Mord begehen sollte. Ist das alles, was da steht?"

„Nein, da steht noch viel mehr, was historisch ebenso sensationell ist", erwiderte Probst abschätzig, „und darüber hinaus die Gier nach den Pergamenten bestens erklärt." Fast beleidigt verschränkte er die Arme und sah schweigend in die Runde.

„Wolf, entschuldige bitte die historische Ignoranz meines Kollegen", sagte Greibl in versöhnlichem Ton und warf Aubichler einen strafenden Blick zu. „Was steht in dem Text? Wir brauchen deine Hilfe, sonst kommen wir in dem Fall nicht weiter."

„Also gut", sagte der Oberstudienrat, „ich fasse es mal zusammen: Es ist das Jahr 998. Ein feierlicher Leichenzug ist unterwegs von Hamburg nach Rom und soll im Namen Kaiser Ottos III. den im Hamburger Exil verstorbenen Papst Benedikt V. in die Heilige Stadt zur Beisetzung überführen. Dieser Papst war von Otto dem Großen – wenn ich mich recht entsinne – aus politischen Gründen abgesetzt und in den Norden verbannt worden. Als Buße vor dem nahen Millennium will der Enkel auf dem Thron nun die harte Tat des Großvaters bereinigen. Der Tross hat reichlich Gold dabei, um das Begräbnis zu finanzieren. Hinter Partenkirchen erfährt man von einem drohenden Überfall durch eine große Schar Räuber. Besorgt verschanzt man sich in der Petruskirche und den alten Ruinen des Scharnitz-Klosters in Klais. Hofkaplan Rako, der den Zug führt, lässt das Gold von Mönchen in den Bergen verstecken, um es nach dem Überfall wieder zurückholen zu können. Also brechen der Verfasser des Textes und ein Mitbruder auf..."

„Ah, es geht ums Gold", murmelte Aubichler und blickte vielsagend Greibl an, der nachdenklich nickte.

„Um sehr viel Gold sogar", fuhr Probst fort. „Ein würdiges Papstbegräbnis in Rom war damals sicherlich sehr kostspielig. Der Mönch schreibt dazu konkret, dass sie sich mit zwei großen Säcken östlich der Siedlung Mittenwald in die Berge aufgemacht hätten. Und weiter heißt es: Im Folgenden wolle er den Ort beschreiben, wo genau sie das Gold versteckt hätten, für den Fall, dass ihnen beim Überfall etwas zustieße. Dann berichtet er, dass sie also durch die Wälder bergauf gestiegen seien. Er kann die Orte natürlich nicht benennen, da diese damals noch keine Namen hatten. Insofern kann er den Weg nur umschreiben. Augenblick, bitte ..." Er legte den ersten Bogen Butterbrotpapier auf den Tisch zurück und nahm feierlich die nächste Seite in die Hände.

„Wolf, warte kurz!", hakte der Kommissar ein. „Das war jetzt also der Inhalt der ersten Seite, ja? Bei der Auktion war nämlich nur diese Seite als Foto abgebildet. Das bedeutet, dass fähige Geschichtskundige und Lateiner beim Betrachten der Auktion im Internet genau das herausfinden konnten, was du uns gerade eben erzählt hast ... Und das erklärt natürlich wiederum, warum es gleich mehrere Interessenten gab, die unbedingt alle Seiten haben wollten. Es ging um den hier angekündigten Weg zum Gold, und nur wer alle drei Pergamente hat, kann ihn erfahren."

„Daher auch die seltsamen Fotos auf dem Tablet des Ermordeten." Aubichler schlug sich mit der flachen Hand auf den Oberschenkel. „Die haben irgendwo hier in der Nähe die Berge abgesucht."

„Hm, auf der Basis der vagen Beschreibung der ersten Seite hätte das aber wohl kaum Sinn gemacht", gab Greibl zu bedenken. „Östlich von Mittenwald in den Bergen ... Da kann man ja endlos lange suchen."

„Richtig, Ignaz! Aber auf der zweiten Seite hier wird's ja nun präziser", sagte Probst, ohne von den lateinischen Zeilen aufzusehen. Gespannt sahen ihn die zwei Beamten an. „Der Mönch berichtet jetzt nämlich, wo genau er mit seinem Mitbruder das Gold versteckt hat."

Einen Moment lang schwieg der Lehrer und betrachtete mit gerunzelter Stirn nachdenklich die Textzeilen. „Hm, diese Abbreviatur kenne ich gar nicht ...", murmelte er.

„Abbreviatur?", fragte Greibl.

„Ja, eine Wort- oder Silbenabkürzung", erläuterte Probst grübelnd. „Damals hat man oft besondere Schriftzeichen benutzt, um Schreibtext zu sparen." Der Oberstudienrat vertiefte sich wieder in das Entziffern.

„Aha, so lässt es sich auflösen", sagte er dann nach einer Weile lächelnd und nickte. „Also weiter: Der Mönch beschreibt im Folgenden ausführlich die Landschaft, in der sein Mitbruder und er nun nach einem guten Versteck suchen. Sie sind demnach über der Baumgrenze angelangt und stehen am Fuß eines breiten Geröllfelds zwischen zwei wuchtigen Bergen. Hier wenden sie sich nach rechts und ..."

„Na, das könnte das Dammkar sein!", unterbrach Aubichler den Lehrer mit einem Mal aufgeregt. „Geht man von Mittenwald in östliche Richtung, also ins Karwendel, kommt man zum Dammkar. Und das liegt auch tatsächlich zwischen dem Predigtstuhl und einem anderen Berg – ich hab leider den Namen vergessen."

„Ähm, Viererspitze ... oder Kreuzwand?" Fragend sah Greibl seinen Kollegen an.

„Ja, freilich, die Kreuzwand!" Aubichler nickte.

„Gut. Also, wie gesagt, die beiden wenden sich nun zu dem rechten Berg. Zur Kreuzwand demnach", fuhr der Oberstudienrat fort. „Hier steigen sie hoch zum Fuß des Berges und finden nach einiger Zeit eine geeignete Höhle oder Nische. Sie legen die Säcke mit dem Gold hinein und verschließen das Versteck mit Felsbrocken. Der Mönch beschreibt dann ziemlich ausführlich, wie die Stelle – besser gesagt, der Fels dort – aussieht." Erneut zögerte Probst wegen einer Abkürzung, ehe er weiter übersetzte. „Aha. Es gibt ein Felsengesicht etwas oberhalb der Stelle. Allerdings könne man das Antlitz nur mit etwas Abstand vom Berg erkennen. Jedenfalls ... das Versteck liege in direkter Linie unter dem linken Auge."

„Damit schließt sich also der Kreis", sagte Greibl. „Das sind die seltsamen Skizzen auf dem Tablet."

„Und, wie geht's weiter?", fragte Aubichler ungeduldig.

„Also … Nach dieser langen Ortsbeschreibung berichtet der Mönch jetzt von ihrer abendlichen Rückkehr in die Ruinen des Scharnitz-Klosters. Dort herrscht helle Aufregung …" Probst legte den zweiten Bogen auf den Tisch und nahm den dritten zur Hand. „Ah, mal sehen …" Rasch überflog er die ersten Zeilen und übersetzte den Text zunächst für sich im Stillen.

„Und?" Aubichler drängte erneut.

„Ja, ja", erwiderte der Lehrer rasch und nahm sein Glas in die Hand. In einem Schluck trank er den Cognac aus.

„Ach, vielleicht nehme ich jetzt doch ein Glas", meinte Aubichler und kratzte sich am Hals.

„Ignaz, du auch?", fragte Probst, als er dem Beamten und sich einschenkte.

„Nein, danke", erwiderte der Kommissar in sachlichem Ton. „Wenigstens einer hier sollte einen klaren Kopf bewahren."

„Gut, dann also weiter im Text", murmelte Probst, dessen professorale Steifheit sich unter dem Alkoholeinfluss langsam aufzulösen schien. „Die beiden Mönche sind zurück und stellen fest, dass alle im Lager in Panik sind. Die Räuber haben durch einen Boten eine Nachricht gesandt: Sie wollen die Überführung Papst Benedikts V. nach Rom keineswegs aufhalten, fordern aber die Herausgabe des Goldes. Ein entsprechendes Ultimatum ist mit der Abenddämmerung just verstrichen. Im bangen Warten auf den Angriff der Räuber beschließt der Mönch, seinen Bericht – also diesen hier – zu verfassen. Mit seinem Mitbruder zieht er sich in die kleine Petruskirche zurück, verriegelt den Eingang und schreibt. Sollte ihnen beiden etwas geschehen, könne so das Gold wiedergefunden werden." An dieser Stelle sah der Lehrer von der Seite auf und schüttelte langsam den Kopf. „Tja, und hier endet der Text dann schließlich ganz dramatisch: Von außen dringt plötzlich der Lärm des beginnenden Überfalls in das Kirchlein; schon werden Streitäxte ins Holz der

Kirchentür geschlagen. ‚Sie kommen…' Das sind exakt die letzten Worte."

Die drei Männer sahen einander an. Jeder von ihnen stand unter dem Bann der düsteren Dramatik dessen, was sich tausend Jahre zuvor ereignet hatte.

Schließlich legte Wolfgang Probst die Seite zu den anderen zurück.

„Es ist klar, was dann passiert ist: Der Mönch hat gerade noch Zeit, seinen Bericht mitsamt seinem Kruzifix irgendwo in einer Ritze oder Spalte des Mauerwerks zu verstecken. Daraufhin finden er und sein Mitbruder wohl den Tod", sagte Greibl mit ernster Miene. „Und schließlich ist es ein einfacher Bauer, der den Text über achthundert Jahre später in der Ruine findet."

„Herrschaftszeiten, was für eine irre Geschichte!", sagte Aubichler beeindruckt. „Das heißt ja, dass das Gold nach tausend Jahren heute noch immer in dem Versteck liegen könnte…"

„Das wäre eine Sensation! Aber Moment mal", rief Wolfgang Probst aufgeregt und sprang mit einem Satz aus dem Sessel. Er trat an eins der Bücherregale, die vom Boden bis knapp unter die Zimmerdecke reichten. Mit sicherem Griff zog er einen Band eines riesigen Kirchenlexikons heraus und blätterte rasch durch die Seiten. „Ah, hier ist er! Benedikt V., Beiname Grammaticus, römischer Papst im Jahr 964, durch Kaiser Otto I. abgesetzt und nach Hamburg verbannt, dort 965/966 gestorben, unter Otto III. Überführung seines Leichnams nach Rom, dortiger Bestattungsort unbekannt." Er schloss das Buch wieder und schob es zurück ins Regal. „Versteht ihr, was das bedeutet?"

„Er ist tatsächlich in Rom angekommen", murmelte der Kommissar nachdenklich. „Das heißt, der Leichenzug wurde nach dem Überfall fortgesetzt."

„Ja", sagte Aubichler, „aber dann könnten sie das Gold ja ebenfalls mitgenommen haben nach Rom?!"

„Richtig, außer die Begleitmannschaft des Zugs wäre damals getötet worden und nur ein Rest der Truppe oder jemand anderer hätte den toten Papst überführt." Greibl kratzte sich an der Stirn. „Dann wäre das Wissen um das Gold dahin gewesen."

„Dafür könnte sprechen, dass die Pergamente in der Kirchenruine geblieben sind", ergänzte Probst. „Hätten die Mönche den Überfall überlebt, hätten sie wohl kaum die Seiten dort zurückgelassen."

„Das ist ja der Wahnsinn! Was für eine verrückte Sache!" Aubichler schüttelte den Kopf.

„Ja, das kann man wohl sagen. Für unseren Fall heißt das: Die drei Pergamente waren für die Auktions-Interessenten nur ein Etappenziel. Im Hinterkopf hatten die schon die Frage, wo der Goldschatz zu finden sei." Greibl erhob sich, um im Zimmer auf und ab zu gehen, wie er es häufig tat, wenn er nachdachte. „Sobald die beiden Sachsen alle Seiten hatten, konnten sie gezielt suchen. Und jetzt verstehe ich auch, warum der Münchner Antiquar bei den Hüttingers nach Fotos aller drei Pergamente gefragt hat."

Wolfgang Probst nahm erneut die Cognacflasche in die Hand. „Die Frage ist jetzt, ob der Schatz schon gehoben ist." Er goss sich das Glas halb voll.

In diesem Augenblick klingelte Aubichlers Handy. Mit einem schnellen Blick aufs Display nahm er das Gespräch an, stand auf und trat hinaus auf die Terrasse.

Greibl sah durchs Fenster zu seinem Assistenten hinüber. „Hm, womöglich freut sich just in diesem Moment jemand über das Gold. Ach, Wolf, jetzt kannst mir doch bitte auch ein Gläschen geben..."

Während sich die beiden Freunde zuprosteten, kam Aubichler mit alarmierter Miene hereingestürzt. „Das war gerade die Mel, wir müssen sofort los!"

„Was gibt's denn?" Greibl leerte sein Glas und sah den Kollegen gespannt an.

„Die Leitzentrale aus Rosenheim hat einen Notruf erhalten. Dreimal darfst du raten, woher."

„Hm, wenn du mich so fragst: Vielleicht von irgendwo aus dem Karwendel? Dammkar-Gebiet?"

„Nicht schlecht! Na ja, darum bist du ja auch der Chef", erwiderte Aubichler. „Genau so ist es. Ein Kletterer hat den Notruf abgesetzt. Er hat am Fuß der Kreuzwand angeblich einen Mord beobachtet."

„Unglaublich!", murmelte Greibl und stellte sein Glas auf den Tisch. Dann nahm er rasch die drei Bögen Butterbrotpapier und schob sie zurück in die Aktenmappe. „Also dann los!" Im Vorübergehen klopfte er dem Lehrer freundschaftlich auf die Schulter. „Danke dir, Wolf, für deine Hilfe! Dir ist ja klar, dass du die Sache für dich behalten musst, nicht? Ich melde mich die Tage."

„Ja, unbedingt. Ich will wissen, wie die Sache ausgegangen ist. Vor allem, ob das Gold da ist …"

Der Oberstudienrat folgte den beiden Beamten. Als sie in den Wagen stiegen, hob er an der Haustür grüßend die Hand. In großer Eile lenkte Greibl den Wagen rückwärts aus der Einfahrt, winkte Probst kurz zu und fuhr dann los.

„Die Bergwacht ist schon unterwegs ins Dammkar, und unser Polizeibergführer auch", erklärte Aubichler. „Mel hat mir die Handynummer dieses Kletterers gegeben, damit er uns sagen kann, wo wir hinmüssen."

„Alles klar", erwiderte Greibl. „Ich bin gespannt, wen es jetzt erwischt hat … Gib mir mal bitte das Blaulicht aus dem Handschuhfach, Peter!"

„Moment", antwortete Aubichler, holte die Leuchte heraus und reichte sie dem Kommissar. „Genauso spannend ist aber die Frage, ob's da am Fuß der Kreuzwand ein Felsengesicht gibt."

„Stimmt. Auf geht's!" Der Kommissar stellte das Blaulicht aufs Dach, schaltete es ein und gab Gas.

KAPITEL 17 – IN DER HÖHLE DES LÖWEN

Frankes Neugier setzte sich über das staatsbürgerliche Pflichtgefühl hinweg. Solange er warten musste, sprach doch nichts dagegen, sich schnell einmal umzusehen, beschwichtigte Henning Franke das aufkeimende schlechte Gewissen. Nur ganz kurz einen Blick dahin werfen, wo Täter und Opfer in der Felswand verschwunden waren. Die Frage, was sich dort wohl verbergen mochte, ließ dem Kletterer keine Ruhe. So wie es sich für ihn und die beiden Frauen von ihrer hohen Warte aus dargestellt hatte, lag dort vielleicht der Schlüssel für das entsetzliche Verbrechen.

Noch einmal blickte Franke hinunter in Richtung Tal. Doch auf dem beim Bankerl endenden Schotterweg aus Mittenwald war kein Fahrzeug zu entdecken. Auch von einem Hubschrauber war nach wie vor nichts zu hören oder zu sehen. Franke war allein am Ochsenbodensteig, abgesehen von dem Toten, der zwanzig Schritte unter ihm im Gebüsch versteckt lag. Die Sonne hatte längst ihren Zenit überschritten und war fast über das Massiv der Kreuzwand hinweggewandert. Die Grenzlinie zwischen Licht und Schatten erstreckte sich just auf Höhe des kleinen Dickichts. Es hatte beinahe den Anschein, als schieden sich genau dort die Welten der Lebenden und der Toten.

Franke verdrängte rasch den Gedanken an den Ermordeten und wandte sich der unmittelbar vor ihm aufragenden Felswand zu. An ihrem Fuß war die Kreuzwand nicht sonderlich steil. Sich mit einer Hand abstützend, stieg er problemlos einige Meter hinauf bis zu jener Stelle, an der die beiden Männer miteinander gerungen hatten. Ja, hier musste es sein, dachte er und blickte sich auf dem schmalen Vorsprung um. Tatsächlich entdeckte er zu seinen Füßen ein paar Blutstropfen auf dem Fels. Ein eisiger Schauder kroch sein Rückgrat empor.

Doch es blieb keine Zeit für das Grauen. Als Franke nach links sah, entdeckte er plötzlich, was er gesucht hatte. Keine fünf Schritte seitlich von ihm klaffte ein dunkler Spalt in der Wand. Er befand sich am hinteren Ende einer kurzen Felsrinne, in der zahlreiche größere und kleinere Gesteinsbrocken lagen. Die etwa hüfthohe Öffnung hatte die Form eines Halbbogens. Es war deutlich erkennbar, dass man allenfalls auf Knien hineinkriechen konnte.

Mit ein paar Schritten erreichte er die Rinne und spähte hinüber zum Spalt. Doch vollkommene Dunkelheit verhinderte, dass er auch nur das Geringste erkennen konnte. Als er über die losen Felsbrocken hinweg vor die Öffnung trat, fiel ihm ein, dass sie von oben aus beobachtet hatten, wie das spätere Opfer Steine in die Tiefe warf. Ob der Mann die Öffnung da überhaupt erst freigelegt hatte?

Mit einem Mal zögerte Franke. Was erwartete ihn wohl hinter dem Spalt – eine tiefe Höhle? Sollte er einfach so hineinkriechen? Vielleicht war es am Ende ja gefährlich?! Verunsichert ging er in die Hocke und versuchte, einen Blick ins düstere Innere zu werfen: vergeblich. Da fiel ihm sein Smartphone ein. Er aktivierte das Gerät und hielt es tief in den Spalt. Schwach schälten sich im künstlichen Licht ein leicht abschüssiger Boden und die rechte Seitenwand einer kleinen Kaverne aus der Finsternis. Die Höhle schien sich nach links zu wenden, sodass ihre größere Hälfte seinem Blick entzogen war.

Kaum klüger als zuvor zog Franke den Arm wieder heraus und richtete sich auf. Wie lange dauerte es noch, bis Polizei und Bergwacht kamen? Reichte die Zeit für eine schnelle Höhlenbesichtigung? Rasch sah er sich erneut um und lauschte angestrengt auf Motorengeräusche. Doch da war nichts – er war noch immer allein. In der Ferne erkannte er lediglich drei Wanderer, die sich im Abstieg durchs obere Dammkar befanden. Er fragte sich, wo Sabine und Esther in diesem Moment wohl sein mochten. Sie mussten kurz vor dem Ende ihrer Tour sein. Vielleicht schauten sie ja gerade in diesem Moment auf ihn herunter?

Nach einem letzten Rundblick in die Landschaft beschloss Franke, sich die Höhle anzusehen. Um sich in dem niedrigen Spalt nicht zu verheddern, öffnete er den Klettergurt und legte ihn zu Boden. Dann ging er auf die Knie und kroch auf den Durchgang zu. Das Smartphone in der linken Hand, schob er sich durch die Öffnung. Sich mit dem rechten Ellbogen vorsichtig auf dem Boden abstützend, robbte er Stück um Stück vorwärts. Ungeduldig ignorierte er, dass sich die Haut seines Unterarms an dem scharfen Gestein aufschrammte. Nach kurzer Zeit befand er sich schließlich im Inneren der Höhle.

Eine vollkommene Stille umfing ihn. Das Fehlen jeglichen Geräuschs war so irritierend und unnatürlich, dass ihm nun die beschauliche Ruhe der Landschaft draußen fast wie Lärm vorkam. Er rappelte sich auf, konnte jedoch nur gebückt stehen. Suchend blickte Franke in die Finsternis.

Noch hatten sich seine Augen nicht an das Dunkel gewöhnt, und er konnte kaum weiter sehen als auf Armeslänge. Nur dank des weißbläulich strahlenden Smartphone-Displays vermochte er sich einigermaßen zu orientieren. Nach und nach leuchtete er das Innere der Höhle aus. Die Deckenhöhe maß knapp über Mannshöhe, und die Kaverne hatte eine Grundfläche von höchstens drei auf vier Meter.

Als er sich schließlich bückte und mit dem Handy über den nach hinten abschüssigen Felsboden leuchtete, hielt er plötzlich inne. Unmittelbar an der Rückwand der Höhle schälten sich dunkle Konturen aus der Schwärze. Neugierig trat Franke heran und hielt das Smartphone tiefer. Er erkannte direkt vor seinen Füßen einen kleinen Rucksack, dessen schmale Tragegurte verheddert schienen. Der Reißverschluss war geöffnet und eine helle Ordnermappe ragte halb heraus.

Doch als Franke sie in die Hand nehmen wollte, wurde sein Blick mit einem Mal abgelenkt. Hinter dem Rucksack schimmerten schwache rote und grüne Reflexionen auf. Überrascht hielt er inne und führte die Lichtquelle näher an die seltsame Erscheinung heran. Da traf ihn beinahe der Schlag: Aus dem Zwielicht schälte sich ein Buchdeckel, der mit großen Edelsteinen besetzt war. Diese waren in silbernen Fassungen montiert und bildeten mit Flechtwerk, ebenfalls aus Silber, einen Rahmen um eine Innenfläche aus schimmerndem Gold. Auf dieser wiederum war als kunstvolles Relief die Kreuzigungsszene mit zwei knienden Gestalten dargestellt.

Vor Aufregung musste Franke schlucken. Ehrfürchtig hob er das Buch vom Boden auf und betrachtete es. Der voluminöse Buchblock wurde an der Seite von zwei goldenen, mit Scharnieren versehenen Stäben geschlossen gehalten. Als er noch überlegte, ob er das Kunstwerk öffnen sollte, streifte sein Blick mit einem Mal weitere reflektierende Gegenstände an der Rückwand der Höhle. Nun, da sich seine Augen ein wenig an das dämmrige Halbdunkel gewöhnt hatten, konnte er die Objekte im schwachen Licht seines Smartphones halbwegs erkennen. Mit großen Augen starrte er auf ein golden und silbern glänzendes Sammelsurium altertümlicher Pretiosen.

Kostbare Kruzifixe, Kelche, edelsteinbesetzte Schatullen, weitere kunstvoll verzierte Bücher, filigran geformte Kerzenhalter und Elfenbeinschnitzereien lagen inmitten einer hell schimmernden Menge von Münzen, Ringen und anderen Schmuckstücken. Hier und da waren unter und zwischen all den Dingen halbverrottete Fetzen und Reste von grobem Stoff zu erkennen. Es hatte den Anschein, als ob es sich um alte Säcke aus Hanf oder ähnlichem Material handelte, die im Laufe vieler Jahrhunderte zerfallen waren.

Entgeistert schüttelte Franke den Kopf. Das hier war also das Geheimnis, wegen dem ein Mensch ermordet worden war. Vorsichtig legte er das Buch zurück und ließ den Blick langsam über die Schätze wandern. Nun fügte sich eines zum anderen: Dieses Versteck hier hatten die beiden Männer also in den letzten zwei Tagen so händeringend gesucht. Waren sie, als sie es endlich gefunden hatten, darüber womöglich in einen tödlichen Streit miteinander geraten? Kaum hatte er den Gedanken gehabt, schoss ihm ein anderer durch den Kopf: Der Mörder würde zurückkommen! Ja, es war sonnenklar – diesen Schatz würde sich ein Mann, der dafür einen Mord beging, auf keinen Fall entgehen lassen!

Das leise Geräusch eines Motors riss ihn aus seinen Überlegungen. Mann, die Polizei wird Augen machen!, dachte er. Im selben Moment klingelte sein Smartphone. Aufgeregt meldete er sich.

„Herr Franke? Hier Kom…sar Greibl…der…ipo Garmi…", knisterte und knackte es in der Leitung. „Wir… gleich…Ihnen…Ochsenboden. Sie…" Der Rest war vollends unverständlich, und schließlich riss die Verbindung ganz ab. Besorgt starrte Franke auf das Display: Nur ein einziger Empfangsbalken flackerte dort. Mal war er sichtbar, mal unsichtbar.

Er musste schleunigst aus der Höhle heraus. Schnell verstaute er das Smartphone in der Hosentasche und trat an den Spalt. Als er sich auf die Knie hinunterließ und ins Freie blickte, wurde er vom gleißenden Tageslicht jäh geblendet. Er rieb sich die Augen und begann schließlich, langsam zu der Öffnung zu kriechen.

Als er seine Hände bereits durch den Spalt streckte und sich auf dem Felsvorsprung aufstützte, hörte er draußen plötzlich Schritte. Jemand stieg eilig durch das Geröllfeld unterhalb der Höhle auf. Franke hielt überrascht inne und hatte mit einem Mal eine schreckliche Vermutung. Angst überfiel ihn und lähmte ihn förmlich. Das dort draußen war weder die Polizei noch die Bergwacht! Ein Schauder kroch seinen Nacken empor, und sein Atem schien auszusetzen.

Kurz darauf schob sich ein Schatten vor den Eingang der Höhle. Voller Furcht kroch Franke rasch zurück ins Dunkel. Der Mörder kam zurück! Zugleich wurde ihm glasklar bewusst, dass er in der Falle saß. Hektisch tastete er hinter sich nach einer geeigneten Waffe. Doch mehr als einen dreiarmigen Kerzenständer bekam er nicht zu fassen. Aufgeregt schluckend richtete er sich auf und blickte in gebückter Haltung zum Höhleneingang hinüber. Seinen gesamten Körper durchlief ein starkes Zittern, und ihm wurde schlagartig bewusst, dass aus seinen Gliedern jegliche Kraft gewichen war. Schicksalsergeben wartete er ab.

Zunächst wurden eine große Tasche und ein Rucksack – beide offensichtlich leer – in die Höhle geworfen. Danach schob sich der Ankömmling wendig und schnell durch den Spalt ins Innere. Für einen Moment herrschte vollkommene Finsternis. Franke, der an die Rückwand gekauert dastand, hatte kurz die irrationale Hoffnung, unsichtbar sein zu können. Doch als der Mann schließlich den Durchgang passiert hatte und wieder ein wenig Licht von außen hereinfiel, verwehte diese Illusion wie Staub im Wind.

Erschrocken zuckte der Fremde zusammen, als er sich erhob und plötzlich Franke erblickte. „Was…? Verdammt!", fluchte der Mann fassungslos und hielt für einen Moment unschlüssig inne. Offenbar hatten sich seine Augen noch nicht ganz an das Dämmerlicht gewöhnt.

Franke stand wie gelähmt da. Er wusste nicht, was er tun oder sagen sollte. Vergeblich bemühte er sich, das Gesicht des Mannes zu erkennen, doch das dämmerige Zwielicht hüllte es in Schatten.

„Wer zum Teufel sind Sie?", zischte der Fremde mit eisiger Stimme. „Und was tun Sie hier?" Drohend machte er einen Schritt auf Franke zu, sodass der Abstand zwischen ihnen kaum mehr als eine Armeslänge betrug.

„Ich…ich bin Kletterer und hab vom Weg aus zufällig den Spalt gesehen…", stotterte Franke und versuchte, an die kalte Höhlenwand gepresst, ein Stück nach rechts auszuweichen. „Das ist schon alles… Verstehen Sie?" Ein metallenes

Scheppern erklang, als er mit dem Fuß an einen Kelch oder etwas Ähnliches stieß.

„So ein Unsinn!", rief der Mann wütend. „Das ist doch gelogen, du… du…" Plötzlich ließ er den rechten Arm vorschnellen und packte Franke am Ausschnitt seines Sweatshirts. „Dich hat doch irgendjemand hergeschickt, oder?" Vergeblich versuchte Franke mit der linken Hand, den Griff des Mannes zu lösen.

„Lassen Sie mich los!", rief er und spürte mit einem Mal, wie Wut und Kampfeswille seine Angst zurückdrängten. Mit der Rechten umschloss er krampfhaft den Kerzenständer.

In diesem Augenblick klingelte das Smartphone in seiner Hosentasche. Die zwei Männer erstarrten in ihrer Bewegung. Womöglich ist das ja die Polizei, dachte Franke voller Hoffnung – sie waren auf dem Weg. Er musste durchhalten und auf sich aufmerksam machen, damit sie ihn finden konnten!

Der Angreifer seinerseits schien nun noch zusätzlich angestachelt zu sein. Während es weiter klingelte, zerrte er heftiger an Frankes Shirt. Zudem krallte er seine rechte Hand in dessen Schulter und versuchte mit aller Kraft, ihn zu Boden zu ziehen. Wie zwei Ringer standen sie da, in gebeugter Haltung ineinander verhakt. Unterdessen endete der Anruf.

Plötzlich änderte der Angreifer seine Strategie. Er bewegte sich auf Franke zu, setzte sein Bein geschickt hinter das des Zurückweichenden und riss ihn durch einen judoartigen Fußhebel rückwärts nach unten. Franke prallte zuerst seitlich gegen die Höhlenwand, ehe er mit Wucht zu Boden stürzte. Er landete mit dem Rücken auf der Tasche des Fremden, die so seinen Fall etwas abfederte. Der Kerzenständer rutschte ihm aus der Hand und fiel mit einem Scheppern ins Dunkel.

Der über ihm stehende Angreifer zog etwas hinter seinem Rücken hervor und warf sich auf Franke. Für den Bruchteil einer Sekunde wurde das schwach einfallende Licht reflektiert und Franke erkannte mit Entsetzen, dass es ein Messer war. Im letzten Augenblick gelang es ihm, den rechten Arm des Mannes mit beiden Händen zu ergreifen und so ein Zustechen zu verhindern. Mit äußerster Anstrengung rangen die Männer miteinander.

In dieser entsetzlichen Situation erkannte Franke endlich das Gesicht seines Angreifers, das nur eine Armeslänge über ihm schwebte. Es war das hagere Antlitz eines jungen Mannes, das von einer wallenden Mähne heller Haare eingerahmt wurde. Die Miene zu einer grausigen Fratze verzerrt, starrten wild aufgerissene Augen blutrünstig auf ihn herab. Der Mann hatte die Zähne gefletscht und knurrte wie eine wilde Bestie.

Inmitten des Ringens auf Leben und Tod drangen von draußen erneut Motorengeräusche herein. Es musste sich um mehrere Autos handeln. Doch nicht nur das: Mit einem Mal war auch der Rotorenlärm eines nahenden Helikopters zu hören. Endlich war die Polizei da! Es war Frankes einzige Chance gegen den im Blutrausch völlig entfesselten Mörder.

„Hilfe! Hilfe!", rief er, so laut er nur konnte. Hierdurch provoziert stieß der Mörder seinerseits eine Folge animalischer Schreie aus und verstärkte noch einmal seinen Angriff. Mit beiden Armen drückte er das Messer weiter hinunter auf Frankes Brust. Schon bohrte sich die Spitze des Dolchs ein Stück weit in die Haut. Doch Franke spürte keinen Schmerz – dafür floss zu viel Adrenalin durch seine Adern.

„Hilfe!", brüllte er erneut und begann, mit seinen Beinen gegen die des Angreifers zu treten. Gleichzeitig drehte er sich mit aller Kraft ein Stück auf die Seite, sodass der junge Mann über ihm etwas ins Wanken geriet. So gelang es ihm, ein wenig Abstand zwischen sich und das Messer zu bringen.

Auf einmal waren draußen Schritte und Stimmen zu hören.

„Hier! Hallo, Hilfe!", brüllte Franke aus Leibeskräften, während der junge Mann mit verzerrter Miene auf ihn eindrang. In seinen Augen funkelte es düster.

Plötzlich erklangen laute Geräusche direkt vor dem Eingang der Höhle und der kleine Innenraum wurde in Finsternis getaucht. Kurz darauf erhellte ein wackelnder Lichtstrahl die Dunkelheit. Geblendet konnte Franke nur an den schattenhaften Umrissen erkennen, dass ein Mann ins Innere der Höhle getreten war und ein zweiter gerade durch den Spalt kroch. Ein Gefühl tiefer Erleichterung erfasste ihn, während ihm zugleich auf einmal Tränen über die Wangen liefen.

„Sofort aufhören! Polizei!", rief eine laute Stimme im Befehlston. Gleichzeitig wurde der Angreifer mit einem jähen Ruck in die Höhe gezerrt. Das Messer verschwand aus Frankes Sicht, als der rechte Arm des jungen Mannes gewaltsam nach hinten gerissen wurde. Wie ein wildes Tier versuchte er, sich zu wehren, und stieß dabei entsetzliche Schreie aus, in denen sich Wut, Verzweiflung und Schmerz mischten.

„Hast du ihn?", fragte eine besorgte Stimme, gefolgt von einem angestrengten Schnaufen.

„Ja!", kam es prompt zurück. „Los, die Handschellen!"

Der Angreifer kniete nun neben Franke am Boden. Noch immer wehrte er sich zappelnd, bis seine Arme endlich auf dem Rücken fixiert waren. Dann erst schien er zur Besinnung zu kommen. Das verzerrte Gesicht erschlaffte und mit leerem Blick starrte er zu Boden.

Das metallische Klicken der Handschellen war für Franke das ersehnte Ende eines Albtraums. Tief durchatmend rappelte er sich in eine sitzende Haltung auf und wischte sich verstohlen über die Wangen. Dann sah er zu, wie der junge Mann, die Hände auf dem Rücken, umständlich durch den Spalt ins Freie befördert wurde.

Draußen auf dem Vorsprung am Fuß der Kreuzwand erwarteten den jungen Mann weitere Polizeibeamte. Neugierig sahen sie ihn an, während er mit finsterer Miene auf dem Felsen hockte. Einer der Männer war Hauptkommissar Ignaz Greibl. Dessen rechte Hand, Peter Aubichler, befand sich etwas tiefer im Geröllfeld und winkte gestenreich ein Team der Bergwacht heran, das rasch den Hang hinaufstieg. Der Rotorenlärm eines Polizeihubschraubers, der knapp fünfzig Meter über dem Ochsenboden in der Luft schwebte, übertönte alle anderen Geräusche. Unten beim Bankerl, wo der Schotterweg endete, standen zahlreiche Autos.

„Max Hüttinger, nehme ich mal an?", rief der Kommissar laut und lächelte, als der Gefasste träge nickte.

Unterdessen kam auch Franke durch den Spalt gekrochen. Im Licht der Sonne rieb er sich die Augen.

„Alles in Ordnung mit Ihnen?", rief ihm Greibl zu, wobei er die Hände zu einem Trichter formte. „Waren Sie das, der den Notruf abgesetzt hat?"

„Ja." Franke nickte und klopfte sich weißen Staub aus den Kleidern. „Na ja, es geht mir gut, aber viel länger hätte ich nicht mehr durchgehalten. Das war knapp…"

In diesem Moment lugte der Kopf eines Polizisten durch den Spalt hinaus ins Freie. Er sah Greibl mit leuchtenden Augen an und winkte ihm ungeduldig zu. „Herr Hauptkommissar, Sie sollten unbedingt einen Blick hier hereinwerfen. Ich kann Ihnen sagen, es lohnt sich! So etwas haben Sie noch nicht gesehen…"

KAPITEL 18 – DAS FELSENGESICHT

Mit der beschaulichen Ruhe am Ochsenboden war es vorbei. Gleich mehrere Fahrzeuge – Polizeiautos und Geländewägen der Bergwacht – parkten in chaotischer Unordnung auf der Wiese am Ende des aus Mittenwald kommenden Fahrwegs. Das unter einer Fichte stehende Bankerl, ansonsten ein idyllischer Rastplatz für Bergwanderer am Fuß des Dammkars, war jetzt umfunktioniert worden zum spontanen Hauptquartier für die zahlreichen Polizisten und Bergretter, die ein Stück weit oberhalb an der Kreuzwand im Einsatz waren. Greibl hatte seinen Wagen etwas unterhalb abgestellt, wo sich, zwischen den Bäumen halb versteckt, eine kleine Hütte der Bergwacht befand. Dort standen auch der blaue Passat mit dem Dresdner Kennzeichen und die schwarze Enduro-Maschine Max Hüttingers.

In einem der Streifenwägen saß der gefasste Mörder auf der Rückbank und starrte teilnahmslos in den Fußraum. Die blonden Haare hingen ihm ins Gesicht und die mit Handschellen fixierten Hände ruhten kraftlos in seinem Schoß. Neben und vor dem jungen Mann warteten zwei Beamte auf den Abtransport. Der Fahrer stand derweil an der geöffneten Wagentür und telefonierte. Nach einer Weile winkte er Greibl, der mit anderen Polizisten beim Bankerl stand, kurz zu und stieg ein. Als der Wagen wendete, warf Max Hüttinger noch einen letzten finsteren Blick auf die Kreuzwand. Dann ging es schließlich über die Schotterstraße talwärts hinab in Richtung Mittenwald.

Golkowskis Leiche war kurz zuvor geborgen und per Seilwinde in den Polizeihubschrauber gehoben worden. Schließlich war der Helikopter mit dem Ziel Mittenwald davongeflogen, von wo aus der Weitertransport per Leichenwagen in die Münchner Pathologie erfolgen sollte. Seither war am Ochsenboden wieder ein wenig mehr Ruhe eingekehrt.

Der Ort, an dem Hüttinger Dieter Golkowskis Leiche versteckt hatte, war mit rotweißem Polizeiband weiträumig abgesperrt. Männer der Spurensicherung untersuchten die Stelle penibel und sicherten Beweise. Ebenfalls mit Polizeiband abgesperrt war der gesamte Bereich am Fuß der Kreuzwand. Während auch hier ringsum Spuren gesichert wurden, trugen ein Polizeifotograf und ein Beamter des Denkmalschutzamts, der hinzugezogen worden war, Fotoausrüstung und Scheinwerfer hinauf zur Höhle. Der Fundort des Goldschatzes musste genauestens dokumentiert werden.

Da die Ermittlungsarbeiten am Fuß der Kreuzwand schon seit über einer Stunde im Gange waren, hatten sich zu beiden Seiten der Absperrungen erste Schaulustige versammelt. Es waren Wanderer, die auf ihrer Route hier ein unerwartetes Schauspiel geboten bekamen. Neugierig standen sie hinter den Flatterbändern und beobachteten das Geschehen. Vor allem die Bergung der Leiche und ihr Abtransport im Helikopter waren gebannt verfolgt worden. Die beiden Polizeibeamten, die die Absperrung zusätzlich sicherten, wurden immer wieder mit aufgeregten Fragen bombardiert.

Unter den Zuschauern befanden sich auch Esther und Sabine, die nach ihrer Tour am Predigtstuhl sofort durch das Dammkar abgestiegen waren. Schon oben von der Hütte aus hatten sie den Einsatz von Polizei und Bergwacht beobachten können. Nun verfolgten sie inmitten einer kleinen Gruppe Schaulustiger das geschäftige Treiben rund um den Tatort. Erleichtert hatten sie in dem Durcheinander bereits Henning Franke entdeckt, der ein Stück neben dem Bankerl im Gespräch mit Kommissar Greibl und Peter Aubichler stand. Als sie ihm zuwinkten, grüßte er zurück und signalisierte, dass er später zu ihnen käme.

„Das war nicht ungefährlich für Sie und hätte auch böse enden können", sagte Greibl mit hochgezogenen Augenbrauen. „Sie hätten nicht in die Höhle gehen dürfen. Warum haben Sie das getan?"

„Hm, im Nachhinein kann ich mir das auch nicht erklären", antwortete der Bergsteiger mit schiefem Lächeln. „Ich wollte wohl einfach herausfinden, worum es da eigentlich ging. Dass der Kerl so schnell zurückkommen könnte, war mir nicht in den Sinn gekommen ... Aber es ist ja nichts passiert." Er blickte hinauf zur Kreuzwand. „Das Zeug da oben muss Millionen wert sein, oder?"

„Könnte sein", sagte Aubichler. „Max Hüttinger war es jedenfalls zwei Menschenleben wert."

„Ja, entsetzlich! Gestern noch habe ich die beiden Sachsen hier getroffen, und nun sind sie tot ...", murmelte Franke erschüttert. Nachdem vor einer Stunde seine Aussage zu Protokoll genommen worden war, hatte Kommissar Greibl ihm die Zusammenhänge des Falles geschildert.

„Herr Franke, vielen Dank jedenfalls für Ihren mutigen Einsatz! Ihre Personalien haben wir ja, für den Fall, dass weitere Fragen auftauchen. Ansonsten werden Sie wohl im Zuge des Gerichtsverfahrens noch einmal bemüht werden." Ignaz Greibl streckte dem Bergsteiger die Hand entgegen. „Sie fahren noch heute wieder zurück nach Frankfurt?"

„Ja, leider. Die Arbeit wartet ..." Die beiden Männer schüttelten sich die Hände. „Tja, was für ein Kurzurlaub!"

„Sehen Sie's positiv", sagte Aubichler und verabschiedete sich ebenfalls per Handschlag. „Sie haben jetzt was zu erzählen daheim: Einen Schatz gefunden und einen Mörder gestellt – wer kann das schon von sich sagen?!"

Nach dem Abschied stieg Franke durch das Geröllfeld hinauf zu den beiden Frauen, die ihm aufgeregt entgegenkamen. Die beiden Beamten indessen gingen zu dem Polizeiarzt, der die Leiche Dieter Golkowskis am Fundort untersucht hatte. Der Mann war gerade dabei, einen voluminösen Koffer zu schließen und sah ein wenig mürrisch auf, als die Polizisten vor ihm standen.

„Tja, das Opfer hat sich beim Sturz das Genick gebrochen", erklärte er nüchtern. „Aber der Mann war vorher zudem erstochen worden. In seinem Unterleib war ein großer Einstich, der zu massivem Blutverlust geführt hat. Woran er letztlich gestorben ist, wird die Pathologie klären müssen."

„Wahrscheinlich war das hier die Tatwaffe", sagte der Kommissar und hob einen Plastikbeutel in die Höhe, in dem sich ein langes Jagdmesser befand. Deutlich waren noch Reste von Blut an der Klinge zu erkennen.

„Gut möglich." Der Polizeiarzt erhob sich und ergriff mit angestrengter Miene den sichtlich schweren Koffer. „Schönen Sonntag noch, die Herren!" Ohne die beiden Beamten eines weiteren Blickes zu würdigen, stapfte er davon in Richtung der Polizeiautos.

„Ein unfreundlicher Kerl", konstatierte Aubichler und sah dem Mann kopfschüttelnd nach.

„Wie auch immer…", murmelte Greibl und drehte den Beutel langsam vor seinem Gesicht. „Mit dem hier dürfte Max Hüttinger auch unseren Herrn Braisch ermordet haben. Ich möchte mit dem Burschen heute noch sprechen. Und wenn's Nacht wird!"

„Machen wir", erwiderte Aubichler.

„Was für ein verrückter Fall! Heut früh erst hat das Ganze für uns begonnen und jetzt am Nachmittag ist es schon vorbei", sagte Greibl und bückte sich, um Staub aus seiner dunklen Hose zu klopfen. Zu seinem Leidwesen hatte er kurz zuvor in die Höhle kriechen müssen, um den kostbaren Schatz in Augenschein zu nehmen. Aufgrund seines Bauches und seiner Ungelenkigkeit hatte er seine Kleidung dabei erheblich beschmutzt. Seither rieb und klopfte er bei jeder Gelegenheit an seinem Sakko und seiner Hose herum, auch wenn dort kaum mehr etwas zu sehen war.

„Ja, diesmal dauert das Schreiben der Berichte wohl länger als die Ermittlungen selbst", sagte Aubichler und lachte.

„Hm, und für manche dauert sogar das Reinemachen länger als alles andere… Brauchst du da nicht vielleicht ein Mikroskop?"

„Ist ja gut", erwiderte der Kommissar und rollte genervt mit den Augen. „Sehr witzig, wirklich."

Ein Polizist trat zu den beiden Männern. Er war das Geröllfeld vom Fuß der Kreuzwand hinuntergestiegen und hielt einen schwarzen Rucksack in den Händen.

„Herr Kommissar, das hier gehörte wohl dem Opfer und lag oben in der Höhle." Er öffnete den Reißverschluss, und es kamen im Innern eine Trinkflasche, Landkarten und eine Aktenmappe zum Vorschein. Fast ehrfürchtig nahm er schließlich die Mappe heraus. „Der Kollege vom Denkmalschutzamt lässt ausrichten, dass er die Sachen sofort wiederhaben möchte."

„Selbstverständlich", antwortete Greibl lächelnd, „nur ein kurzer Blick."

Er sah dem Polizisten gespannt zu, wie dieser nun die Mappe öffnete. Darinnen lagen drei dunkelbraune Pergamentseiten, zwischen DIN-A4 und DIN-A5 groß. Die mittelalterlichen Relikte waren mit teilweise verblasster Tinte eng beschrieben und an den Rändern ausgefranst. Die Oberfläche der Tierhaut war leicht zerknickt und zugleich vollkommen starr.

Als Greibl die oberste Seite vorsichtig in die Hand nahm, knarrte das Pergament leise. „Eintausend Jahre! Das ist wirklich unfassbar…"

„Was wird nun damit? Gehören die Pergamente weiterhin den Hüttingers oder den Erben der beiden ermordeten Käufer oder am Ende dem Land Bayern?" Aubichler strich behutsam über das Pergament.

„Gute Frage, Peter", antwortete Greibl, während der Beamte die Mappe wieder schloss und in den Rucksack schob. „Der Schatz da oben dürfte auf jeden Fall dem Land gehören. Wie es aber mit den Pergamenten aussieht, muss wohl ein Gericht entscheiden. Zunächst einmal kümmert sich die Untere Denkmalschutzbehörde in unserem Landratsamt darum. Die sichern und erfassen den Fund. Außerdem sind schon ein paar Experten vom Landesamt für Denkmalschutz in München unterwegs."

Der Polizist stieg mit dem Rucksack wieder den Hang hinauf, und Greibl und Aubichler gingen langsam zurück in Richtung Auto. Während der Kommissar noch kurz Rücksprache mit den Kollegen am Bankerl hielt, wandte sich sein Assistent noch einmal der hoch aufragenden Kreuzwand zu. Mit ungeduldiger Miene und zusammengekniffenen Augen suchte er den Fels ab.

„Hast du es immer noch nicht entdeckt?", fragte Greibl und trat mit einem Lächeln neben ihn.

„Herrschaftszeiten, wo soll da ein Gesicht sein?!"

„Na ja, es braucht schon etwas Fantasie", sagte Greibl. „Vielleicht hat man es vor tausend Jahren auch noch deutlicher erkennen können." Er hob den Arm und wies hinauf zur Wand. „Ein Stückchen oberhalb der Höhle ist doch der hellbraune Fleck am Fels und darunter ein schwarzer waagrechter Balken ... Siehst du's?"

Aubichler nickte zögerlich.

„Na, das sind die Stirn und die breiten Augenbrauen. Darunter hängt die große Nase und unten bei dem Grasstreifen ist das Kinn."

„Ah ja, jetzt hab ich's!", rief Aubichler euphorisch und klatschte in die Hände. „Meine Herren, das ist aber auch wirklich nicht einfach! Kein Wunder, dass die beiden Sachsen tagelang herumsuchen mussten."

„Tja, aber die alte Beschreibung stimmt: Direkt unter dem linken Auge war's", sagte Greibl und ging in Richtung des Wagens. Ein erhebendes Gefühl von Zufriedenheit und Erleichterung erfasste ihn: Der seltsame Fall war gelöst – unerwartet schnell und vollständig.

Als er die Zentralverriegelung des Wagens öffnete und sein Kollege bereits einstieg, hielt Greibl mit einem Mal inne. Sein Blick war auf die Tupper-Dose im Fußraum gefallen, und spontan war ihm eine Idee gekommen. Lächelnd zog er sein Handy aus der Innentasche des Sakkos und suchte im Adressbuch. Er musste über sich selbst schmunzeln: Kaum war sein Geist wieder frei für anderes, fiel ihm als Erstes seine Nachbarin ein. Das war doch ein klarer Fingerzeig...

„Hallo Lisa, ich bin's, der Ignaz", begann er. „Du, ich wollt nur fragen, ob du übermorgen Abend Zeit hättest. Ich hab hier ja noch deine Schachtel und... und außerdem wollt ich mich auch für das leckere Essen revanchieren. Ich koch was..."

Erleichtert darüber, dass er die Einladung so flüssig herausgebracht hatte, schwieg er, gespannt, wie sie reagieren würde.

„Na, das ist aber wirklich nett!", rief sie überrascht. „Selbstverständlich hab ich Zeit, Ignaz. Das wäre aber nicht nötig, gell?" Sie lachte und schob nach einer kurzen Pause nach: „Ich freu mich sehr..."

„Ich mich auch", sagte er lächelnd und spürte mit einem Mal eine freudige Aufregung in sich. „Also dann übermorgen um sieben, ja?"

Als das Gespräch beendet war, starrte Greibl einen Moment lang auf sein Handy. Wie lange war es her, dass er solch eine innere Aufbruchsstimmung erlebt hatte? Glücklich schüttelte er den Kopf.

„Aha, von wegen ‚nur eine Nachbarin'!", lachte Aubichler und klopfte Greibl auf die Schulter, als dieser im Auto saß. „Ich hab's ja gleich gesagt."

Der Kommissar verzog nur den Mund und winkte lächelnd ab. Dann startete er den Motor.

***

Der Vernehmungsraum der Kriminalpolizeistation Garmisch-Partenkirchen enthielt nicht viel mehr als einen weißen Tisch und vier Stühle. Nicht einmal ein Fenster gab es. Greibl und Aubichler saßen dem jungen Max Hüttinger gegenüber, dessen Hände in Handschellen fixiert waren und reglos auf der Tischplatte lagen. Links von Aubichler stand ein Aufnahmegerät, dessen Lampe rot leuchtete. Vor den beiden Beamten lagen zahlreiche Schriftstücke und Fotografien.

„Also erst durch die Drängelei dieses Herrn Feldhoff wurde Ihnen bewusst, dass Sie über den Tisch gezogen worden waren? Da haben Sie versucht, den Verkauf an Braisch und Golkowski wieder rückgängig zu machen?", fragte der Kommissar.

„Freilich", antwortete Max Hüttinger mit matter Stimme. Er blickte starr auf seine Hände. „Die haben mich bös gelinkt..."

„Was haben Sie also unternommen?"

„Na, so um zehn gestern Abend hab ich vom Parkplatz des Starlight den Braisch angerufen, aber der hat mich abgewimmelt und obendrein noch ausgelacht. So nach dem Motto: Wer zu blöd zum Verkaufen ist, hat selbst Schuld." Mit einem Ruck hob Max Hüttinger den Kopf und schien aus seiner Lethargie zu erwachen. „Da war ich natürlich ordentlich geladen!"

„Und sind dann ins Hotel gefahren...", ergänzte Aubichler.

„Ja, etwas später." Der junge Mann schüttelte den Kopf. „Ich hab geglaubt, ich könnte vor Ort noch was erreichen. Die sollten noch einiges an Geld nachlegen."

„Und Ihr Jagdmesser haben Sie für alle Fälle mitgenommen?" Greibl beugte sich nach vorn und sah dem Täter in die Augen.

„Hm, na ja, ich dachte nur, wenn's hart auf hart kommt..." Hüttinger wich dem Blick des Kommissars aus. „Der Braisch war ein derber Kerl, da... wollt ich mich absichern."

„Gut. Und wie ist es dann abgelaufen in dieser Nacht? Wie sind Sie in Braischs Zimmer gelangt?", fragte Aubichler, der nebenbei immer wieder in sein Notizbuch sah.

„Also, gegen Mitternacht war ich beim Hotel Loisach-klamm, hab die Maschine hinterm Haus abgestellt und durch die Fenster geschaut. Da waren nur noch zwei alte Männer in der Gaststube unten, und der Wirt nirgendwo zu sehen. Also hab ich mich leise reingeschlichen und bin die Treppe hoch zum Zimmer Nummer sieben. Das kannte ich ja schon vom ersten Treffen. Ich hab kurz geklopft und der Braisch hat aufgemacht. Na, der war vielleicht überrascht, aber sofort auch zornig und wollt mich rausschmeißen. An der Tür gab's ein kleines Gerangel, bis ich… na ja, das Messer gezogen habe." Hüttinger grinste und nickte. „Da durfte ich dann doch rein."

„Und dann?"

„Tja, zum Glück war der andere Typ nicht da, sonst hätte ich's gleich vergessen können", murmelte Max Hüttinger. „So hab ich den Braisch mit dem Messer vor mir her zum Bett gescheucht. Plötzlich war er nicht mehr so selbstsicher, hat rumgedruckst und so… Da hab ich ihm gesagt, dass ich zwanzigtausend Euro obendrauf haben wollte. Tja, und da … da hat er laut gelacht und hat mit einem Mal versucht, mir das Messer abzunehmen." Der junge Mann senkte den Kopf und verstummte.

„Es kam zum Kampf", sagte Greibl, um den Gesprächsfaden nicht abreißen zu lassen.

„Freilich", nickte Hüttinger langsam. „Er hatte meinen Arm gepackt und wir haben hin und her gerungen. Irgendwann sind wir gegen die Wand neben dem Fenster geknallt, da hat er ganz kurz loslassen müssen. Na ja… da hab ich ihm das Messer in den Bauch gejagt… Scheiße, hat der geblutet!" Er schüttelte angeekelt den Kopf. „Er ist neben dem Bett auf den Boden gefallen… Ich hab da natürlich Panik gehabt, alles ging völlig schief."

„Und da wollten Sie natürlich wenigstens die Pergamente zurück?", fragte Greibl und sah Hüttinger erwartungsvoll an. „Folter …"

„Verdammt, der Typ war am Verrecken, ja?! Da wäre ja alles umsonst gewesen", rief der junge Mann aufgebracht und riss die Augen auf. „Und er hat nichts gesagt, der Schweinehund! Tja, da hab ich auf ihn eingestochen... Plötzlich hat er gejammert, sein Partner hätte die Seiten. Na ja, und dass es in Wirklichkeit um einen Schatz ginge beim Dammkar oder bei der Kreuzwand. Da würden sie beide suchen... Und dann war er schon halb ohnmächtig und hat nur noch rumfantasiert. Da hab ich ihm halt ein Ende gemacht, auch weil er so laut gestöhnt hat... Es hätt ja jemand hören können. Außerdem... verdient hatte er es auch." Trotz der Handschellen verkrallte er die Hände ineinander und starrte wieder hinunter auf die Tischplatte. „Geglaubt hab ich ihm trotzdem nicht. Ich war irgendwie sicher, dass er gelogen hatte und dass die Pergamente doch in seinem Zimmer waren..."

„Sie haben die ganze Bude auf den Kopf gestellt, aber die Seiten waren wirklich nicht da, stimmt's?", fragte Aubichler.

„Ja, so ein verfluchter Dreck! Weder das Geld noch meine Pergamente hab' ich gekriegt!" Hüttinger schüttelte wieder den Kopf. „Musste ich also nicht zu dem anderen Typen, um zu holen, was mir gehört?!"

„Aber warum sind Sie dann doch nicht zu Golkowski gegangen? Ein Toter mehr oder weniger..."

„Ja, Scheiße, ich wusste nicht, in welchem Zimmer er war", erwiderte Hüttinger schief grinsend. „Tja, ein echter Witz des Schicksals! Ich hätte kotzen können! Und auf einmal waren da Schritte auf der Treppe – da hab ich voll die Panik bekommen. Neben mir auch noch der Tote die ganze Zeit. Nix wie weg, hab ich gedacht! Also Fenster auf und raus..."

„Nicht sehr erfolgreich, diese Aktion", sagte Greibl ernst und schüttelte den Kopf.

„Kann man wohl sagen! Die ganze Nacht bin ich auf meiner Enduro rumgefahren. An Schlaf war nicht zu denken. Mir wurde bewusst, was da eigentlich passiert war: Ich hatte jemanden umgebracht. Das war nicht so leicht zu verdauen. Na ja, irgendwann hab ich mich dann an das Gestammel von Braisch übers Dammkar und die Kreuzwand erinnert. Einen Versuch wär's wert, dachte ich, ist eh schon egal. Und heut früh bin ich dann halt einfach mal rausgefahren ins Karwendel." Max Hüttinger sah die beiden Beamten an. „Den Rest kennen Sie ja, oder?"

„So in etwa", erwiderte Greibl. „Der Kletterer, den Sie am Ende angegriffen haben, hat uns seine Beobachtungen geschildert. Demnach haben Sie Golkowski bei seiner Höhlensuche entdeckt und ihn heimlich verfolgt. Bis er dann endlich..."

In diesem Moment öffnete sich die Tür des Vernehmungsraums und eine Polizistin kam herein. Sie murmelte eine Entschuldigung und trat zu den beiden Beamten an den Tisch. Aubichler drückte die Pause-Taste des Aufnahmegeräts.

„Mel, was gibt's denn?", fragte er und lächelte die Kollegin an.

Sie ignorierte ihn und wandte sich an Greibl.

„Nur ganz kurz: eine wichtige Info", flüsterte sie. „Die Fahndung nach diesem Dr. Feldhoff war endlich erfolgreich. Er ist uns am Starnberger See ins Netz gegangen. In einer ersten Befragung hat er ausgesagt, dass er die Pergamente tatsächlich hatte kaufen wollen. Er sei aber trotz mehrerer Versuche am Ende chancenlos gewesen. Am Morgen wäre er dann schließlich in der Früh frustriert abgereist. Die Kollegen dort fragen nun, ob sie ihn festnehmen sollen von wegen Tatverdacht oder Fluchtgefahr."

„Ach je, den hatte ich schon ganz vergessen", erwiderte Greibl. „Nein, nein, sie können ihn ziehen lassen. Aber er soll sich zur Verfügung halten. Wir werden ihn später in Ruhe verhören."

„In Ordnung, Herr Kommissar." Mel nickte und wandte sich zur Tür. Da sprang Aubichler auf, öffnete ihr die Tür und verbeugte sich.

„Na, wie wär's denn heut Abend mit uns zweien, Mel?",
flüsterte er. „Also ich hätt Zeit, und das wär …"

Doch sie schnaubte nur und trat auf den Flur, ohne ihn eines Blicks zu würdigen. Aubichler lächelte, schloss die Tür und setzte sich wieder an den Tisch. Er schaltete das Aufnahmegerät wieder ein und lehnte sich zurück.

„Nun gut, Herr Hüttinger, ich denke, wir wären jetzt auch erst mal durch. Wir setzen unser Gespräch morgen fort." Greibl sah den jungen Mann an, der mit einem Mal tief Luft holte und leise stöhnte.

„Ich hab's wirklich nicht gewollt", rief er. „Jetzt im Nachhinein erkenn ich mich gar nicht wieder: so brutal! So bin ich nicht! Das war wie ein Tunnelblick, ein Blutrausch." Er schüttelte verzweifelt den Kopf. „Das muss ich von meinem verfluchten Alten geerbt haben! Aber der Witz ist: Ausgerechnet bei dem Dreckskerl hab ich mich nie getraut, auch nur einen Finger zu heben, wenn er mich verprügelt hat. Dabei hätt das Schwein es richtig verdient. Tja, Schicksal …"

Dienstag

EPILOG – GÖTTERDÄMMERUNG

Nachdem der Hauptgang, Saltimbocca mit Wildreis, verspeist war, fühlte sich Greibl geradezu erleichtert. Jetzt erst wurde ihm bewusst, unter welch kulinarischem Leistungsdruck er gestanden hatte. Den halben Abend lang hatte er befürchtet, unter dem kundigen Blick seiner Nachbarin zu scheitern. Und das, wo es ihm so wichtig war, einen guten Eindruck bei ihr zu erzielen.

„Also, Ignaz, ich muss sagen: Das war fantastisch!", sagte Lisa Thalhauser und lächelte anerkennend. „Irgendwie hätte ich mir das nicht vorstellen können. Großartig!"

„Tja, da siehst du mal", erwiderte er und schenkte ihnen noch einmal Rotwein nach. Mit entspannter Miene ließ er sich in seinen Balkonstuhl zurücksinken und prostete ihr zu. „Zum Wohl!"

„Ja, auf dein Wohl", lächelte sie und trank einen Schluck. „Du bist offenbar für so manche Überraschung gut. Denkt man gar nicht, wenn man dich so sieht…"

„Hm, das klingt ja fast so, als wäre ich ein langweiliger Spießer", fragte er mit hochgezogenen Augenbrauen. Dann lachte er und nickte. „Na ja, bin ich ja eigentlich auch." Er deutete mit einer Handbewegung auf sein Outfit aus Hemd, Krawatte und Sakko und runzelte die Stirn.

„Ach, rein äußerlich ist das doch jeder von uns jenseits der fünfzig", winkte sie kopfschüttelnd ab. „Es kommt aber auf das Innere an!" Sie strich sich eine Strähne ihrer silbern und weiß durchzogenen blonden Haare hinters Ohr und lehnte sich, das Weinglas in der Hand, bequem zurück. Unter dem dunkelroten Leinenkleid kamen ihre gebräunten Knie zum Vorschein.

Jetzt, da die kulinarische Pflicht hinter ihm lag, konnte Greibl seine Besucherin überhaupt erst genauer in Augenschein nehmen. Unauffällig zu ihr hinüberblickend, stellte er fest, wie großartig sie aussah: selbstbewusst, dynamisch und rundum weiblich. Ihr Gesicht schien durch eine verborgene innere Kraft zu leuchten, und die von zahlreichen Falten umgebenen Augen und Mundwinkel zeigten ein wunderbares Lächeln. Unter einem hellen Seidentuch halb verdeckt, ließ sich der Ansatz ihres Dekolletés erahnen. Mit einem Mal spürte Greibl Unruhe in sich aufsteigen. Er lachte unsicher und lockerte seine Krawatte.

„Ich werde dann mal das Dessert holen", sagte er eilig und stand auf. Ehe Lisa etwas entgegnen konnte, war er bereits mit den Tellern durch die Balkontür verschwunden. Geräusche aus dem Innern der Wohnung verrieten, dass er in der Küche zugange war.

„Also ist euer Fall jetzt schon abgeschlossen?", rief Lisa fragend, während sie hinübersah zu den Bergen des Karwendels. Das letzte Licht der untergehenden Sonne war immer weiter die Hänge hinaufgewandert, bis es nur noch die Gipfel in rötlichen Schimmer getaucht hatte und schließlich ganz verschwand. Lisa, die sogleich das Gefühl hatte, dass es kälter wurde, nahm ihre Strickjacke von der Stuhllehne und zog sie an.

„Ja, dem Herrn sei Dank!", kam es aus der Wohnung zurück. Während des Essens hatte Greibl ihr von dem Fall erzählt, der am Vortag mit einer Pressekonferenz zum vorläufigen Abschluss gelangt war. Lisa hatte am Morgen davon in der Zeitung gelesen.

„Voilà, ein wenig Eis", sagte er, als er auf den Balkon zurückkam und zwei Glasschalen auf den Tisch stellte.

„Oh nein, Ignaz, willst du mich umbringen?!", fragte sie mit fast vorwurfsvollem Blick und hob abwehrend die Hände.

„Na komm, ist nur ein kleines Häppchen." Er schmunzelte und begann, genüsslich sein Eis zu löffeln. „Übrigens:

Das Foto vom Goldschatz, das in der Zeitung war, kann die Wirklichkeit nicht mal ansatzweise widerspiegeln. In natura war es überwältigend – so etwas Kostbares habe ich noch nie gesehen und werde es in meinem Leben wohl auch nicht mehr."

„Das klingt ja fast wie der Schatz der Nibelungen", sagte sie und begann, mit ihrem Löffel ein wenig unschlüssig im Eis herumzustochern.

„Ach ja, die Nibelungen!", rief er plötzlich und richtete sich auf. Achtlos steckte er den Löffel ins Eis und sah sie mit feierlicher Miene an. „Danke für das Stichwort!"

Lisa hielt überrascht inne, blickte ihn irritiert an und wischte sich mit der Serviette über den Mund. „Was meinst du denn damit?", fragte sie ungeduldig, als Greibl sie mit geheimnisvollem Lächeln nur schweigend ansah.

„Es geht um das hier", sagte er schließlich leise, zog ein Kuvert aus der Innentasche seines Sakkos und schob es in die Mitte des Tisches. Lisa sah zwischen dem Briefumschlag und ihm hin und her.

„Noch eine Überraschung, Ignaz? Also, ich... ich muss schon sagen..." Sie schüttelte ungläubig den Kopf. Sie wusste wohl nicht so recht, was da auf sie zukam, und wartete erst einmal ab.

„Sag mal, Lisa", begann er endlich bedächtig, „würdest du mir vielleicht eine Frage beantworten?"

„Nun... ja", erwiderte sie und sah ihn unsicher an. „Ich kann's versuchen..."

„Keine Angst", sagte er lächelnd. „Es ist nur eine Wissensfrage. Etwas für Kenner sozusagen."

„Jetzt spann mich nicht länger auf die Folter!"

„Also gut." Er räusperte sich. „Was sagt dir diese Zeile: Ein Weib weiß ich, das herrlichste der Welt..."

„Ähm... Ignaz", stotterte sie, „worauf willst du hinaus?" Sie drehte nervös das Seidentuch zwischen ihren Fingern.

Irritiert stellte Greibl fest, dass er errötete.

„Nein, es geht mir nur um die Frage, ob und woher du diesen Satz kennst", beeilte er sich richtigzustellen. Rasch nahm er sein Glas und trank einen großen Schluck Wein.

„Na, singt das nicht Hagen in der Götterdämmerung?", sagte sie zögerlich. „Glaube ich zumindest..."

„Ah, ich hab's gewusst!", sagte er strahlend und schob das Kuvert direkt vor sie. Er wirkte geradezu erleichtert. „Du bist eine wahre Kennerin!" Als sie den Umschlag in die Hand nahm und zögerte, nickte er ihr auffordernd zu. „Na los! Ich hoffe, du hast Zeit an dem Tag."

Gespannt öffnete sie das Kuvert und holte mit großen Augen ein Ticket heraus. „Götterdämmerung, Bayreuther Festspiele im August nächstes Jahr", murmelte sie ungläubig. „Was...?"

„Ich hab mir gedacht, allein auf den Hügel zu gehen, wäre nicht würdig. Aber mit einer echten Wagnerianerin..."

„Das kann ich doch nicht annehmen, Ignaz", sagte sie und schüttelte den Kopf. Sie sah ihn fassungslos an, doch er nickte nur lächelnd.

„Also, wenn das so ist, bringe ich dir öfters mal was in der Tupper-Dose vorbei!" Sie stand auf, ging um den Tisch herum und gab ihm einen Kuss auf die Wange. „Vielen Dank! Bayreuth ist ein alter Traum von mir." Sie setzte sich wieder und sah ihn nach einer Weile forschend an. „Und das Zitat? Hast du das rein zufällig gewählt?"

Greibl wich ihrem Blick aus und sah zu den Bergen hinüber.

„Kein Kommentar", sagte er schließlich und schüttelte lächelnd den Kopf. „Die Fragen stellt immer nur der Kommissar."

DANK

Der Autor bedankt sich bei seiner Frau Ina für ihr geduldiges Erstlektorat, bei seiner Tochter Laura für wertvolle Tipps und bei Eva und Ingo für ihre nette Einführung in das Werdenfelser Land.

Des Weiteren geht ein Dank an Barbara Wickenburg und Anette Köhler sowie an den Lektor Carlos Westerkamp und an Klaus Wolfsperger vom Bergverlag Rother.

Rother Bergkrimi – bereits erschienen:

Stefan König

Tobs Thanners erster Fall

ROTHER *Bergkrimi*

ISBN 978-3-7633-7041-2

Tobs Thanner, der eigentlich nichts anderes tun möchte als bergsteigen und klettern, entscheidet sich notgedrungen für einen Job, der ihm, so hofft er, genug Freiräume lässt: Als Privatermittler will er sich um so lapidare Angelegenheiten wie das Beschatten vermeintlicher Ehebrecher oder die Rückführung eines gestohlenen Autos kümmern.

Doch gleich sein erster Auftrag wird zur Katastrophe. Der Fall lässt Thanner in tiefe menschliche Abgründe blicken und teilhaben an einer Beziehungsgeschichte mit grauenvollem Ausgang.

Hart, psychologisch fein geknüpft und mit einem melancholischen Grundton erzählt Stefan König diesen Krimi. Immer am Rand des Abgrunds – und dann auch darüber hinaus …

Rother Bergkrimi – bereits erschienen:

ISBN 978-3-7633-7067-2

Romy liebt die Herausforderung am Fels. Ihren Ehemann Philipp liebt sie auch, aber als sie beim Klettern in der Fränkischen Schweiz erfährt, was er hinter den Kulissen treibt, lässt sie ihn kurzerhand in einem Überhang baumeln und flüchtet wütend an den Gardasee, ins Klettermekka Arco. Dort tröstet sie sich mit einem ehrgeizigen Kletterprojekt – und dem Bergführer Bernd. Doch dann überschlagen sich die Ereignisse: Warum riss Romys Seil? Wer ist der geheimnisvolle Privatkunde, der Bernd als Führer engagiert hat? Und was geschah wirklich im Gewitter auf dem Gipfel des Crozzon di Brenta? Das Psychodrama endet mit einem Showdown am Colodri über den Dächern von Arco.